目次

『蘭亭序』全文…… 10
第四章　新婚別…… 16
第五章　鏡中人…… 156
〔番外編〕人跡板橋霜…… 313

JN109377

『蘭亭序』全文

【原文】

永和九年，歳在癸丑，暮春之初，會于會稽山陰之蘭亭，修禊事也。羣賢畢至，少長咸集。此地有崇山峻嶺，茂林修竹；又有清流激湍，映帶左右，引以爲流觴曲水，列坐其次。雖無絲竹管弦之盛，一觴一詠，亦足以暢敘幽情。是日也，天朗氣清，惠風和暢，仰觀宇宙之大，俯察品類之盛，所以遊目騁懷，足以極視聽之娯，信可樂也。

夫人之相與，俯仰一世，或取諸懷抱，悟言一室之內；或因寄所托，放浪形骸之外。雖趣舍萬殊，靜躁不同，當其欣於所遇，暫得於己，快然自足，不知老之將至。及其所之既倦，情隨事遷，感慨係之矣。向之所欣，俛[1]仰之間，已爲陳跡，猶不能不以之興懷。況修短隨化，終期於盡。古人云：〝死生亦大矣。〟豈不痛哉！每覽昔人興感之由，若合一契，未嘗不臨文嗟悼，不能喩之於懷。固知一死生爲虛誕，齊彭殤爲妄作。後之視今，亦猶今之視昔。悲夫！故列敘時人，録其所述，雖世殊事異，所以興懷，其致一也。後之覽者，亦將有感於斯文。

1 「俯」とも書く。

【訓読】

　永和九年、歳癸丑に在り、暮春の初め、會稽山陰の蘭亭に會するは、禊事を修む羣賢畢《ことごと》く至り、少長咸《み》な集まる。此の地に崇山峻嶺、茂林修竹有り、又た清流激湍《たん》有りて、左右に映帯し、引きて以て、流觴の曲水と爲し、其の次に列坐す。絲竹管絃の盛んなる無しと雖も、一觴一詠、亦た以て幽情を暢敍するに足る。是《こ》の日や、天朗《あき》らかに氣清く、惠風和暢す。仰ぎて宇宙の大を觀、俯して品類の盛を察す、目を遊ばせ懷《おも》いを騁《は》する所以《ゆえん》にして、以て、視聽の娯しみを極むるに足る、信《まこと》に樂しむ可《べ》きなり。

　夫れ人の相い與《とも》に一世に俯仰する、或いはこれを懷抱に取りて、一室の内に悟言し、或いは因りて託す所に寄せて、形骸の外に放浪す。趣舎萬殊にして、靜躁同じからずと雖も、其の遇う所に欣《よろこ》び、暫く己れに得《う》るに當りては、快然として自ら足り、老いの將《まさ》に至らんとするを知らず。

　其の之《ゆ》く所既に倦み、情事《こと》に随いて遷《うつ》るに及んで、感慨之れに係《かか》る。向《さき》の欣《よろこ》ぶ所は、俛仰《ふぎょう》の間《かん》に、已に陳跡と爲り、猶お之を以て懷《おも》いを興《おこ》さざる能わず。況んや修短化に随いて、終に盡くるを期するをや。古人云《い》えらく、死生もまた大なりと、豈に痛まざらんや。毎に昔人興感の由しを覽《み》るに一契を合す若し、未だ嘗て文に臨みて嗟悼せずんばあらざるも、之を懷《むね》に喩《さと》すこと能わず。固より知る死生を一にするは虚誕爲り、彭殤を齊《ひと》しくするは妄作爲《た》るを。後の今を視るは、亦た猶お今の昔を視るがごとし、悲しいかな。故に時人を列敍して、其の述ぶる所を録す、世殊《こと》なり事異なると雖も、懐《おも》いを興す所以は、其の致《むね》一なり。後の覽《み》ん者、亦た將《まさ》に斯の文に感有らんとす。

【訳】

永和九年、癸丑の歳、暮春の初め、會稽郡山陰県に集ったのは禊を行うためである。賢者がことごとく至り、老いもわかきもみな集まった。この地には高い山と険しい嶺、茂った林、長い竹がある。さらに清流や早瀬があり、美しい風景の彩りがあたりに照り映えている。その流れを引いて、流觴の宴のための曲水となし、人々はそのかたわらに、順序よくならんで坐った。琴や笛のにぎやかな音楽はないけれども、一杯の酒一首の詩は、これもまた深く静かな思いを述べあらわすのに十分である。この日、空は晴れて空気は澄み、春風がおだやかに吹いている。仰げば広大な宇宙が見わたせ、見下ろせば万物の盛んなさまがうかがえる。こうして、目を遊ばせて思いをのびのびとめぐらし、存分に目で見、耳に聞く喜びを味わうことができるのは、本当に楽しいことである。

さて、人はみな、俯仰の間にも等しい短い一生をおくるのだが、胸に抱く思いを、一室の中で友人と向いあいうちとけて語る人もあれば、志の赴くままに、世俗の束縛を無視して奔放に生きる人もある。このように人の生きかたはさまざまで、静と動のちがいはあるけれど、めぐりあった境遇がよろこばしく、自分の意のままになるとき、人は快く満ち足りた気持ちになり、老いが我が身に迫ろうとしていることにもまるで気がつかないのである。

しかし、やがて得意が倦怠にかわり、心情も事物にしたがい移ろいゆくと、なげかずにはおれない。かつての喜びは、ほんのつかの間のうちに過去のものとなってしまう、これだけでも感慨を覚えずにはおれない。ましてや、人の命は次第に衰え、ついには死が約束されていることを思えばなおさらである。古人も「死生はまことに人生の一大事」といっているが、何とも痛ましいことではないか。古人が感慨を催したその理由を見ると、いつもまるで割り符を合わせたかのように私の思いと一致しており、彼らの文章を前にしていまだかつて痛み嘆かないことはなく、死を痛む我が心をさとし納得させることができない。私は無論知っている、荘子が死と生を一つのことだとするのはいつわりであり、長寿と短命を同じとするのがでたらめであることを。後世の人々が現在の我々を見るのは、ちょうど今の我々が昔の人々を見るのと同じであろう。悲しいことである。それゆえに今ここに集う人々の名を列記し、その作品を記録することにした。時代は移り、事情は異なっても、人が感慨を覚える理由は、結局は一つである。後世の人々もまたこの文に共感するにちがいない。

以上、訓読および訳の引用元
下定雅弘「蘭亭序をどう読むか――その死生観をめぐって――」
（『六朝学術学会報』第五集、二〇〇四年三月）

蘭亭序之謎

㊦

第四章　新婚別

1

夜明けに霊空寺を離れてから、崔淼と裴玄静はすぐ惟上法師に教わった近道を歩き出した。

近道は、しかし非常に歩きにくかった。山中は羊の腸のような小道があるばかりで、雍水渓の岸には奇岩が重なり合い、道路は曲がりくねり、上がったり下がったりするので、馬車で行くにはかなり骨が折れた。嫁入り道具のあの箱のためでなければ、裴玄静は馬車を捨てて身軽になって歩いて行きたいと本当に思っていた。幸い崔淼が道中、何事によらず力を尽くしてくれたので、青空に月が昇る頃にはとうとう河陰県に入ることができた。

彼らは早いうちに話し合って、今晩は河陰に宿をとることにした。明朝に出発してあと半日行けば、洛陽に到着することができるだろう。

渭河は月光の下を静かに流れ、四方は音も聞こえない。いわゆる河陰県城は、実は渭河沿いの狭く長い地域である。埠頭に最も近いところが皇帝の作った大倉で、突き当たりには宿場が設けられている。埠頭から少し遠い所にやっといくつかの民家と軍営があった。

こういう構造になっているのは、米を船から岸に届ける便宜のためだ。行き来する旅客や商人も一般に水路を移動するので、宿場は埠頭近くに置かれるのが最適なのである。河陰県は小さすぎるため、城郭がなく、官道に面したところに象徴的な木造の城門が建てられているだけである。軍営は木の城門の後ろに設置され、出入りする人員を管理し、大倉を守っている。

食糧輸送は大唐帝国の命脈である。

長安城は大唐の都城として一つの致命的欠陥を抱えている。食品供給である。関中地区の食料生産量は百万人近い人口の超大都市を支えるには全く不十分であり、大運河を通って江淮地区から運ばれてくる食料に頼らざるを得ない。この転送の過程が一旦滞ると、長安城はたちまち危険きわまりない状態となる。開元末年、玄宗皇帝は食料輸送を改革した。途中に倉を建てて段階的に輸送する方法を採用して、河陰、柏崖、集津、三門などの倉を建て、長安城が長年苦しんできた食糧問題をやっと有効的に解決した。大唐皇帝はやっとのことで、凶作の年に当たっても、家族を抱え、文武百官を率いて東都洛陽へと移動して食事をとる必要がなくなったのだ。天宝三年（七四四）、玄宗皇帝は嬉しそうに言った。「朕は長安から出なくなってそろそろ十年、天下は何事もない。朕は高居無為でありたいので、政治はすべて林甫に任せる」

言葉がまだ耳に残っているうちに、漁陽の陣太鼓の音が地を揺らしてやって来た（安史の乱のこと）。最も美しい願いは、いつも最も残酷な方法で打ち砕かれる。これこそが人類が自身の愚かさと自己満足のために支払う代価なのである。

太極宮で独り死んでいった玄宗皇帝は、数年後に彼の子孫たちが依然として食糧輸送のために苦悩しているのを見ることはなかった。安史の乱の後、藩鎮が割拠し、税を納めることを拒絶した。帝国の江淮からの食力輸送に対する依存は更に強まっている。

河陰倉を淮西へ供給する軍糧の一時保管場所とする指令を下してから、河陰県の重要性はますます突出してきた。河陰はそもそも渭河近くのただの小さな村落であった。開元後期に沿岸部に一連の大倉が建てられ始め、守衛の軍隊が駐在し、また、転送を担当する役人が宿場を建て、町は次第に盛況となった。

しかし、崔淼と裴玄静が河陰県城に入った時、誰一人として彼らを調べには来なかった。居眠りをしていた守衛は目蓋を開けるのさえ億劫がった。こんな美男美女が朝廷の糧秣を荒らすなどということはあるわけがない。彼らは駆け落ちしてきたのだと言われる方がまだいくらか信じられる。守衛は余計なことに首を突っ込むような趣味はなかったし、宿場はこの種の金払いが良く面倒を掛けない客を最も歓迎した。守衛は思った。こういう男女は大半が宿場で一晩宿を借りた後、小舟を一つ雇って、渭水の流れに従って彼らの愛の巣へと向かうのだ。

「情愛に狂う男女の何と多いことか……」守衛はつぶやくと、また真っ暗な夢の中へと堕ちていった。

誰かが言っていた。分散は襲撃を行うのに最高の戦術であると。実は、この日の朝から晩まで、守衛の目の前を経て河陰県に入っていったのは他に、二人の和尚、三人の運搬夫、一人の顔中髭だらけの行商人がいた。行商人は長安城に売るつもりの何人かの婢僕を連れていた。……ばらばらだったので、これらの人々はどんな疑いを引き起こすこともなく、全く阻まれずに河陰県へと入り、前後して河陰の宿場へと入った。

淮西の戦いが長い間引き延ばされていることから、河陰駅の最近の商売は決して良くはなかった。これほど大きな宿場なのにいくらも客が入っておらず、今日いきなりこれだけの人が来たので、だらだらすることに慣れていた駅卒たちは少々慌てふためいた。部屋の準備が整うのを待って、駅卒は忙しそうに台所へ行き多めに食事を準備するよう言いつけ、出て来たところで頭に一撃をくらい、声を出すこともできずに地面に倒れた。

全ては夜の闇の中で見え隠れしつつ、ひっそりと発生した。

崔淼と裴玄静が河陰駅に着いた時、どんな異常も感じることはなかった。時間はすでに遅く、がらんとした前堂には一つの灯りだけが光っていた。当直の駅卒は帳場に腹ばいになって気持ちよさそうに眠っており、起こされると、彼はとても面倒くさそうに二つの空き部屋を彼らに与え、引き続き横になって眠った。

宿場全体があたかも熟睡しているかのようだった。

馬車を庭に停める時に、崔淼は尋ねた。「箱は下ろす必要がありますか？」

裴玄静は少しためらってから言った。「いいです。何にせよ明日の朝早くには出発します。この庭の中ならきっと安全でしょう」

崔淼は言った。「わかりました。お腹は空いていませんか？　それがしは何か食べるものを探してきます。あなたは待っていてください」

彼女が話をする間もなく、彼はさっと走っていった。

裴玄静は腰を下ろして彼を待つほかなかった。物音ひとつしない中で、彼女は今日の道中で、崔淼と整理した離合詩の典故を思い出していた。

鄭荘公が詭計によって兄弟である共叔段を殺したことと、曹丕父子が甄妃を奪い曹植を殺して『洛神賦』の物語を改めたこと以外にも、この詩の中には、西周の姫旦の典故が引かれている。

言い伝えによると、周公姫旦はこの上もなく高い徳の持ち主で、その兄である武王姫発が商を討伐するのを助け、天下を平定し、周朝の基盤を打ち立てた。武王が病となり、周公は自分が身代わりになりたいと、冊文で天に告げた。その冊は金縢に保管されており、内容を知る者はいなかった。その後、武王が崩御すると、太子の成王が幼かったため、周公は心を尽くして補佐をした。当時、兄である管叔と蔡叔は良からぬことをたくらんでいたが、周公を恐れていた。そこで、周公は幼い王を欺いて、王位の簒奪をたくらんでいるという流言を各国の間に広めた。やがて月日が経つと、成王は疑いを持ち始めた。周公は禍を避けるために相の位を辞し、東国へと逃れたが心中は恐れていた。その後のある日、大雨が降り、雷が金縢に落ちた。周成王は冊文を目にし、忠臣と奸臣とが明らかになると、管叔と蔡叔を誅殺し、周公を再び相の位へ戻した。

白居易はかつてこの典によって「周公惧恐す　流言の日」という詩句を書いた。周公姫旦に代わって後に恐れを感じたのだ。もし、管叔と蔡叔が方々へ流言を広め、周公には反逆心があると中傷していた時、周公が病気で亡くなっていたとしたら、或いは、金縢の文が最後まで周成王の知るところとならなかったら、誰も周公が忠臣か奸臣かはっきりと言うことはできなくなっていた。後世の史書の中では、きっと周公は奸臣とされただろう。

裴玄静は考えた。この典故と曹氏の『洛神賦』の典は少なくとも異曲同工であるところが二つある。

一つ目は、皇帝の権力争いにまつわる血生臭い残酷さを提示していることだ。皇族は帝位を奪うために、身内同士でしばしば殺し合う。二つ目には、歴史の真偽は判別できないことを指摘している。時に天意によって、更に多くは人為によって、今の人が見ることのできる歴史には一体どれだけの真実が含まれているのか、確かに言い難い。

「さて、それがしは何を見つけたと思いますか？」

裴玄静の思考は中断された。ただ崔淼が両手で皿を持ち、喜び勇んで戻ってくるのが見えた。

裴玄静は忙しなく皿を受け取った。「なぜこんなにも長いこと戻ってこなかったのですか？」

「帳場の人の姿は見えず、台所は探しにくく、中にも人がいなかったのですが、酒と料理はありました」彼は銅の壺から酒を注ぎ、ちょっと匂いを嗅ぐと、「素晴らしい。娘子はいかがですか？」

裴玄静は言われるがままに一口飲んだ。「随分強いお酒ですね」そう言い終わるか終わらぬかのうちに、両頬はもう咲き誇る牡丹のように赤くなった。

崔淼は笑いながら言った。「今朝、霊空寺で別れを告げた時に、惟上法師に特に言いつけられたのです。河陰駅の焼酎は必ず飲んでみなければならない、と。当地の兵卒が秘法を用いて醸造していて、強いんだそうです」

裴玄静は心の中で、こんなふうに飲んでいったらすぐに酔ってしまうと思った。

崔淼はまだ熱心に彼が探し集めて来た酒の肴を紹介した。「さあさあ、この酢漬けセロリは新鮮で口当たりが良く、この酪酥は冷えています。それから、さくらんぼがあって……こんな小さな河陰駅にこれほど多くのごちそうがあるとは、思いもよりませんでした」裴玄静がほんの一口だけ酒を飲んだのを見ると、彼は盃いっぱいに注ぎ、両手で裴玄静の前に持って行った。「娘子、今夜が過ぎればあなたとそれがしはそれぞれの道へと突き進むことになります。今後再び会うことができるかどうかもわかりません。それがしはここに娘子に懇願致します。今宵は共に心ゆくまで飲んでいただけますよう」「娘子の祝い酒ですよ」彼がさらに言うと、蠟燭の光が瞳の中で激しく煌めいたようだった。

裴玄静はもうためらうことはなく、盃を持つと一気に飲み干した。胸中はただちに激しく波立ったが、それが酒のせいなのか別の何かであるのかはわからない。彼女は頭を上げて、崔淼を見ながら少し笑った。視線はいささか曖昧で、目の前のもう十分に熟知している美しい面貌をまるで知らないもののように変化させ、魅力を隠した。

崔淼は自ら一杯飲むと、嘆息した。「これほど多く『蘭亭序』について語っているのに、惜しいことに、ここにはちょうど良い水の流れがありません。もしあったなら、今夜は絶対に娘子と蠟燭を持って夜通し飲んで、曲水の宴を楽しむはずでした」

「わたくしたち二人だけだというのに、どうやって盃を流すのですか？」

崔淼は感慨深げに言った。「『夫人之相與，俯仰一世，或取諸懷抱，悟言一室之內；或因寄所托，放浪形骸之外』。『蘭亭序』ではこのように言われていますね。間違っていましたか？」

「間違っていません」裴玄静も興に乗って吟詠した。「『雖趣舎萬殊，靜躁不同，當其欣於所遇，暫得於己，快然自足，不知老之将至。及其所之既倦，情隨事遷，感慨係之矣』」

ここまで吟じると、ただ心がおおらかになったことだけを感じ、感情を抑えるのが難しい。そこで二人はもう一度乾杯して、顔を上に向け盃の中身を豪快に飲み干した。

酔いそうだ。裴玄静は思った。いや、わたくしはもう酔っている。

酔いが回り朦朧とする中で、彼女は五百年前の會稽の蘭亭に到着したようだ――。

裴玄静は、盃が王羲之、王献之《ワン・シエンジー》、謝安《シエ・アン》、孫綽《スン・ツオ》などの目前に次々と止まるのを見た。彼女は、彼らの上品で垢抜けた様子や、詩作の時のあの上品で生き生きした態度が、こんなにも人を惹きつけるのを見た。今回の集まりは、合わせて十一人がそれぞれ詩を二篇作り、十五人がそれぞれ詩を一篇作っていた。十六人はまだ詩を作ることができていなかった。しかし、彼らは酒をさらに三杯飲むために故意に罰を受けようとしているに違いない、と裴玄静は思った。

宴が最高潮に達した頃、王羲之が各自の詩文を集め、酔気の盛り上がりに乗じて鼠鬚筆を握り、蚕繭紙に素早い筆の運びで序を書いた。これが古の至宝『蘭亭序』である。

裴玄静は酔いつぶれ、不朽の詩賦と恒久の山水の間に倒れた。目を閉じても、彼女には依然として高く切り立った山々や生い茂る林や竹を感じることができた。清流は激しく流れ、左右を映す……。

「娘子！　娘子！　起きてください！」

力の限り叫ぶ声は夢の世界を突き破った。裴玄静は誰かに力いっぱい引き起こされた。彼女はぼやけた酔眼を何とか開くと、やっと自分が誰かに寄りかかっていることに気づいた——崔淼だ！

「火事です！」崔淼は彼女が目覚めたのを見ると、「走って！」と叫びながら必死に彼女を引っ張り、部屋の外に飛び出した。

裴玄静はよろめきながらついていき、なんとか庭まで走り出ると、夜空が半分真っ赤に染まっているのが見えた。背後が耐えがたく熱い。巨大な炎を巻き込んだ熱気が次々に飛び出すと、宿場と繋がっている大型の穀物倉庫が発火した。

火の勢いは極めて激しく、彼らが庭に逃げ出した短い間に、宿場の後列の客室はすべて火が着いた。梁や柱がぱちぱちと燃え始め、すべての扉と窓は、瞬く間に烈火に飲み込まれた。

先ほどはあと一歩遅ければ、彼らは逃れることができなかった。

裴玄静は全身が震え、立っていることさえままならない。

崔淼の声も震えている。「危なかった。二人とも酔っていて、死んだように眠っていました……」

「火、火を消しますか？」裴玄静はしどろもどろになりながら言った。

「こんな大火事をどうやって消すのですか？」崔淼は地団駄を踏みながら言った。「これは大勢いてやっと何とかなるものですよ！」

火のついた建物から人が続々と逃げ出して、何人かの駅卒らしき人が水桶を提げて走って来ると、叫びながら激しい炎に向かって水を撒いたが、何の役にも立たない。

裴玄静は、焼け石に水とはどういうことかその目で見た。

「おしまいだ」崔淼が彼女の近くでつぶやいた。「宿場はおしまいです。大倉もおそらく……」

火の勢いはますます激しくなってきた。誰かが馬小屋の扉を開けに行き、駅馬が一斉に飛び出した。何頭かの馬の上にはすでに火の粉が落ちて火が着いており、次から次へといななきながら川岸の方向に走って行く。動物とはこの種の生きることを求める本能を持つものだろう。

裴玄静は突然大きな声で叫んだ。「私の箱！」

彼女の嫁入り道具の箱はまだ馬車に積んであり、裏庭に停められている。

「あなたは待っていて。それがしがいきます！」崔淼は体の向きを変えると走り出し、裴玄静は彼の言うことを全く聞かず、すぐさま追いかけた。

前後左右の家屋はどれもドドドと火を噴き、また、燃え切った梁や柱がふいに倒れてくる。二人は火炎の中でとにかく一本の道を切り開いた。

見つけた――馬車はまだ着火していなかったが、周囲の激しい炎にいぶされて非常に熱くなっていた。箱もまだ完全な状態で、崔淼は手を伸ばして運ぼうとしたが、すぐに熱さに顔をゆがめた。これほど重い箱は普段でも持ち運ぶのは難しい。今はその上焼かれて熱くなっており、何も無しには触れることもできない。

「どうしましょう？」崔淼は荒い呼吸のまま裴玄静に尋ねた。「大事なものをいくつか選んでは？」

裴玄静はただ歯を食いしばるだけだった。崔淼は状況を見て、掌に向かって心の中で何度か唾を吐き、力を振り絞って箱を運びに行こうとした。

「待って！」彼女は大声で叫び、彼を止めた。危機一髪。その時、火の塊が一つ天から降って来て、箱は瞬時に燃え出した。

裴玄静は崔淼を引いて後退した。「箱は要りません！　早く行きましょう！」

二人は互いに助け合いながら烈火の包囲網から逃げ出した。

崔淼は恨みがましく言った。「先ほどあなたはそれがしに運ばせるべきでした。いくらかの物を取ってくることができたのに……」

「危なすぎます！　あなたが火傷してしまう！」

「しかし、あなたの嫁入り道具が……」

「構いません」裴玄静は顔を上げ、涙を浮かべながら答えた。「大事なものは全てわたくしが身に付けています」

「ああ！」

「急いで行きましょう」彼女が周辺を見渡すと、宿場の中の人は全員逃げたようだ。周囲の空気も頻繁に息が詰まるほどに熱くなっている。

「ええ、走りましょう！」

崔淼は裴玄静の手を引き、渭河の岸に向かって走って行った。

宿場から出ると、連綿と続く河陰大倉はすでに焼け、頭から尾まで一度には見られないほど長い一匹の火龍となっているのが見えた。狭く長い川岸の上では、消火活動をする人の群れが頻繁に行き来している。装いを見るに、すでに駅卒ではなく大倉の守衛をしている正規の兵士であった。

烈火は夜空を白昼のように照らし、埠頭近くには多くの人が集まっている。二人もそちらに向かって走った。しかし、埠頭に到着しないうちに、彼らは一隊の軍隊にぐるりと周囲をかこまれた。

隊長は大きな馬の上から叫んだ。「放火犯を捕まえろ！」

「私たちは宿場に泊まっている客です。放火犯ではありません！」

誰一人として彼らの弁明を取り合わず、火の音、風の音、人の声が全てを沈めた。

2

食糧運搬の悪夢について、皇帝の李純には心の準備がある。

彼は今なおはっきりと記憶している。貞元二年に、江淮転運使である韓滉《ハン・ホアン》が一度朝廷に歯向かい、年貢米の京への輸送を引き延ばした。関中はすぐさま窮地に陥り、近衛兵は公然と大通りで叫び罵り、もしまた軍人の俸給を出さないならば謀反を起こすと威嚇した。

皇帝は覚えている。その時、祖父である徳宗皇帝は毎日、大明宮から東方を遥か望み、蒼天に祈りを捧げる一方で、ほぼ絶望しながら渭橋埠頭の知らせを待っていた。大唐には天の加護があったのだろう、ついに秋風の吹き渡るある早朝、徳宗皇帝は陝州に駐屯している陝虢都防御使李泌《リー・ビー》からの緊急の知らせを受け取った——輸送船団が到着！　皇帝は知らせを聞くと狂わんばかりに喜び、東宮まで狂ったように駆けてきて、太子に向かって大声で叫んだ。「年貢米が陝州に到着した！　年貢米が陝州に到着した！　……我ら父子は命拾いした……」

その年、李純は満九歳になったばかりだった。

皇帝は冷笑しつつ、河陰からの緊急の知らせに目を通した。「銭帛三十万緡匹、穀物三万斛余りを焼失」

もう何度も読んでいるはずなのに、「穀物三万斛余り」という文字を見るたびに、彼の心は深く傷つけられ痛むのだった。あの年に祖父と父のことを大泣きさせたのも、「穀物三万斛余り」がとうとう陝州に到着したことに過ぎない。しかし今は、同じ量の年貢米が彼の目の前で焼かれてしまったのである。

それに、皇帝は敵を心底恨めしく思っているというより、更に恨めしく思っているのは自分自身だった。広大な野心も、陰の戦略も、結局のところ全くひとたまりもなかったのである。

淮西はまだ攻め続ける必要があるだろうか？　何で攻めようか？

「大家……」背後で誰かが彼を呼んだので、皇帝は振り向いた。

綺麗に着飾った郭念雲が彼の目の前に立っている。高く結い上げた髪には、まだ露が滴っているような白と桃色の混ざった海棠が一束挿してある。金銀の糸を使って織られた朱色の沙羅の披帛の下は、淡黄色の長いスカートに忍冬《スイカズラ》と鶴の紋様が全面に刺繍され、また、ブラウスから白い玉のような豊満な胸を見せつけていた。皇帝の視線は思わずその上に落ち、その真っ白な肌に沿ってゆっくり上がっていき、同じくいささかの瑕疵もない首筋を滑り、彼女の顔に至った――。

ふっくらとつやのある額の中央には金箔の花鈿が貼られ、黛は翠眉を引き、頬紅は眉尻から鬢まで斜めに飛び、整った鼻筋に、桜色の美しい唇……最後に皇帝の目に入ったのは、その二つの明るく美しい目と、その中にある激しく人に迫ってくる光だ。

彼の体の内に微かに宿った欲望は突然失われた。いつもそうだ。皇帝はこの貴妃の絶世の容姿を鑑賞し終わると、彼女に対する興味は跡形もなく消え去った。

彼女の鷹揚な美貌は帝国のために準備されたものであったが、皇帝が更に必要としているのは、ただ彼にだけ属する女性なのだった。ここ数年来、郭念雲は老いないどころか、広陵王妃として嫁いできた時と比べ更に美しく立派であることは、皇帝も大いに認めているが、彼は彼女を押し倒したいという願望を完全に失っている。まさかそのような時にまで、彼女の喘ぐ声はどれだけが男女の愛の本能から出るもので、どれだけが権力への渇望によるものなのか、推測する必要があるというのか。

数年前、十七歳になったばかりの太子李寧《リー・ニン》が急病によって死んだ。若く健康な太子が突然病死するなどということがなぜ起こったのか。吐突承璀は少なくない噂話や陰口を皇帝に届けた。実は、たとえこれらを聞かなかったとしても、皇帝自身の心中には多くの疑いがあったが、彼は最後までは追及しなかった。

小さな恨みにも必ず報復し、剛直で果敢であった皇帝がこのことには手を緩めた。恐らく彼が誰よりも皇帝の権力争いの中の仄暗い恐ろしさを知っているからだろう。結局、彼自身そのようにやってきたのだ。しかし、いくつかのことを彼は追及しなかった。受け入れられたわけでもなく、もちろん忘れられるわけでもないのだが。

皇帝は言った。「貴妃か、何か用か?」

「昨日大家が一晩中眠らなかったと聞き、私は……少し心配しているのです」郭念雲は落ち着いた様子で答えた。

「大家」「貴妃」彼らはこのようにお互いを呼ぶことを習慣としていた。彼女が彼に嫁いだばかりの頃、彼らが「大王」と「王妃」と互いに呼び合っていたように。何年もの間、彼と彼女は一日たりとも普通の夫婦であったことはなく、互いに助け合うような恩情も重ねてきてはいない。互いの間にはただ限りなく深まっていく猜疑心と無関心があるのみだ。皇帝の心中では、自分が郭念雲を皇后に冊封することを再三拒んだために、すでに完全に彼女の心を失ったことは、これ以上ないほど明らかだった。

彼は言った。「この急ぎの知らせを見てもらいたい」

郭氏はすでに様々な経路から河陰倉が焼かれたことを知っているに違いないが、踏むべき手順は踏まなくてはならない。彼女はこのことのために来たのではないか。

郭念雲は顔色一つ変えずに、その知らせを見終わると言った。「この知らせには何とか消火が間に合ったので、損失はそれほど大きくないと書かれています。大家にはどうか憂慮しすぎず、お体を大事にしていただきたく」

「損失は大きくないと？」李純は眉間に皺を寄せた。突然、彼は衝動的に彼女に貞元二年に祖父と父が抱き合って大泣きした話をしてやりたいと思ったが、その考えはすぐに打ち消した――彼女にはわからないだろうし、彼もまた彼女がわかってくれることを期待していない。

皇帝は言った。「損失についてはしばらく論じないが、このことは厳罰に処すべきである。穀物倉庫を燃やした凶悪犯は許すことのできない罪を犯している。防衛をおろそかにした背任役人も同様に殺さなければならない！」

「大家の言うとおりです」少し待って、郭貴妃は問うた。「大家はどの臣下を派遣して、この件の調査に当たらせるおつもりですか？」

「貴妃には何か提案があるのか？」

郭念雲は少しためらって、問うた。「ことは急を要します。近くで勅使を委任してはどうですか？」

「朕は吐突承璀を派遣しようと思う」

「吐突中尉ですか？」

「どうかしたか？」郭家の勢力が盛んであるとはいえ、郭念雲は内戚が政治に干渉することを禁じる原則をずっと守っており、朝廷の是非について口出しすることは極めて少なかった。その原因はやはり李純の堅い性格にあった。したがって、彼が自発的に質問してきた時は、彼女は依然として注意深く答えなければならない。

彼女は言った。「ことは重大です。一分一秒も遅らせることはできません。吐突将軍が長安から河陰に駆けつけるのにまだ何日か必要でしょう。この間はどうするのですか？」

皇帝は心の中で冷笑した。ほら見ろ、化けの皮が剝がれた。東都留守の権徳輿と郭家の関係は極めて密接で、これまで大臣たちが連名で郭念雲を皇后に封じるよう上奏してきたが、それを先導したのは権徳輿だ。今のように、彼が管轄している河陰倉に大事件が起これば、郭家はやはり袖手傍観をしたくはない。郭念雲にとって、誰を調査に行かせても構わないが、吐突承璀を行かせるわけにはいかない。なぜなら吐突承璀は彼女の天敵であり、更には郭家の目の敵なのである。

「吐突承璀はすでに出発した。恐らく今夜河陰に駆けつけることができるだろう」

「そんなに速いのですか？」郭念雲の驚きは全く嘘偽りのないものだ。まさか吐突承璀は空を飛ぶことができるわけではあるまい。彼が昨夜緊急の知らせを受け取ってすぐに出発したとしても、今夜河陰に駆けつけるのは不可能である。

彼女がほぼ考慮し終えた頃、皇帝はやっと口を開いた。「朕は何日か前に吐突承璀を洛陽に派遣していたのだ。別の用事のためだったが……むしろ丁度良かった」

郭念雲はぼんやりとして、思わず皇帝を見ていた――この見知らぬ人は私の夫だろうか？

　初めてこの完璧な顔を見た時、彼女は大いに惚れ込んだ。十数年が過ぎ去り、皇帝の顔は随分と老け、依然として美しく非凡ではあるが、厳しい風霜が顔中に分布している。彼女が真剣に彼を見る時はいつも、内心恐ろしくて震える。

　ということは、彼は権徳輿を始末しようと決心したということか？　権徳輿が自分に代わって先頭に立ったからだろうか？　河陰倉の事件の内幕が一体何であるか、まだはっきりとは言えない……。

　特に郭念雲を気落ちさせているのは、彼女はそれほどまでに気を払って皇帝の周辺の人々を買収し、皇帝の一挙一動をすべて把握していると思っていたのに、今初めてそれが全くの自分の想像にすぎなかったと発覚したことだ。

　彼女は留まっていられなかった。

　内侍が、司天台監が呼び出しに応じて来たことを知らせると、郭貴妃はその機に乗じて退席することを告げた。

　宮殿を出る時、郭念雲はペルシャ人の李素とすれ違った。司天台監は立ち止まり一礼し、郭念雲は見て見ぬふりをした。皇帝の前を除いて、誰に対しても郭貴妃はきわめて傲慢なのだ。

　李素は心の中で苦笑した。あの時権徳輿は先頭に立って上奏し、郭念雲を皇后に冊封するよう皇帝を追い込んだ。皇帝はしたくなかったが、面子をつぶすことも避けたかったので、すぐ司天台監を呼び天候が不吉であるという口実を作らせ、半年ほど何とか引き延ばし、結局棚上げにした。その後、郭貴妃が李素に良い顔をしたことは一度もない。

李素は、自分が完全に郭家の恨みを買ったとわかっていたが、彼にどうすることができようか。漢族の役人たちは徒党を組んで派閥を作ることもできるが、ペルシャ人はただ皇帝本人に頼るほかなく、また、それだけを望んでいる。もし皇帝にさえ頼ることができなくなれば、彼らは手中の財産を惜しみなく利用し、この王朝を転覆する能力のある人物にすり寄っていく。だから、李素は、実のところ、決して郭家の勢力を恐れてはおらず、郭家の唯一の希望は第三皇子李宥にあるに過ぎない。しかし、目下の情勢から見るに、李宥は太子になろうとしているようだ。危険だ！

考えがここまで及ぶと、ペルシャ人の濁った灰緑色の目の中に蔑んだような笑みがにじみ出てきた。

宮殿に入り陛下に謁見すると、皇帝の顔色はかなりひどかった。李素は早いうちに頭の中でしっかりと準備をしてきた。何にせよ自分の天象の見立ては間違っていない。もし皇帝の非難があまりにも厳しければ、せいぜいこの身を以て天に捧げることを希望するのみだ。今の皇帝は気性が荒いが、それでもやはり賢明な主君であり、行動は理にかなっている。

皇帝は長いこと思案し、口を開くと大いに李素を驚かせた。「朕がお前に探させているあの匕首だが、まだ情報はないか？」

李素は驚きのあまりどもってしまった。「た、確かに何の手がかりもつかめておりません」

皇帝は彼を見つめながら問うた。「それほど難しいことか？　ペルシャ人は天下の宝物を嚢中に収めているのではなかったか？　お前は一体本気で探しているのか?!」

李素は、ばたっと地面に跪くと、叩頭しながら泣き叫んだ。「わたくしめが悪いのです！　わたくしめは死ぬべきです！」

よもや皇帝は自身のためには一言の言い訳もしないつもりなのだろうか？　皇帝の言っている匕首の名は「純勾」であり、この世で最も鋭い刺殺用の短剣と称されているものだ。そもそもは、ずっと大明宮の奥深くにしまわれていたものだが、なぜか、元和元年に宮殿の外に流失した。その時から皇帝は秘密裏に探しているのだが、今に至るまで成果が出ていない。ここ数日、皇帝はペルシャ人が宝物を収集するのに秀でていることを思い出し、密かにペルシャ人の中で懸賞をかけて剣を探すよう、李素に命じたのだった。

しかし、このことがどれほど難しいかは神のみぞ知るところである。まず、当該の匕首の図像は一切なく、全て皇帝の口頭での描写が頼りなのだった。しかし、彼の話はひどく簡単で、匕首の形状が特殊であり、前後が同じくらい広く、定規に少し似ているとだけ言った。定規に似た匕首？　李素はその様子を全く想像することができなかった。次に、「純勾」の「純」の字は皇帝の諱であり、そのまま呼ぶことはできなかったため、「練勾」と呼ぶほかはなく、これではますます誰も理解できない。最後に、皇帝はその年どうやってそれが流失したかをはっきりと言いたがらないのだ。李素は皇帝が内情を深く知っていて、ただ明らかにしたくないだけなのだと、本能的に感じている。

いいか、これは李素に大海で針を探し出させるに等しい。

しかし、ペルシャ人は、どれほど実行困難なことがらであっても絶対に不満を抱いてはいけないという掟を理解している。だからひたすら罪を認めるほかなかった。

少し経ってから、彼は皇帝が一度深く息を吐くのを耳にした。「行け。引き続き探すのだ。もし探し当てたら、朕は……お前に大功を許そう」

「仰せのままに！」李素は身をかがめて後退すると、また一つの難を逃れたことを喜んだ。

郭念雲は玉階を独りきりで降りた。晴れ渡った夏の日で、ひりひりした直射日光が大明宮の緑の瑠璃瓦を照らし、どこもかしこもまばゆく輝いている。彼女が白い玉の欄干の前で足を止めると、太液池の上から吹いてくる清風が頰を撫でた。

これでやっと、胸の中に閉じ込めた濁った気をゆっくりと吐き出すことができる。すると、突然自分がすでに三十五歳になってしまったことが思い出された。女性の最も美しい時期は、間もなく過ぎ去り、再び返っては来ない。彼女は人生で一体何を得たのだろうか。

表面上は、郭念雲は女性の最も尊い身分まであと一歩である。肩書の中身を考慮しないのであれば、実際、彼女はもうとっくに後宮を率いていた。しかし実質は、彼女は世の中における最も凡庸で最も世俗的な歓びさえ経験していない。

今日別れたら、次に皇帝に会えるまでどれほど長くかかるかわからない。この人は彼女の名義上の夫ではあるが、夜ごと夜ごとに他の女性の寝床で眠るのだ。皇帝は後宮では寵愛が広く、だから彼が郭念雲を皇后に冊封することを再三拒絶すると、朝廷の内外で、皇帝は郭氏がひとたび皇后になってしまったら、実家の勢力を借りて他の側室を抑えつけると心配しているのだと噂された。結局、郭念雲は大将軍郭子儀の直系の孫娘であり、その上、昇平公主の娘であるため、世代で考えれば、彼女はそもそも皇帝のおばにあたる。郭貴妃の身分はそれほど貴く、いとも簡単に他の側室を喘ぐこともできぬほど抑えつけることができるのだ。

皇帝は天下の人々に、郭念雲が嫉妬深く寵愛を争う気性の荒い女であると思わせようとしており、またそれを理由に皇后とすることを拒絶している。

ふん、と郭念雲は思った。彼は本当に周到に考えている。彼女はむしろ争ったり妬んだりしたくとも、十年余りも空の部屋を独りで守っているのだ。彼女はもうとっくに機嫌の取り方も、深く愛し合う方法も忘れてしまった。世の中の一体誰が想像できるだろう。この郭念雲がこのように寡婦の如き暮らしをしている貴妃であると！

このことを考えるたびに、郭貴妃の皇帝に対する恨みは鮮明な痛みへと変わる。絶望するほど痛く、すぐにでも人を殺しに行くことができるほどに痛い。

彼女は皇帝がこれまで何度も、先帝は王皇太后すなわち皇帝の生母に対する恩寵が不十分であったと口にしているのを覚えている。どうやら母親が当時受けた冷遇を非常に不満に思っているようだ。しかし、郭念雲が思うに、先帝と王皇太后は全部で五人の子供を育てており、長男李純を王皇太后が生んだほか、先帝の一番下の娘である襄陽公主も王皇太后が生んでいる。彼らの間の愛情は他人が口に出すまでもない。郭念雲自身に照らし合わせれば、皇后になったとしても、変わらずにこの雄大な宮殿の中を寂しく進む孤独な魂のままである。

郭念雲が必ず皇后の位を勝ち取らなければならなかったのは、彼女の人生には他に争うことのできるものがなかったからである。同じ道理から、彼女の唯一の息子が皇太子にならなければならないのは、そうして初めて、数年後に彼女がやっと皇太后になることができるからである。

郭念雲は自分が必ず李純より長生きできると深く信じて疑わない。そして、それを人生の目標としている。

彼女は彼に勝つだろう。いつの日か。

3

裴玄静と崔淼が閉じ込められてから既に十数時間が経っていた。

渭河の岸辺で捕らえられた後、兵士たちは彼らの弁明を全く聞かず、ひどいことに裴度の名を持ち出してもどうすることもできなかった。これらの倉を守っている士官と兵士は、明らかに大火によって頭が焼かれておかしくなってしまったようで、現地の人ではない人を見るとすぐに捕まえて閉じ込めていた。牢獄の中は老若男女すべての人がおり、泣いたり喚いたり非常に混乱していた。屋外では消火活動の騒々しい声が絶えず聞こえてくる。裴玄静と崔淼がどれだけ叫ぼうとも、もう誰一人として彼らの相手をしに来ることはなかった。最終的に、二人は精魂尽き果て、地面に倒れた。

「静娘……」裴玄静がやっとのことで目を開けると、崔淼が目の前にしゃがみ込んでいるのだけが見えた。

「大丈夫ですか？」

裴玄静は返事もできないほどに弱っていた。

崔淼は少しためらってから、手を伸ばして彼女の頬を撫で、一筋の乱れ髪を彼女の鬢へと撫でつけた。

裴玄静は微かに顔を傾けた。

崔淼は手を引っ込め、気まずそうに笑った。「熱は出ていなかったのですね。あなたは本当にしっかりしている」

裴玄静は体を支えながら起き上がり、尋ねた。「何時ですか?」

「おそらく深夜になっているでしょう」崔淼は裴玄静に他の人たちを見せた。「飲み食いすることもなく、今はみな横になっています」

狭い牢獄は入り乱れた容疑者たちで満ち溢れ、まったく息をすることもままならない。

崔淼は言った。「外は静かになりました。きっと火が消えたのだと思います」

「わたくしたちはいつ出られるのでしょう? 彼らはわたくしたちを解放してくれるのでしょうか?」

「そんなに長くはかからないでしょう」崔淼は彼女をなだめた。「消火が終われば犯人捜しをするでしょう。それがしどもは元より潔白ですし、取り調べの時に上官にはっきりさせれば、きっと大丈夫ですよ」

裴玄静は言った。「わたくしはそんなにすんなりいかないと思います」

「なぜですか？」

彼女は軽く嘆息すると「わたくしは永遠に昌谷に辿り着けないのでは……」

「そんなふうに考えてはいけません」

裴玄静は崔淼にもう少し近くに寄るよう促し、低く抑えた声で言った。「あなたに見せたいものがあるのです」

彼女は自分の動作が人に気づかれないよう確認してから、注意深く腰帯の中から一つの巾着袋を探り出し、袋の口の紐をそっと緩めた。

崔淼は頭を近づけたが、一筋の金の光が軽く閃くのが見えただけで、裴玄静はすぐに巾着袋のくちを固く縛った。

「これは何ですか？」彼は小さな声で尋ねた。

彼女も小さな声で答えた。「金縷瓶です」

「金縷瓶とは？」

「武元衡相公の遺品です」ここまで来たら、裴玄静ももう包み隠すことはなかった。

「元来はあの黒い布に包まれていたのです。わたくしがこれを得てから、身の回りに様々な出来事と怪事件が起こりました。これには重大な秘密が隠されているに違いありません。わたくしはこの謎を解きたいのです。しかし今……今、わたくしはそれをどうしたら良いのかわかりません」彼女は最も偽りのない困惑と弱さをさらけ出した。「あなたは、これを引き渡すべきだと思いますか？」

「絶対にいけません！」崔淼は断固として言った。「武相公があなたにそれを託したというのに、彼の本意が明らかになる前に、あなたはどうしてそれを引き渡すことができるというのでしょう？　おまけに明らかに誰かがそれを狙っています。それにあなたは、誰に渡すのが妥当であるのかどうやって知るのですか？」

彼は裴玄静に巾着袋をしっかりとしまうよう促した。「ちゃんと隠しておいてください。出てからまた話しましょう」

木製の囲いの入り口が何度か「がたがた」と音をたてると、誰かが来て鍵を開けた。

「どいつが裴玄静だ？　出てこい！」


河陰県の役所の法廷には火が灯され、非常に明るい。東都留守の権徳輿は洛陽から駆けつけると、そのまま歩みを止めずに入室し、事件を調べだした。河陰倉が失火したということは、青天の霹靂の如く権徳輿の頭のてっぺんを打ち抜き、七十歳を越えた老官僚は前後不覚となるほどの打撃を受けた。

彼は誰よりもはっきりとわかっていた。今回、自分はこの咎から逃れることはできないと。

河陰倉は重大な戦略的な意義を持つ場所であり、理屈から言えば、軍隊式に管理されるべきである。ただ大唐の他の方面と似て、すべての帝国の権威が役割を発揮すべき場所には、必ず様々に思いどおりにならないところが存在している。中央集権はただ表面に浮いているにすぎず、下ではそれぞれが勝手に振る舞い、大いに腕前を発揮している。

宿場は原則として兵部の管理下にあり、朝廷の役人と公差を接待するのみで、対外的に客を取ることは許されていない。しかし、それでは何のうまみもなく、またしばしば逆に金を出さなければならないこともある。だから、各地の宿場はどこも面従腹背で、一部の客舎を通りがかりの旅商人が逗留できるようにしている。駅逓は朝廷の倉庫の中の年貢を持ち出して、宿場で日常的に使用している。管理している役人はやむを得ず片目をつぶっている——もし真面目に対応すれば、これらの兵士たちはすぐに暴動を起こしてみせるだろう。

権徳輿は河陰県の管理について、昔から以上のような原則に基づいてきた。彼の見るところ、「手心を加える」というのはやむを得ない選択でありながら、一つの策略だといえる。皇帝は「原則はない」として彼を罰したが、権徳輿はそれほど悔しい思いをしなかった。現実に直面した時の皇帝の矛盾した気持ちを、彼はよく理解することができた。東都留守は位も高く権限も重く、自由で静かだ。これまでずっと老役人の官職としては最も良い選択だとされてきた。権徳輿は、実は皇帝は自分に対して悪いようにはしていないと、心の中ではっきりと知っている。

この前、武元衡が暗殺されたという情報は、権徳輿を非常に驚愕させた。藩鎮の勝手なふるまいがそこまで達しているとは思いもよらなかった。彼はすぐに洛陽の治安が心配になり、管轄している各県の県令と東都の守護を担当している金吾衛を招集し、上から下まで防衛を強化する措置を取り、やっと地に足がついた心地がした。

まさにいわゆる弘法も筆の誤りで、東都留守は一つだけ忘れていた——河陰県を。もちろん、それよりも心の奥底の「手心」が災いしたことが、権徳輿を「幸運への期待」へと傾かせていたかもしれない。

まさにこの幸運を期待する心理が、ついに大きな災難を引き起こしたのだ。

この時、皇帝の欽差である吐突承璀は大至急駆けつけるところであった。あと一、二時間あれば河陰倉に到着するだろう。彼の到着までに、権徳輿は対策を立てなければならない。でなければ、俎上の魚となるのみだ。

しかし、時間はたいへん差し迫っていた。その上放火犯の手がかりは全くなく、権徳輿が狼狽している時、報告がやってきた。裴度相公の姪である裴玄静も拘禁されている容疑者の中にいることがわかりましたが、彼女をどう処置すべきかお示しください、と。

「裴玄静?」権徳輿は呆気にとられ、すぐさま彼女を連れてくるよう命じた。

裴玄静がやって来た。髪の毛はやや乱れ、容貌も明らかに憔悴していたが、礼儀正しく一礼し、表情は落ち着き払っていた。権徳輿は一見して、いくらかの言い表せない好感を持った。――さすが裴度の姪である。

裴玄静が座ると、権徳輿は詫びて言った。「河陰倉の大火事について、士卒は犯人を捕まえたいと切実に思っているのです。裴大娘子を誤って捕まえてしまったこと、許していただけますよう」

裴玄静は問うた。「放火犯は捕まりましたか？」

権徳輿は溜め息をつき首を振ると、言った。「数日前に本官は裴相公からの手紙を受け取りました。姪が洛陽を経由して昌谷へ行くので、本官に特に留意して面倒を見るよう依頼するものでした。しかし、裴大娘子はなぜ方向を変えて河陰の方に来たのですか？　あいにくなことに大火事にまで遭って。もし何か損失があれば、それは本官の責任です」

今この時、内外に対してともに行き詰まっている権徳輿にしてみれば、思いがけず裴玄静が河陰に現れたことは、一本の命綱にとどまらない。裴度は朝廷の中でも皇帝に影響を与えることのできる数少ない人物であり、吐突承璀に対抗できる数少ない人物でもある。だから権徳輿は裴玄静を丁重に扱うことに決めた。彼女を通じて裴度に上手く取り入り、不慮に備えるのだ。

しかし、続いて裴玄静が話したことは、権徳輿の予想をはるかに超えていた。

彼女は言った。「権留守、わたくしは放火犯の手がかりを持っています」

「あなたが？」権徳輿は驚きのあまり、体を微かに傾けた。「あなたが手がかりを持っているのですか？」

裴玄静は頷いた。

「どんな手がかりですか？」

彼女はすぐには答えず、周囲をさっと見た。

権徳輿はすぐに理解し、急いで手を振って他の人々を下がらせた。たちまち、堂中に残っているのは彼ら二人のみとなった。

権徳輿は裴玄静の話の続きを待ったが、彼女は沈黙しながら、深い思考に入っているようだった。権徳輿は待ちきれず、大きく咳ばらいをすると、裴玄静はやっと夢から覚めたばかりのように、彼に向かってまぶたを持ち上げた。

彼女は深く息を吸い、言った。「留守大人、わたくしと一緒に河陰に来たものに崔淼という名の一人の医者がいます。今、容疑者とされて牢獄に閉じ込められています。彼は……わたくしが思うに、彼は河陰大倉の失火の事情を知っています」

「事情を知っている？」権徳輿は考えながら言った。「あなたが言っているのは、誰かがここで放火することを彼が知っていたという意味ですか？」

裴玄静は苦しそうに頷いた。「そうです。わたくしは他にも、数日前に京城で起こった武相公が刺殺された事件も、彼と関係があるのではないかと思っています」

この驚きはただごとではないと、権徳輿は思わず声を大きくした。「武元衡刺殺事件はもう解決したのではありませんか？　犯人はみな法の制裁を受けました」

「成徳の張晏たちはただの身代わりです。わたくしは権留守も何か耳にしていると思うのですが？」

「それは……」権徳輿は言いかけて止めた。

裴玄静は、自分の解釈がもう一歩進むのを権徳輿が待っているのをわかっていた。しかし、彼女の心は千々に乱れ、どのように話をすべきかわからなかった。

彼女はこれまで、崔淼を二度疑い、また、自身の疑いを二度否定してきた。一度目は刺殺事件が発生したばかりの頃、崔淼と王義の関係が普通ではないと疑った。しかし、聶隠娘の鏡磨きの店での経験によって、賈昌の小屋でのあの夜についての崔淼の釈明を受け入れることができ、崔淼と刺殺事件が関連するのではないかという疑いは取り除かれた。二度目は、西市で処刑を見たときに、生き返った顔に傷のある男を見たことである。しかし、そのすぐ後に崔淼は宋清薬鋪の中で、またもや完璧な言い回しで説き伏せたため、彼女は自分が「人を見間違えた」にすぎないと信じてしまったのだ。

もしかしたら、以前の二回で簡単にごまかせたことが彼を油断させ、更に尊大にさせたのだろうか。今回、顔に傷のある人物を髭だらけに変装させたのは、やり方が大雑把で、裴玄静はすぐにほころびを見つけてしまった。

彼女は、もじゃもじゃの頬ひげは、あごの上の特徴を隠すのにもってこいだと、すぐに連想した。

今回は、彼女が再び崔淼に釈明の機会を与えることはない。なぜなら、彼女は彼が疑いない事実のために、言い訳を探し、嘘を捏造するのを見たくないからだ。それは彼女をいたたまれない気分にさせるだけでなく、さらには彼女の心を痛めるだろう。

長楽駅から潼関駅まで、彼の目標はますます明らかとなっている——金縷瓶だ。部屋に入って探り、話しながら探り、韓湘を振り切ることを計画し、その後わざと彼女を河陰のこの道へと引き入れた。最初、彼女はその意味が理解できなかった。今は完全に確信することができる。彼は河陰大倉の失火の混乱を利用して、彼女が自ら金縷瓶を取り出すようにしたのだ。このことから、崔淼と傷のある顔の人物がどちらも成徳藩鎮から来ていることがわかる。彼らは刺殺事件に関与する中で、ただ朝廷に抗議をしただけではなく、金縷瓶を追い求めて来ている。別の点からも、崔淼は事前に河陰倉で起こった大火事のことを知っていたと証明された。

彼はどのように、彼女の手に金縷瓶があることを確信できたのだろうか？　宋清薬鋪の裏庭で、彼と一緒に黒い布を蒸した過程を思い返した。残念かつ辛いことに、自分が軽々しく信じたことにより、鋭い崔淼に細かな点まで洞察されたのだ。

しかし、裴玄静はこのことを再三考えたが、やはりまず権徳輿に金縷瓶のことは言わないでおこうと決心した。

彼女は考えを整理した。出来るだけ簡潔に意を尽くして権徳輿に説明する。叔父の裴度が刺されたときに、召使の王義が刺客と繫がっていることに気づいた。ただ王義はもう死に、嫌疑は彼と親密なつきあいのある医者の崔淼へと向いた。追跡調査を待っている時に、崔淼は長安から逃げ出した。そして、彼女自身が洛陽へ向かう途中、崔淼と期せずして出会った。これらの出来事の間、崔淼の言行は至る所疑わしく、露呈した馬脚も少なくなかったが、彼女は逆手にとろうと決心し、叔父が手配してくれた付き添いの韓湘を振り切り、崔淼に従って河陰に回り道をし、結局彼が何をしようとしているのかを見てみた。

「裴大娘子は一人きりで、身を危険に晒したというのですか？」権徳輿は驚いて尋ねた。「大娘子はこの崔淼があなたに悪さをすることを恐れなかったのですか？　もしその人が本当に藩鎮の刺客だとしたら、あなたは相当危険だったのではありませんか？」

裴玄静は言った。「あり得ません。彼が本当にわたくしに悪いことをしようと考えているのであれば、これまでに数えきれないほど多くの機会がありました」

権徳輿は思わず眉間に皺を寄せた。裴玄静が今まで話したことを聞いて、信じ切ることもできなければ、信じない勇気もなかった。しかし、結局のところ、これは彼が今手にしている唯一の手掛かりであり、少し考えてから、権留守は言った。「その人はすでに牢獄に入れられていますから、恐れることはありません。何か方法を考えて彼の口をこじ開けるだけです」

彼は大声で叫ぼうとした。「誰か――」その時、裴玄静が言うのが聞こえた。「お待ちください。権留守は拷問をなさるおつもりですか?」

「どうかしましたか?」

「お尋ねしたいのです」裴玄静はまた言葉を濁した。「もし容疑者が自白した場合、権留守はそれに対して刑を軽くしてやることができますか?」

権徳輿は全く訳が分からなかった。「これは……軽くできるかどうか、どれほど軽くできるか、というのは、容疑者の自白の程度を見てから決めなければなりません」

「ああ」

「裴大娘子の言いたいのは……」

裴玄静は頭を上げた。双眸のきらめきは別の光であった。「わたくしは何とかして崔淼自身に自白させることができると思います」

「彼自身に自白させるのですか?」

「そのとおりです。崔淼という人をわたくしは理解しています。彼は決して死を恐れるような人物ではありませんので、酷刑は彼には役に立ちません」裴玄静は切実な様子で言った。「ひたすら拷問をすれば、彼の口を開くことができないばかりではなく、かなりの確率で……この唯一の手掛かりを失うでしょう」

権徳輿は裴玄静をじっくりと見た。海千山千の彼はすでに彼女の体から尋常ならざる極めて微妙な何かを捕捉していたが、それが何かを確かめることはできなかった。そこで彼は頬ひげを軽く指先で捻り、彼女が続きを話すのを待った。

「しかし、彼自身に白状させようとするならば、ひょっとしたら権留守の協力が必要かと……」

権徳輿が口を開こうとしたとき、突然扉の外から一人の士卒が飛び込んできた。「権留守！」権徳輿が怒り出す前に、彼は意外にも直接権徳輿の側まで来て、彼の耳の辺りで少し話をした。

権徳輿の顔色が、がらりと変わった。「いかん！　間に合わなかった！」彼は裴玄静を見た。「吐突承璀がもうすぐ着きます！」裴玄静もひどく驚いた。

権徳輿はしきりに頭を振って言った。「裴大娘子、本官はあなたの意見を採用したくないということではないのです。あの吐突承璀は頑固で独りよがりで、人格は残忍かつ酷薄です。彼はどんな人の苦しみも構うことができないのです！　彼が皇帝欽差の身分で到着した後は、本官はまたその体制に従わないわけにはいきません。今はただ崔淼を吐突承璀に直接引き渡すことしかできません。あなたにも私にも責任はないのです。最後にどのような判決にするのか、それは吐突承璀が決めることです」

裴玄静は震える声で叫んだ。「絶対にだめです！」

吐突承璀に渡すことは、崔淼を死なせることに等しい。彼女がぐるぐると探し求めていたのは、決してこのような結果ではない！

権徳輿は長嘆して言った。「それなら、どうしろと言うのです？」

裴玄静は思わず歯を食いしばった。扉の外では、軍隊の音がすでに間近に迫っていた。

4

崔淼が河陰の法廷に連れていかれた時、ちょうど裴玄静も人に連れられて入って来た。言葉を交わすことはできず、ただ忙しなく一瞥したのみで、崔淼は彼女がまたいくらか憔悴し、ひどいことにいくらかの絶望の色も透けて見えると思った。崔淼の心はまっすぐに沈んで行った。

裴玄静が先に小役人に連れていかれた。少しの時間だというのに、崔淼は心がじりじりと焦げるような思いで待っていた。本来は裴玄静が身元を明らかにして、経過をはっきりとさせればすぐにでも逃れられると期待していた。今、彼女の様子を見るに、希望とは逆になってしまったというのか？　どういうことだ？　まさか裴度の姪という身分も役には立たないということか？

崔淼が裁判官の方を眺めると、上座に横並びに端座する二人の役人だけが見えた。
この二人の紫の長衣の高官の目の前で、河陰県令と穀物倉庫の守衛の牙将は、端に寄って立っていることしかできなかった。裁判官の人々は顔が死んだような灰色であった。実際、彼らは神策軍左軍中尉吐突承璀と東都留守権徳輿が前後して駆けつけたのを目にした時、今回の件はまずいことになったと理解した。烏紗帽（役人の被る帽子）は脳みそと一緒に危険極まりない状況となった。

吐突承璀は裴玄静が法廷に入ってくるのを見ると、ただちに顔中を輝かせて声をかけた。「なんと本当に裴大娘子だったとは、これは光栄、光栄。彼らが捕まえたのがあなただと言うのを、私は信じられなかったのですよ。誰か、急いで大娘子に席を用意して案内して」

誰かが地面に筵を敷き、裴玄静はそこへ座り、やっと身をかがめて挨拶をした。「中貴人にお目にかかります」

崔淼は誰にも相手にされず、彼は一本の柱の下に押して行かれ、立たされた。全ての人の注意は吐突承璀と裴玄静の身に集中している。

吐突承璀は顔をほころばせながら尋ねた。「裴大娘子は洛陽へ行くところだったのですか？」彼は力の限り裴玄静と親しい中であるように装ったが、表情は実にわざとらしく、権徳輿は思わず彼を横目で見ると、抑えきれずに顔いっぱいに嫌悪の色を浮かべた。

裴玄静は大手を振って自分は李賀との婚礼を終えるために昌谷へ行くところで、時間に遅れないよう霊空寺から近道を進み、河陰県に至ったという過程を一通り述べた。

「そういうことですか。それでは娘子が河陰倉の大火に遭ったのは、全くの偶然であるということですね」

「そうです」

「おお、それは娘子は驚いたでしょうね」

裴玄静は吐突承璀に対して少し頷き、彼の好意を受け取ったことを示した。

「しかし、本将は一つわからないことがあるのです」吐突承璀はわざと間を置くと、持って回ったように尋ねた。「どうして娘子の行くところではいつも事件が起こるのでしょうね？」

「中貴人のおっしゃっているのはどういうことですか？」

「それは……大娘子が帽子を換えると、裴相公が刺される。大娘子が処刑を見に行くと、刑場では悪人が暴れまわる。今回、大娘子は長安を離れたというのに、河陰でまた穀物倉庫が焼かれました。本将はきかずにはいられません。世の中にこんなにも多い偶然はあるでしょうか？　しかも、なんと、全てが娘子の身に起こっているなんて」

裴玄静は沈黙している。

法廷の中は厳粛な雰囲気で、蠟燭の火が爆ぜる「ぱちっ」という音だけが聞こえる。

夏の夜だというのに、権徳輿は寒気がした。時の流れからは逃れられないものだな、と彼は思った。老いたといえば、老いたのだ。あと何日生きられるだろうか？　まさか今日のようなことのために夜通し眠らず、さらに明日、明後日、明々後日のために、心配し続けなければならないのか？　吐突承璀が通常よりも数倍も速く河陰倉へと駆けつけたことは、権徳輿に危険が差し迫っているという不吉な予感を感じさせた。彼は、吐突承璀は元より自身を攻撃しに来たのだ！　と思いさえした。

彼の心は冷え切っていた。自身が先頭を切って皇帝に郭貴妃を皇后に冊封するよう上奏したからだろうか？　皇帝はそのために、自分を長安から追い出し、もしや殺すところまで追い詰めようというのか？

しかし、自分の胸に問うてみるに、権徳輿が敢えて先頭に出たのは、臣下としての責任感から出たものでないなら、国家の長期安定に対する一片の真心から出たものだろうか。皇太子の座が空いているというのは、歴朝歴代においても不安な要素だった。唐の成立以来、李氏が宮廷内の闘争で流した血は少なくない。まさか皇帝は、当初、自分がどのように即位したのかお忘れになったのだろうか。永貞元年のあの激動は、今なお余波を残し、思うだに人を震わせる。だから権徳輿は、一日でも早く皇后を立て、一日でも早く皇太子を立てることで、朝廷を安定させることができると信じている。しかし、彼の忠誠はまた何になっただろうか？

なるほど、古くから忠臣良将に天寿を全うできるものは少ないという。権徳輿はかつて武元衡が寵愛を受けていることに嫉妬し、さらには彼が刺殺されたことを知り、密かにその不幸を喜んだ。今日は同類相哀れむような痛みがある。誰が知っていただろうか。もしかしたら、自分の置かれている立場は彼よりももっと悲惨かもしれない……。

法廷で、裴玄静は言った。「何を根拠に中貴人が断定しているのかわかりませんが、河陰倉の失火は悪人が故意にしたことなのですか？　もし管理が不十分だったことによる事故であれば、中貴人がわたくしに対して疑いを持ち、名指しで非難するのは、随分とおかしなことです」

吐突承璀は裴玄静と何度かやり取りしたことがあり、彼女が一筋縄ではいかないことを知っている。焦らず怒らず、余裕をもって反問した。「事故による失火では、武芸に秀でた盗賊が転運院に攻め込みますか？　事故による失火では、武器を持った人が十余名の衛兵を殺傷しますか？　事故による失火では、人が防衛を突破して河陰を出て行きますか？」

裴玄静は不思議そうに尋ねた。「失火の際にそんなにも多くのことが起こったのですか？」

「あなたは知らなかったのですか？　裴大娘子……」吐突承璀は気味悪げに言った。

「犯人はもう逮捕されたのですか？」

吐突承璀は表情を変えた。「大娘子、今日は本将があなたを取り調べているのですか、それともあなたが本将を取り調べているのですか？」

裴玄静の強情さも沸き上がって来た。頭をきっぱりと上げて答えた。「それで中貴人は、一人の悪人も捕まえることができなかったのですね！」

「でたらめなことを言わないでもらいたい。犯人は当然すべて逮捕した！」

「あり得ません！」

「貴様！　なぜこのような大法螺を？」

「わたくしは法螺など吹いていません」裴玄静は冷静に言った。「なぜなら、たとえ一人だけでも犯人が捕まっていれば、わたくしと今回の件に全く関係がなく、わたくしが潔白であることを証明するのには十分だからです」

「おい！」吐突承璀が机を叩きながら叱責した。「犯人はすでにお前たちが仲間であると認めているのだ。私はお前に包み隠さず白状するよう勧めているのだぞ。くれぐれも幸運を当てにしないことだ」裴玄静は唇を噛み、一言も発さない。

権徳輿は見ていられなかった。裴玄静はとにもかくにも現朝廷の宰相の血のつながった姪であるのに、吐突承璀は意外にも自白をだまし取るような手段を取った。今後もし裴度に知られれば、この恨みは必ず清算される。権徳輿は大いに不安を感じたが、公衆の面前で吐突承璀の顔に泥を塗るわけにもいかず、体を斜めにし、声を低く抑えて言った。「吐突中尉、今のところ裴大娘子と放火との関連を説明するどんな証拠もありません。取り調べはもう少し……遠慮すべきでは？」

吐突承璀は言った。「本将には理があるのです」直接権徳輿を一方へ押しのけたかった。東都留守は顔が緑色になるほど怒った。

裴玄静はまた言った。「犯人がわたくしたちを知っているというのなら、彼を法廷に連れてくるようお願い致します。わたくしはその人と話し合いたい」

明らかに彼女は吐突承璀が騙していると見定めた。

吐突承璀は冷笑しながら言った。「あなたが話し合いたいから話し合う？　そんなに簡単にはいきませんよ。やはり本将がすべての容疑者の取り調べを終えてから、娘子が来てゆっくり話し合えるよう手配します。誰か、裴大娘子を下がらせて」

「お役人さん、あなたたちも人によってずいぶん態度が違うじゃありませんか。それがしと裴大娘子は一緒に河陰県に来て、一緒に捕らえられました。あなたたちはなぜ彼女一人だけを取り調べるのですか？　ああ、さてはそれがしが医者だから、あなたたちに取り調べを受ける資格がないということですか？」

崔淼が話している！　すべての人の視線が彼に向けられた。彼は法廷の上座にすわった二人に向かい、笑っているような、笑っていないような表情で話していた。「早く来てください。来てそれがしを調べてくださいよ」

吐突承璀は崔淼のことを全く知らなかった。彼がどんなやり口で来るのかもわからなかったので、ただ権徳輿に向かって不服そうな顔をした。「あなたが調べてください」偉そうな態度で、まるで召使に仕事をさせるようだ。

権徳輿はとうとう我慢することができず、怒って言った。「吐突将軍が調べたいのなら最後まで調べてください。本官はみだりに手出しすることができません」

「あなたは手出ししない方が良い」崔淼のこのわけのわからない話は、全ての人々の興味を掻き立てることに成功した。

二人の役人はどちらも暗く沈んだ表情で何も言わなかったので、河陰県令が飛び出してきて場を救った。「失礼いたします！　何か言うべきことがあるのならさっさと言いなさい！」

「それがしですか？」崔淼は自分の鼻を指さしながら言った。「それがしが知っているのはすべて重大な機密です。法廷で自由に口に出せるわけがありません」

「これは……」河陰県令は振り向いて眺めた。法廷の二人はまるで老僧が座禅を競っているかのようで、県令はまた崔淼を叱責するほかなかった。「取るに足らない青二才が、何の機密を持つことができようか。言わなければすぐに牢獄に戻らせるぞ！」

崔淼は仕方ないといった様子で一度長嘆し、県令を呼んだ。「来てください。もう少し近づいてくれればあなたに教えます……」

河陰県令は本当に耳を近づけていった。

部屋いっぱいの人々が目を見開いて、崔淼が県令に内緒話をするのを見ている。

突然、その河陰県令はまるで蠍に刺されたかのように、急に後ろに向かって跳ね、崔淼を指さしながら怒鳴った。「なんてひどいことを！」手を振りながら、「誰か、この恥知らずを引きずっていけ！」

「待て！」吐突承璀は厳しい口調で言った。「彼はいま何と言ったのだ？」

河陰県令は慌てふためいた。

権徳輿も続いて尋ねた。「彼は何と言ったのだ？」

顔中に冷や汗をかいて、河陰県令は震えながら答えた。「か、彼はこの火、火は裴度相公が共謀、共謀して……放ったものだと……」

吐突承璀は飛び起きて尋ねた。「誰が誰と共謀したと？」

「裴相公が、権、権、権……留守と……」河陰県令は完全にどもっている。

権徳輿も飛び起きた。「何ですって？　これ、これはまるででたらめだ！　この医者は、なぜ口から出まかせを？」

崔淼は大声で言った。「それがしは口から出まかせなど言っていません！　二人の大人が密謀している時、それがしはその場にいました。この目で見たのです！」兵卒たちは状況が悪いとみて、突進して崔淼の両手を後ろ手に押さえつけた。

「あり得ない！」権徳輿は青筋が立つほど焦って、怒鳴った。「そいつをさっさと押さえつけろ！　これ以上法廷で発言させるな！」

「動くな！」吐突承璀の声は権徳輿より響き、皆を止まらせると、彼は崔淼をきつく見つめながら尋ねた。「あなたはあなたの目で見たと言うのですね？」

崔淼は兵卒に押さえつけられて片膝立ちになり、もがきながら叫んだ。「当然です。権留守はそれがしがわからないのですか？　それがしは崔淼ですよ！」

吐突承璀はわけがわからない。「私？　私がなぜお前を知っているのですか？」

「あなたは権留守ではございませんか？　急に知らない振りはできませんよ！」

吐突承璀は目を見張り口もきくことができない。

法廷は水を打ったような静けさだ。ふいに権徳輿が勢いよく大きな笑い声を上げた。笑いすぎて涙まで流し、喘ぎながら言った。「吐突将軍がまさかこのような狡猾な小悪党の話を聞くなんて。ハハハハ。あなたと私を見分けることもできないのに騙そうとするなんて、ハハハ……吐突将軍は彼に好き放題にされてはいけませんよ」

ここで吐突承璀も反応した。自分が崔淼に公然とからかわれたことに、ただちに狂わんばかりに腹を立て「いいでしょう。この崔……崔何とか！　よくもいい加減なことを言って場を乱してくれましたね！　誰か、刑杖を！」

崔淼はすぐに引きずられて地面に転がされ、刑卒は手の平ほどの幅の刑杖で地面を叩いた。「どん」という音がして、裴玄静は驚き目を覚ました。崔淼が法廷で巻き起こしたこの波風は、まったくあまりにも唐突で、あまりにも奇異で、あまりにもわけのわからないものだった。裴玄静は彼が結局何をしようとしているのか、まったく見通せなかった。

吐突承璀は切歯扼腕しながら命じた。「容赦せずに打て！」

刑卒は刑杖を高く掲げ、しっかりと崔淼の体の上に下した。裴玄静は思わず一緒に身震いした。刑杖は一度、また一度と、雨粒のように打ち続けられた。崔淼は一度たりとも声を出してはいなかったが、全身が汗でびしょ濡れであった。ぶたれたところはすぐに皮膚が割け、肉がほころび、血があふれた。

なぜこのようなことになってしまったのだろう。彼女の計画では、このような悲惨な一幕はなかったのに！

ただ、この時、彼女には崔淼の眼差しが見えた。彼の激痛に震える眼差しには、依然として充実した自信と説得力がある。彼は命懸けで彼女に語りかけていた。「すべてそれがしにまかせてください。慌てることはありません」

裴玄静はもう何かをしようとはしなかった。ただ歯を食いしばり、崔淼がひどい目に合うのを見ていた。

上官が何回打つか指示しなかったため、刑卒は打ち続けるしかなかった。崔淼は三十数回を耐えたが、ついに卒倒した。

刑卒は報告した。「犯人は拷問に耐えられず、意識を失いました」

吐突は青ざめた顔で言った。「水をかけて起こして、再び打て！」

「……わかりました」刑卒はこのまま殴り殺すつもりだと悟った。

「待ちなさい」権徳輿が遮って言った。「容疑者の供述はまだ聞き終わっていません。このようにひたすら刑罰を与えるのは妥当ではないのでは？」

「供述？　彼は朝廷の官吏を好きなように侮辱し、その上暗殺を謀ったのです。もう既に死罪です。一体何の供述を聞く必要があるのですか？」

「吐突中尉、それは違います」法廷の情勢は波乱万丈である。権徳輿はこの時かえって落ち着いており、高ぶらず諂わずに言った。「初めのうち、吐突中尉は失火が裴相公と関係していると言っていました。この犯人は裴相公の姪と同行し、また裴相公と本官が共謀して放火をしたと言いました。この詳しいいきさつを、なぜはっきりと聞かずにおくことができるでしょう？　さらに言えば……彼が濡れ衣を着せたのは本官に止まりませんし、吐突中尉もこの件に巻き添えにされたようです。まさか徹底的に追及したいとは思わないのですか？」

「最初に本将があなたに取り調べさせようとしたら、あなたはあれこれと口実を設けて断ったのに、今は取り調べたくなったのですか？　いいでしょう。ここはあなたの処置に従います。本将はもう知りません！」吐突承璀は人を打って鬱憤を晴らし、この時は疲れが出てきており、袖を払って去った。

権徳輿は崔淼を独りで閉じ込めるよう命じた。また、裴玄静を裏庭に送り届けるよう命じ、監視し始めた。

「今日はここまでにしましょう」彼は手を振って、そぞろ歩き堂外へと来た。廊前にはすでに一片の朝日が零れている。早朝の爽やかな空気の中には依然として焦げた匂いを嗅ぐことができた。東都留守は深く息を吐いた。

5

崔淼は煉瓦造りの小さく暗い部屋に投げ込まれた。扉に鍵をかけると、全面的に封鎖され密閉された甕のようで、ただ扉の隙間から細い光線が差し込み、生きるのに必要なだけの空気が入ってくるのみだ。

彼は泥の上でぴくりとも動かずに長い間横になっていた。そうして何とか少しずつ力を貯め、俯せの姿勢になるよう体の位置を変えようとした。血と肉の混じり合った体はすでに泥の上で少しねばついており、動くとすぐに傷に障るため、痛みのあまりまた気絶してしまいそうだ。

痛みの波が一つまた一つと続けざまに襲って来て、肉体の負担を生まれて初めて崔淼にはっきりと感じさせた。疾病による苦しみを飽きるほど受け、生きる楽しみを失った人たちが、尽きることのない苦痛だけをもたらす形骸を依然として放棄することもできずにいるのを、医者として、彼はとっくに見慣れていた。なぜなのか。もしかしたら、心が死んでさえいなければ、この世の中にはいくらかの捨てきれないものがあるのかもしれない。

しかし、今この時、崔淼は自分の心が極めて清く澄み、平穏であると感じていた。もし、臀部と太腿の痛みが興を削がなければ、彼は本当に詩賦を一首楽しむところだ。それは——自分が打たれていた時の彼女のあの哀しみや痛みに満ちた眼差しのためだ。

彼はその眼差しが青く未熟で息を飲むほどに美しく、まるで肌を刺すように冷たい秋風の中で大いに花開いた苦菊のようだと感じた。もしこの世に本当に彼に命を懸けさせるものがあるとするならば、それだった。

崔淼は今までにない満足、ひいては甘やかな幸福さえ感じていた。なぜなら彼が今回打たれたのは彼女のためであり、これで彼女に対してやましさを抱く必要がなくなるからだ。この道を歩き出した当初、彼は確かに、人に告げることのできない計画を抱えていた。しかし、先刻のものものしく恐ろしい法廷で、彼は自分でも予想だにしなかった状況のもと、刹那に全ての陰謀を手放し、内心の最も偽りのない渇望に従おうと決めた。

あの瞬間から、彼は最も卑賤な姿で自分の血肉を彼女に捧げ、もう嘘偽りで口を満たした詐欺師ではなくなったのだ。

彼は目を閉じ、もう一度余韻を楽しもうとした。

「ばんっ」とこもった音がして、真っ暗な部屋に日の光がなだれこんできた。崔淼は煩わしそうに顔を背けた。なんと間の悪い。

実は、権徳輿にとっては、昼間に容疑者を見に来ること自体が、もうすでに危険を冒している。ただ、彼はもうこれ以上待ち続けたくなかったのだ。吐突承璀が昼食を食べ終えた後、横になって休んでいると部下から報告があった。権徳輿は、そこでやっと抜け出し、その上何人もの見張りまで配置した。

暗い部屋に一歩足を踏み入れると、血や糞尿や黴などの匂いが混ざった激臭が顔面に襲い掛かった。鼻を衝く匂いに権徳輿は吐き気をもよおした。彼は冷や汗を拭き、地面にうずくまっている何かが本当に崔淼であるとはっきりわかると、単刀直入に尋ねた。

「あなたは誰ですか？　一体何をしたいのでしょう？」

崔淼は弱々しげに答えた。「それがしは……権相公の囚人ですよ」ただ、彼の言葉の中にはあまりにも明らかな皮肉っぽさがあったので、聞いた権徳輿はひどく腹を立てた。自分は堂々たる三品の高官であり、吐突承璀に排除されても仕方ないが、まさか一人の名もない人間にからかわれなければならないのか。

「もう一度問います」権徳輿は切歯扼腕して言った。「誠実にやり取りをするか、そうでなければここで腐れ死ぬ準備をしなさい！」

「それがしが腐れ死ぬのは小さなことですが、権相公が一人の宦官によって生きながら死へと追いやられていくのは、あまりにも釣り合いません」

「ふん、彼にそんな価値があるものですか！」

「権相公はまだ気をつけるべきです。河陰の失火はそもそも権相公とは関係がありません。あってもせいぜい監督不備です。あの宦官は待ちきれないほど、あなたの頭上に罪名を掲げたいと思っています。もし彼が別の機会に鉢合わせたら……」

「別の機会？」権徳輿の顔は恐怖でゆがんだ。「それは何ですか？　早く言いなさい！」

崔淼はなんとか体を支え、壁に寄りかかった。「権相公、言います。全て言いますよ。但し、あなたには条件を一つ飲んでもらいます」

「あなたが私に条件をつけるのですか？」

「そうです」

権徳輿が不思議そうにこの若者を眺めていると、彼の顔には確かにある種の命知らずの人間のような信念があった。

権徳輿はゆっくりと聞いた。「どんな条件でしょう？」

「彼女を逃がしてください」

「誰を？」

「裴大娘子です」

「彼女を？」

「彼女はこれらの出来事と何の関係もありません。権相公には彼女を解放していただきたいのです。人情として」崔淼は微笑みながら言った。「権相公は朝廷の中に逃げ道を残しておく必要がありますし」

権徳輿は崔淼を注視しながら、言った。「私がそうするだけの価値があるかどうかは、あなたが提供する情報を見てみないと」

「もちろんです」崔淼は落ち着いて回答した。「河陰倉で火を放ったのは平盧藩鎮が雇った殺し屋です。これらの人々は駅卒の格好をしており、混乱に乗じてとっくに河陰から逃げ出しています。あなたたちが捕まえたのは潔白な民衆だけです。それから……彼らはもう洛陽へと急いでいます」彼はにこにこと笑いながら権徳輿を見た。「権相公、あなたはやはり早く洛陽に戻ってください。でなければ、東都で一旦暴動が発生したら、誰も陥れようとせずとも、あなたは逃げられません」

「何の話ですか？　東都で暴動が？」権徳輿は大いに驚いた。

崔淼は微かに頷いて言った。「そいつらを捕らえれば、暴動の陰謀を失敗させられるだけではなく、武相公を害した犯人も捕まえることができます。権相公はまだ動かないのですか？」

権徳輿も役人口調を忘れて、急いで尋ねた。「殺し屋の名前は知っているか？　足がかりは？　行動計画は？」

崔淼は彼に近づいてくるよう促した。

権徳輿は結局近づいていった。しばらくすると、彼は体を離し、顔を真っ青にして尋ねた。「あなたはどうやってそれを知ったのですか？」

崔淼は質問とは別のことを答えた。「聖上の詔書の中には、だれかが事実を訴えたら、連座の罪は免れる、とはっきりと書いてあります。権相公が犯人を逮捕した時には、朝廷の決まりを守っていただけるよう望みます」

権徳輿は袖を払って言った。「本官はむろん信用できる」

入り口まで来ると、彼はやはり我慢できずに振り返って尋ねた。「あなたがこのようにするのは一体なぜですか？　まさか……すべて彼女のためですか？」

崔淼はゆったりと言った。「我を知る者は、我が心憂うと謂ふ。我を知らざる者は、我何をか求むと謂ふ[1]」

「でたらめを！」権徳輿は言った。「他にも言っておきますが、本官は東都留守であっ

1　原文：知我者，謂我心憂，不知我者，謂我何求。（『詩経』「国風・王風・黍離」）

て、宰相ではありません。権相公、権相公と呼び続けるのはやめてもらいたい」

扉が閉じられると、暗黒が再び小屋を満たした。崔淼は目を閉じなくとも、あの一組の眼差しに逢うことができた。

彼は心から満足して笑った。

彼女のために？

もちろん彼女のためだけではない。しかし第一に、彼女だ。

河陰県廨の規模は有限であり、倉を守る軍営の風格や快適さには遠く及ばないため、吐突承璀は側仕えを伴って軍営内に住み、軍営内で執務し、権徳輿と一緒に大倉の失火の後始末をしていた。しかし、権徳輿は頭を抱えてうんうんと唸りだし、風邪のせいで頭が痛く、仕事をすることができないという。吐突承璀は彼が病を口実にしてごねているとはっきりとわかっていたが、あまり追いつめすぎるのも良くないので、彼を休憩しに行かせた。

裴玄静は県廨の裏庭にぽつんとある耳房に閉じ込められていた。部屋の中には寝台も机もあり、清潔で、衝立ての後ろの洗面台には銅の洗面器が置かれ、清潔な水で満たされており、台には真っ白な手巾が掛かっていた。裴玄静は無心で顔を洗い、口を漱ぐと、ぼんやりと座って待つしかなかった。

どのくらい待っただろうか。やっと門環が軽く鳴るのが聞こえ、権徳輿が歩いて入って来た。

裴玄静はただちに迎え、彼に深く礼をした。

「大娘子、楽にしてください」権徳輿は彼女の切実な眼差しを見ながら、ゆっくりと言った。「崔淼は……すべて白状しました」

裴玄静の体は、さっと緊張が解け、ほとんどぐったりとなった。彼女は何とか自分を支えながら、権徳輿の話の続きを聞いた。「彼の話によれば、武相公とあなたの叔父を刺したのは、平盧が雇った二人の『殺し屋』でした。嵩山の中岳寺から来た和尚で、一人は浄空、もう一人は浄虚といいます。それからもう一人、成徳から来た牙将尹少卿が仲介を担当しました。この三人をはじめとして、手下は全部で十数名おり、みな武芸に長けた殺しを生業とする者です」

裴玄静は即座に言った。「成徳牙将尹少卿ですか？」

「どうしましたか？　裴大娘子はその人を知っているのですか？」

「あ、叔父が話題に出していたような……」裴玄静は曖昧な答え方をした。「よくわかりました。刺客は平盧藩鎮が派遣したけれど、成徳も決して無関係ではないということですね。成徳、平盧、淮西の三鎮はこれまで結託して、聖上を追いつめて淮西から兵を退かせるために、まず成徳から顔を出し、武相公と朝廷を何度も脅したり中傷したりした。それから平盧が刺殺事件を起こした。平盧が雇った『殺し屋』は和尚で、かつて春明門外の鎮国寺に逗留していたということですね！」

彼女が口に出さなかったのは、尹少卿と崔淼が、鎮国寺の隣にある賈昌の小屋の中に隠れていたということである。それらのことに思い当ると、裴玄静の心はまた耐えがたく痛みだした。尹少卿と崔淼には明らかに別の目的があった。金縷瓶である。正に金縷瓶のために、崔淼は彼女の目の前で完全に自分をさらけ出したのだ。しかし、今更このことを権徳輿に対して持ち出す必要はなかった。

権徳輿は言った。「崔淼はほかにも白状しました。刺殺事件の後にそれらの人々はばらばらに長安から逃げ出し、続々と河陰へ駆けつけ放火をしたのです。今、彼らはすでに洛陽へ急行しています。東都で暴動を起こそうと計画しているのです」

裴玄静は大いに驚いた。「東都でも暴動を？」

「そうです。この情報は人命にかかわりますから、本官は即刻東都へ向かいます。犯人を捕まえるための手はずを整えます」

「それでは……崔淼は？」

権徳輿はじっくりと裴玄静を一目見た。「本官はすでに彼を単独で収監しておくよう命じ、傷の治療のために医師を派遣しました。これで洛陽へ行き、順当に犯人を捕まえることができれば、崔淼が大功を一つ立てたということになります。聖上の詔令によれば、彼は赦免を得ることができます。本官の裴大娘子に対する承諾も、もちろん有効です。ご安心ください」

皇帝が吐突承璀を欽差として委任したことを知ると、権徳輿はすぐに、吐突承璀は河陰倉の大火のためだけに来るのではないと考えた。彼は、皇帝が依然として自分が郭貴妃を皇后として冊封するよう先頭に立って上奏したことを忘れることができず、そのために河陰の騒ぎに乗じて吐突承璀を派遣し、ことにかこつけて言いたいことを言って、自分を抹殺しようとしているのではないかと疑いさえした。

裴玄静の提供した手がかりがあったおかげで、今、権徳輿は河陰の失火の責めを逃れられそうなだけではなく、武元衡刺殺事件の黒幕を一挙に殲滅することができる可能性も非常に高く、禍転じて福となったと言える。今日法廷で、崔淼が吐突承璀を大いにからかったことで、権徳輿も鬱憤が晴れた気になった。崔淼のような人間はそもそも彼の眼中にはなく、もし最終的にすべてが順調にいったら、権徳輿は裴玄静の顔を立てたいと考えている。

裴玄静と崔淼は一体どういう関係なのか。なぜ一方は、相手を吐突承璀の侮辱から守るために喜んで命を捨てようとし、もう一方は相手が敵であると明らかにわかっていたのに、色々と思案を巡らせて彼を弁護したのか……うん、これらについて権徳輿は決して追及しようとは思わない。

「本官はすぐにでも洛陽に向かわねばなりません。裴大娘子はどうするつもりですか？」

裴玄静は言った。「わたくしはやはり昌谷へ行きます」

「わかりました。ここから昌谷へは、水路を半日行けばすぐに着きます。本官が人を派遣して護送させます。今夜は、裴大娘子はしっかりと休んで、明朝の出発に備えてください」権徳輿はそう言いながら、外へ歩いて行こうとした。裴玄静は背後から彼を呼び止めた。「権留守」

「うん？」

「わたくしたちの決めた策について、わたくしは知られたくないのです……崔に」

権徳輿は軽く頬ひげをこすると、意味深長に言った。「河陰県衙堂で発生した一切は、吐突欽差、それから他の人々に目撃されたので、そのとおりに記録され、朝廷に報告されるでしょう。それ以外については、是非もありません」

扉は閉じられた。裴玄静は一人部屋の中に座り、少しぼんやりとした。

ということは、この一局、彼女は正しい方に賭けられたということか？

彼女が崔淼の偽装を見抜き、逆手に取ろうと決めた時、少しの躊躇もなかっただけでなく、少しの恐怖もなかった。なぜなら、彼が自分のことを傷つけることはないと確信していたからである。彼女が権徳輿に、崔淼に自白させる計画を言い出したのも、犯人を処罰すると同時に、彼が生き残る道を得ようとしたのも、同じ信念から出たものだ。崔淼は聡明な人なので、彼女は道理で相手を納得させ、情で相手の心を動かそうとした。吐突承璀の突然の出現によって、手遅れになってしまったが、それでも彼女はとっさによい知恵を出さなければならず、権徳輿と協力してひと芝居打ったのである。

これは確かに有り金全てを一点に賭けるような挙動ではあったが、依然として彼女は、崔淼なら吐突承璀が自分を迫害するがままにしておくわけがないと信じていた。ただ彼女は、彼があんなに激しい方法を取るとは思いもよらなかった。真犯人を言いさえすれば、裴玄静ともども罪から逃れることができたのに、彼はほとんど自分が命を落とすようなまねをした。

彼女は、彼がなぜそのようにしなければならなかったのか、永遠に知ることはないだろう。なぜなら、彼女はもう二度と彼に会うことはないからである。

今が最善の時だ。ここで別れて、互いに忘れるのだ。知り合ってから今まで、彼が彼女に与えてくれたあらゆる驚喜と感動は、全て懐疑と不安を伴っていた。彼女もまとめて一緒に彼に返すことしかできない。

一本の金縷瓶をきっかけに、裴玄静は武元衡のために復讐を果たしただけではなく、崔淼にも生まれ変わる機会を与えた。それなのに、なぜ、今、彼女はいささかの安堵もなく、ただ尽きることのない憂鬱だけを感じるのだろうか。

6

権徳輿は連夜洛陽へと駆けた。彼は本来、裴玄静が次の日の早朝に船に乗って行けるよう手配をしていた。しかし、裴玄静はもう一刻も留まっていたくないと、すぐに出発することを頑なに要求した。権徳輿が事前に言いつけておいたので、裴玄静の一切の要求を満足させなければならず、彼女の護送を担当する士卒も命に従うほかなかった。

河陰県廨は小さく、囲いの外はすぐに川で、裴玄静のために準備した小船はすでに岸辺で待っていた。

裴玄静が小さな中庭を後にしたところで、二人の士卒が人を押したり小突いたりしながら前衙（役所の表側の建物のこと）に向かって歩いて行くのが見えた。

裴玄静は慌てて尋ねた。「その人は何者ですか？」

「裴大娘子、こいつは庭の外でずっとこっそりと様子を窺っていたのです。振る舞いもこそこそとしているので、殺し屋の一人ではないかと見積もっています」

士卒の手中に落ちた黒衣の人は非常に痩せていて小さく見える。顔色は青白く、それが憎々し気に裴玄静を見つめる双眸の黒さを一層際立たせている。

裴玄静は言った。「彼女は刺客ではありません。わたくしの下女です」

「女性なのですか？」二人の士卒は目を丸くして物も言えない。そのうちの一人が思わず手を持ち上げ、黒衣の人の帽子を取って見てみようとすると、彼女が低い声で怒鳴るのが聞こえた。「わたしに触れるな！」

「やあ、本当に女性だ」士卒たちはどうすればいいのかわからなくなった。

裴玄静は少し笑うと説明した。「彼女はもともとわたくしの側に仕えていなければならないのに、火事の時に先に逃げてしまったのです。わたくしに叱りつけられることを恐れて、戻ってくることができなかったのでしょう。これは、ちょうど良かった。彼女をわたくしと一緒に船に乗せてください」

「出まかせを！　あなたとだけは一緒にいたくない！」

裴玄静は声を抑えて言った。「禾娘、騒がないで」首を回すとまた二人の士卒に言った。「お二人に手伝っていただきたいのです。騒いだり暴れたりしないように、彼女の口を塞いで、もう一度きつく縛ってください。わたくしは家の決まりに則って彼女を処分しますから」

士卒は言われたとおりにして、急いで禾娘をしっかりと縛り上げ、猿轡をして、裴玄静の船に一緒に乗せた。

船内に座ると、船が軽く揺れ、滑るように岸辺から離れた。室内からはただ船頭の足下の草鞋が見えるだけで、耳元では竹竿が水に入るたびに鳴るざあざあという音が聞こえる。あまりにも静かで安らかな現実は、かえって夢のようである。その上、小舟は今、この南柯の夢に入ろうとしているのか、それとも離れようとしているのか、区別がつかない。

夜は水のように涼しく、瞬く間に秋になってしまったかのようだ。裴玄静は一つ身震いをすると、はっきりと目覚めた。顔を上げると、向かいから投げかけられているのは、彼女を丸のみにしてやろうという眼差しである。

彼女は手を伸ばして禾娘の口の中の布を引き下げ、また、彼女のために縄を解いた。禾娘が勢いよく立ち上がると、小舟もそれに従って揺れた。

裴玄静がゆったりと言った。「わたくしたちは川の中央にいますよ。あなたは泳げますか？」

「わたしは……」船体がまた続けて何度か揺れ、禾娘の顔色は白くなり、やむを得ず座った。

「前には船頭が一人と立派な士卒が一人います。後ろの甲板にはもう一人士卒がいます」裴玄静は言った。「要するに、あなたが望むと望まざるとにかかわらず、岸に着くまでは大人しく船倉の中に座っていなさいな」

「なぜこんな風にするの！」

「こうしなかったら？　あなたは好き勝手にして、監獄に入れられてしまうのでは？」

「わたしは監獄に入れられたいの！　死ぬんだったら、彼と一緒に死ぬ」

「崔郎のこと？」裴玄静は落ち着き払って言った。「彼は死なないわよ」

「よくもそんなことを言えたものね！　明らかにあなたが彼を酷い目に合わせたのに」

「わたくしが彼を酷い目に？」

「彼は拷問にかけられたのに、あなたはなんで出てこられるのよ？　彼を酷い目に合わせたのはあなただっていうのに！」

　裴玄静は首を振った。反駁する気もない。

　誰も言葉を発さない沈黙の中、岸辺の草むらの中の蟋蟀はますます愉快そうに鳴いた。一輪の名月が静かな水面に映り、真っ白な光は両手を垂らせば拾うことができる。だいぶ経ってから、裴玄静は尋ねた。「聶隠娘は？　彼女はなぜあなたを行かせたの？」

「彼女が言うには、気もそぞろな弟子なんていらないって。わたしを連れて長安を出たんだから、これで約束は守っただろうって。彼女について行きたいかどうか、自分で決めろって言ったの。わたしが背を向けて去ったら、彼女も止めなかった」

「それから、すぐに崔郎を探し当てたの？」

　禾娘はぷんぷん怒って口をとがらせた。

「長楽駅と潼関駅で、あなたは二回わたくしの部屋に忍び込んだ。そうよね？　彼はあなたに、わたくしの荷物の中からあるものを探させた。でも見つからなかったから、彼はすぐに戦略を変えて、わたくしを危険な目に遭わせ、自分からそれを取り出すようにさせようとした」ここまで話すと、裴玄静の語気に無自覚にわずかな恨みと憤りが混ざった。「だから今日の局面は、実際、彼の自業自得です」

「調子に乗らないで！　彼を助けに行くんだから！」禾娘は怒って言った。

「あなたが？」裴玄静は言った。「崔郎の体は刑罰で傷を負っているから、しばらくの間は身動きできない。やはり彼を県衙に留まらせて、しっかり傷を治してもらった方が良いわよ」

禾娘は呆気にとられたが、依然として強気だ。「どうすべきかは自分でわかってる。わざとらしく良い人ぶるのはやめて」

裴玄静はくたびれて少し笑うと、もう彼女とは言い争わなかった。

小舟は音もたてず静かに前進している。

「あなたのせいよ」

裴玄静は茫然とし、やっと禾娘が話していることがわかった。「ん、何か言った？」

「わたしは、みんなあなたのせいだって言ってるの！」船倉の内部には灯りが点いておらず、水面に浮かぶ微かな光が差し込んでくるだけで、禾娘の子供らしさの抜けない顔を映し出している。この時の彼女は、裴玄静の前に現れたどの時よりも、一番本物の女の子のようだった。

「初めてあなたに会った時からあなたのことが気にくわなかった。あの時、あなたに門をくぐらせなければ、何事も起こらなかったのに！」彼女は怒ってふくれながら言った。

「でも、わたしは今、何もかも失くしてしまった。以前は家もあって、賈先生は本当のおじいさんのようにわたしを可愛がってくれた。わたしは父や母がいなくても、同じように楽しく過ごしていた。わたしたちの家はいつも人でいっぱいで、みんな貧しくて苦しい庶民だったけど、とても善良だった。悪い人は一人も見たことがなかったから、どんな人にも警戒心なんて持てなかった……」

禾娘の声が低くなり、裴玄静は思わず応えた。「……わかります」

「あなたは何もわかってない！」禾娘はまた声を大きくした。「あなたは全くわかってない。わたしの元の家がどれほど良かったか！　新年や節句のたびに、宮中からいつも人が派遣されて、たくさんの食べ物や生活用品を持ってきた。わたしたちの敷地には金吾衛も入ってくることができなかった。何度か朝廷が、指名手配者を捕まえるのに、王公大臣の屋敷を捜すことはできたけど、わたしたちの敷地だけは誰も侵入することが許されなかった。あの年、春明門外で暴民が見つかると、京兆尹はわたしたちの庭を守るためだけに人を派遣したのよ。崔郎は初めてわたしの家に来た時に言ったの。わたしの家は長安の中で最も安全で最も平穏な場所だって。でも今は、みんななくなってしまった！　おじいさんも死んでしまった……」彼女は袖を持ち上げて目もとをぬぐった。

裴玄静は胸が締めつけられる思いだった。そして、王義のことを思い出し、更に悲しみが沸き上がって来た。明らかに、禾娘は自分を育ててくれた賈昌老人に対する情は深いが、父親のことは特に恋しくは思っていない。無理もないことだ。畢竟、この父親は彼女にとって養育の恩はなく、その上、天から降って来たかのように突然彼女の目の前に現れたのだ……急に、裴玄静はあることを思いついた。自分も叔父も、刺客が娘のことで脅しているために、王義が話をしにくくなっているのだと考えていた。今やっと裴玄静は理解した。王義を脅していたのは崔淼だったのだ！　しかし、彼は王義の娘に無理強いしていたのではなく、それとは正反対に、禾娘が心から喜んで彼を手助けしていたのだ。王義にとっては、ひとたび朝廷に刺殺の計画を告発したら、禾娘が必ず巻き込まれる。さらに困ったことには、そのせいで彼女はきっと王義のことを徹底的に恨み、二度と父親として認めてくれなくなるだろう。だから、王義は板挟みになっていたのだ……。

裴玄静は禾娘を見た――この少女は気づいているのだろうか。父親が自分のせいで死ぬところだったと。彼女はほんの少しでもやましさや悲しさを感じたことがあるのだろうか？

いや。裴玄静は自分に対して言った。王義が望んでいるのは、きっと禾娘の平安と幸せだけであって、その他にはない。

　彼女は一つ思い出した。「禾娘、あなたの父から渡すように言われたものが……」

「わたしにあの人のことを持ち出さないで！」禾娘は叫んだ。「そうよ、あなただけじゃなくて彼も。あなたたち二人が次々と現れて、わたしの日常を徹底的にめちゃくちゃにしたのよ！　その上、彼はわたしに聶隠娘の徒弟にならなきゃならないって。わたしがなりたいかどうかなんてお構いなしに」

「隠娘に手を貸すように頼んだのはあなたを助けるためよ」

「わたしは誰かに助けてもらう必要なんてなかった！」少し間を置くと、禾娘はきっぱりと言った。「……わたしはあなたが大嫌い。あなたたちが大嫌い！」

　裴玄静は頭を下げ、深くため息をついた。

　彼女は初めて認識した。そもそも、この世の中で最も深く刻まれ、最もありふれている肉親の情も、決して当たり前のものではないのだ。命の一つ一つの隅には、日光で照らすことのできない荒地が隠されている。

　禾娘はなんと不幸な女の子なのだろう。あいにくなことに彼女には何の罪もない。救いようのないほど潔白だ。

　小舟は流れに従って下り続け、もう誰も口をきかなかった。

　水面はだんだんと透き通ってきていた。朝日がまるで神の奇跡のように降りて来た――夜が明けた。憎しみと罪悪は暗い夜と共に退場し、暖かな優しさが天地に再び現れた。

周囲はたちまち賑やかになってきた。両岸からは鶏や犬、鳥、それから人の声が混じり合って聞こえてくる。一つ、また一つと、どこから出て来たのかわからない小舟が、彼らの側で前に後ろに波を追うように進む。船頭は興が乗り、高らかに一曲歌った。

禾娘は早々に甲板に座って風に当たっていたが、裴玄静は岸辺を一目見る勇気さえなく、ひたすら水面を見つめているだけだ。

川の水がこれほどまでに透き通っているとは。両岸の連綿と連なる山が映り込み、緑の木々や草ぶきの家の影も彼女の目に飛び込んでくる。草木の清々しい香りと、しっとりと水気を含んだ空気が顔に当たり、遮ろうとしても遮ることができない。さっと手を上げるだけで、もうもうとする霧とゆらゆらとする炊事の煙を一筋引っ張って来られそうだ。この時まで、裴玄静は信じることができなかった。昌谷に間もなく着くのだ。

禾娘は船倉に戻った。「見に行かないの？」

裴玄静は首を振った。

禾娘は興味深げに彼女をしげしげと見た。「どうしたの？」

「わたくし……」

「怖くなった？」禾娘は子供のように狡猾な表情になった。「わたしは、あなたが嫁ぎに来たって聞いたけど？」

　裴玄静は頷いて、首を振った。

「一体どっちなのよ？」

「わたくしは嫁入りしにきたのです」裴玄静は深く息を吸った。「でも、婚約は解消されている。だから、わたくしは彼がもう家庭を持っているのかどうかわからないし、彼がまだわたくしのことが必要なのかもわからない……」

　禾娘は大きく目を見開いた。「それなのにあなたは来たの？」

　そうだ。彼女も自分の行動が非常に執念深く、狂っているようだとわかっている。だれが彼女をこのような気質に生んだのか。壁にぶつかるまでは振り返りもせず突き進み、どんなものでも構わないから一つの明確な回答を得なければならない。婚約を解消して三年、一通の手紙で簡単に解決できることなのに、なぜ長吉は終始応答しないのか。そうして彼女はずっと、彼が決して放棄しておらず、彼女も放棄すべきではないと感じているのだ。

　裴玄静は言った。「わたくしは自分の目で見て、自分の口で問いただしに来たかったの。もし彼がもう妻を娶っていたら、わたくしは彼がくれた婚約の証を置いて、家に帰る。もし彼が妻を娶っていなければ、それは彼がまだわたくしを待っているということだから、わたくしは……」彼女の顔は真っ赤になった。

「そういうことね」禾娘は無邪気に片目をつぶり、「その李長吉って人には、妻を娶っていてもらいたくないな」

さらに百年が過ぎたように思えた頃、やっと小舟が停まった。

「出て来なよ」禾娘が外で彼女を呼ぶ。

裴玄静は筵を抜けて出て来た。目の前には一片の青山緑水が広がっている。昌谷は、やはり彼女のすべての想像を超えて更に美しかった。

彼女たちを護送してきた士卒は任務を完了し、元の舟は帰って行った。

前方の霧に覆われた山麓の下で、無数の竹が風に揺れ、いくつかの茅舎が見え隠れした。村のあるところに違いない。裴玄静はその方向に歩いて行き、禾娘は少し躊躇したが、すぐについて行った。

村の外に来ると、裴玄静は追いかけっこをしている二人の子供を呼び止めて、彼らに李長吉の家を尋ねた。

「遠くないよ。すぐそこ。僕が連れて行ってあげる！」大きい方の子供が歯切れ良く言った。

「小郎君に感謝します」

大きい子供は歩き出そうとして、裴玄静と禾娘を興味深げに眺めた。「彼とどういう関係なの？」

「わたくしは……」裴玄静は言葉に詰まった。顔が勝手に熱くなってきた。子供が不思議そうに彼女を見てきたので、彼女はますます恥ずかしく、「わたくしたち、わたくしは……長吉の身内です」

「ああ」大きい男の子が言った。「それなら僕についてきて」何歩か歩くと、また裴玄静に尋ねた。「あなたたちは何も持ってこなかったの？」

「何も？」裴玄静はきまり悪く思った。そのとおりだ。叔父が準備した嫁入り道具はすでに河陰で焼かれてしまった。世の中に自分のような花嫁が何人いるだろうか。何も持たずに嫁ぎに来るなんて……。

彼女が答えないのを見て、大きい男の子は振り返って小さい男の子に呼びかけた。「お母さんに言ってきて。李長吉の家に親戚が来てるよって」

小さい男の子は一声応えると、走って行った。

大きい男の子は歩きながら言った。「彼の家は食べ物がなくなってから何日も経ってるんだ。毎日村の人たちが交代でいくらか食べ物を持って来てる。あなたたちが何も持って来ていないんだったら、僕の母に少し多く持って来てもらうね。そうじゃないとお腹が空いちゃう」

「食べ物がなくなった？　食べ物を届ける？」裴玄静は戦々恐々としながら尋ねた。

「知らなかったの？」男の子は足を止めた。「李長吉は死にそうなんだ。ううん、もう死んでるかもしれない」

7

最初に一目見て、その人が死んでいるのか生きているのか、判断することができなかった。

蒼白い顔は一面氷と霜で覆われた湖面のようで、ちょっと触れたらすぐ砕けてしまいそうだ。唇までもが真っ白で、顔の上に唯一残された色である黒く長い二本の眉は、頑なに詩人の最後の悩みを訴えている。

これが彼なのか？　裴玄静はもう全く認識することができなかった。彼女は身をかがめると、力の限りにこの顔から記憶の中の面影を探し出そうとした。

「長吉……」彼女は探るように一声呼んでみた。

「お兄ちゃんは寝てるから、うるさくしないで」そばから突然一対の手が伸びてきて、ひどく乱暴な動作で裴玄静を寝台の前から突き飛ばした。彼女は身構えていなかったため、あっという間に地面に倒された。

「お前、何をする！」禾娘はその人に向かって怒鳴った。

彼らを連れてきた男の子は慌てて言った。「彼は李家の次男で、長吉の弟だよ。李弥っていうんだ」それから自分の頭を指さして言った。「ここがおかしいから、相手にしないで」

裴玄静も見て取っていた。李弥はあの頃の李賀と瓜二つで、確かに兄弟で間違いない。おおよそ十五、六歳で、見た目は痩せて弱々しく、眼差しには生気がない。もともと兄の寝台の前を静かに守り続けていたのだが、今、裴玄静を押しやると、すぐ元の位置に戻り、他の人など存在していないかのように、頭を垂れて長跪をしている。

扉の外から誰かが尋ねた。「長吉の家に親戚が来たんだって？」

「お母さん！」男の子は駆けだして行って、一人の中年の農婦を引っ張って入って来た。農婦は非常に機転の利く人で、家の中に見知らぬ女性が二人増えているのを見ると、すぐに裴玄静が主人であると推察して、呼びかけた。「娘子、こんにちは。あなたは長吉とどういう関係ですか？」

今回、裴玄静は口ごもることなく言った。「わたくしは李長吉の妻です。あなたは？」

農婦は目を見開き口をぽかんと開け、しばらく経ってからようやく反応した。「あ、私の家は村はずれにあって、生家は鄭《ジョン》といいます。あなたは……あなたは本当に長吉の妻ですか？　これまでどうして彼からそういう話を聞かなかったのかしら」

「そうです」裴玄静は再び肯定した。「鄭大娘、ありがとうございました。ずっと世話をしていただいて……長吉たちの」

「まあ、とんでもありません。兄弟二人は不運でね。郷里の人たちはもちろん多めに世話をしました。私が言いたいのは、娘子、あなたはどうしてもう少し早く来なかったのですか？　長吉は病気になってからもう長くて、もうすぐだめになるでしょう。私は本当に、彼が乗り越えられないいんじゃないかと心配で……」鄭氏はぶつぶつ言いながら寝台の前に来ると、ひどく驚いた様子で息を吸い込んだ。「あ！　……これは?!」彼女は真っ青な顔で向き直り、裴玄静を見た。

裴玄静は頷いて、「長吉は、もう苦しい思いをすることはありません」奇妙なことに、彼女はこの一言を言った時は非常に冷静で、心の中には痛みとさえ称することのできない鈍く痺れた感覚だけがあり、目元も乾いていた。

鄭氏は不思議そうに裴玄静をしげしげと見て、しばらくしてから、はっと悟った表情を見せた。「娘子、あなたがもう少し早く来られたら良かったのに」そう言いながら、目の周りを赤くした。

すでに正午を過ぎた。鄭氏は馬歯莧《スベリヒユ》を混ぜた粥を持って来て、外の大きな切り株の上に並べた。彼女は二人の子供と禾娘に李弥を連れて行かせて一緒に食事させた。李弥は鄭氏の言うことを聞いて、大人しく従った。

それらの人々を立ち去らせると、裴玄静は鄭氏に懇願して、長吉の最後の光景を話してもらった。

鄭氏は涙を拭きながら、庭の中の李弥の後ろ姿を見た——では、この哀れな運命の子供のことから話し始めましょう。

李弥は小さい時に大病を患った。病気になる前は、兄の李賀よりもっと聡明で、病気の後に愚鈍になってしまった。今は十八歳になったが、頭の中は十歳にならない子供と同じようだ。生活はなんとか自分で管理することができる。兄弟二人の父親は早くに亡くなり、数年前に母親がまた亡くなり、李賀は官職を辞して故郷へ帰り、それからずっとこの頭の悪い弟と互いに頼り合ってきた。よりによって李賀は病気の多い詩人で、生計を立てる能力はほとんどなかった。当初、彼が長安で流外九品の小役人をしていた数年のうちに得た俸禄では食べるのに十分ではなく、生活は家にいる母親が農業をしたり、人に代わって裁縫をしたりすることに頼っていた。母親が亡くなった後、兄弟二人の日々はさらに耐えられないほど苦しくなった。自分と弟を養うため、李賀はなんとか農作業をするしかなかったが、身体はますます悪くなり、今年の春にはとうとう病の床から起きられなくなってしまった。

鄭氏は話すほどに悲しくなった。「私たちはみな、彼は何日も持たないと思っていました。こんなにも長く生き延びるなんて思いもよりませんでした」

李賀が病気で倒れてから、郷里の人たちは少しずつお金を出し合って、彼のために医者に何回か診察しに来てもらい、薬を飲ませたが、まったく好転しなかった。もう一度医者に彼を診てもらおうとした時、李賀は拒絶した。郷里の人たちは、彼がみんなに迷惑をかけないようにしていることがわかっていたので、交代で彼の家に食べ物を届け、人事を尽くしたのだった。夏になってから、李賀は起き上がることもできなくなり、虫の息で家の中に横たわって、死を待つだけとなった。李弥は頭は悪いが、毎日兄の身を守り、今日までずっと彼に付き添ってきた。

「十日あまり前に、話もできなくなりました。昨夜私はわざわざ見に来たのですが、今日だなんて誰が……ああ、彼はどうしてあと一日頑張れなかったのかしら。それなら娘子は何とか最期に立ち会えたのに」

彼は悪くない。裴玄静は思った。わたくしが長く遅らせすぎたのだ。

その考えと一緒に、抑えていた痛みも突然目覚めたようで、身体の全ての部分から噴き出した。

「あれ、娘子、どうかしましたか？」鄭氏は裴玄静の調子が悪いことに気づいた。

なんとか精神を落ち着かせて、裴玄静は鄭氏に言った。「わたくしは大丈夫です。大娘に手伝っていただきたいことがあるのですが、いかがでしょうか？」

「どんなことですか？」

「ここまできたら、やることはやらないと。長吉をずっとこのままにしておくわけにはいきません」裴玄静は言った。「村に棺や死装束を売っているところはありますか？」

「あることはありますが、町の方なので、少し遠いです」

「わたくしは大娘に購入の手伝いをお願いしたいのです。わたくしはここをしばらく離れることができませんので。よろしいですか？」

「いいですよ」鄭氏はさっぱりとしている。

裴玄静は頷いて、手を伸ばして、花が彫られた金の簪と房の付いた髪飾りを頭から抜き、また碧玉の耳飾りを取り、さらに手首から銀の腕輪を取ると、全て鄭氏に手渡して言った。「わたくしは現金を持っていないので、急場を凌ぐために換金もしてもらわなければなりません」

鄭氏は了解して、言った。「……実のところ、これほど多くは使いきれません」

「わたくしは少しでも体裁良くやりたいのです」裴玄静は悲しげに笑った。「少しでも良いものが買えるなら、買ってきてください」

鄭氏は二人の男の子を連れて去った。最初から最後まで裴玄静の来歴について追及しなかった。

「僕はあなたが誰だか知ってるよ」李弥がいつの間にか家に入って来ていた。

「あなたはなぜ入って来たのですか？　禾娘は？」

「あのお姉ちゃんが僕に入って来させたの」

李弥が彼よりまだ若い禾娘を「お姉ちゃん」と呼ぶのを聞いて、裴玄静はいささか奇妙なものを感じた。彼女が出入り口の外を見てみると、禾娘が部屋に背を向けて、水を撒きながら庭を掃いているのだけが見えた。

実のところ、禾娘は聞き分けが良く、善良でもある。たとえずっと裴玄静の悪口を言っていても、彼女が不幸に見舞われたのを見て、禾娘は自発的に留まって手伝いをしている。裴玄静はいささかの慙愧と安心とを感じた。

顔の向きを変え、彼女は李弥に尋ねた。「あなたはわたくしが誰か知っているのですか？」李弥の顔と彼女の記憶中の長吉はそっくりだったが、立ち振る舞いはもっと純朴で、完全に一人の大きな子供だ。

「お兄ちゃんが言ってたんだ。ある日、お嬢さんが一人、家に来るだろうって」李弥はしかつめらしく言った。「お嬢さんに詩を聞かせてあげるようにお兄ちゃんに言われたんだ」

「詩？」

「丁丁たり　海女　金鐶を弄す
雀釵　翹掲りて　雙翅関す
六宮　語らず　一生閑なり
高く銀牓を懸けて　青山を照らす
長眉　緑を凝らして幾千年

清涼　老いに堪えたり　鏡中の鸞
秋肌　稍《よう》や覚ゆ　玉衣の寒きを
空光　帖妥　水は天の如し[1]」

意味のよくわかっていない子供がみなやるように、李弥は棒読みでただひたすら暗記した詩を読みだした。最初、裴玄静はどう聞いても理解できなかったが、李弥はすぐに二回目、三回目と読んだ。裴玄静は基本的にはどの字も聞き取ることができたが、かえって困惑した。なぜこのような詩なのだろうか？　この詩は本当に長吉がわたくしに書いたものなのか？　これまで彼が彼女に詩を書いてくれたことはない……長吉がこの詩に込めた真意を、裴玄静はまだ理解することができなかった。あるいは、理解する勇気がなかった。

李弥は三回続けて読むと、裴玄静を見ながら尋ねた。「あれ？　まだわからないの？　うーん……」彼は周囲をきょろきょろと見回すと、そばに置いてあった白い手巾を摑み、裴玄静の目の前に掲げ、彼女の顔を隠した。

彼はもう一度真剣に読んだ。

「丁丁たり　海女　金鐶を弄す

1　原文：丁丁海女弄金環，雀釵翹揭雙翅關。六宮不語一生閑，高懸銀榜照青山。長眉凝緑幾千年，清涼堪老鏡中鸞。秋肌稍覚玉衣寒，空光貼妥水如天。（李賀「貝宮夫人」）

雀釵　翹掲りて　雙翅関す
六宮　語らず　一生閑なり
高く銀牓を懸けて　青山を照らす
長眉　緑を凝らして幾千年
清涼　老いに堪えたり　鏡中の鸞
秋肌　稍《ようや》や覚ゆ　玉衣の寒きを
空光　帖妥　水は天の如し」

読み終わると、三回繰り返した。「お嫁さん、出てらっしゃい！」

手巾が落ちて、裴玄静の顔が露わになった。涙が堰を切ったように溢れ出る。

昌谷への険しい道を急いでいる間、彼女は、長吉が婚約を解消したことをもう黙認しているのではないかと心配しなかったわけではない。長吉が彼女を恨んだり拒んだりしているのではないか、ひいてはとっくに忘れてしまっているのではないかと、彼女がどれほど恐れていたことか。今、彼女は安心することができた。長吉は放棄していなかったばかりか、ずっと彼女を待っていたのだ。彼は彼女のためにただ一つのこの詩を書いた。これは婚礼を行う時に新郎が新婦に贈る「催粧《さいしょう》詩」だ。

彼らはずっと心と心が通じ合っていたのだ。

李弥が尋ねた。「あなたが僕のお兄ちゃんのお嫁さん。でしょ？」

裴玄静は涙を浮かべながら頷いた。「お兄さんはあなたにこの詩の名前を教えてくれたことがある？」

「お兄ちゃんが言ってた……この詩はあなたなんだって」

彼女にはわかった。そう、「玄静」というものはこの詩の中で描かれていることとそのものではないか。海底で千年も沈黙している仙女だなんて。これほどまでに彼女の美貌と才知に精通している人は、彼を除いてこの世に一人もいない。だから彼女は一切を顧みることなく彼を探しに来なくてはならなかったのだ。

しかし、彼女の到着は遅すぎた。

裴玄静は禾娘と李弥をどちらも庭に留まらせ、自分できれいな水を汲んで来て、家の出入り口を閉めた。

彼女は死者の顔をつまびらかに見ると、自分の記憶の中のものとは完全に違っていることに気づいた。十五歳の時にさっと一瞥しただけの顔は、彼女の頭の中で時間によって何度も洗い流され、また何度も手直しされ、もうとっくに変わり果てていたのだと、認めざるを得ない。

実のところ、彼女にとって長吉は、全く知らない人である。

但し、決して知らないわけでもない。無数の孤独な夜に、彼女は一方の手に婚約の証である匕首を握り、もう一方の手に各地から探し集めた彼の詩を持ち、何遍も朗読し、何遍も味わい、何遍も空想した。彼女の想像の中では、彼はあんなにも生き生きとし、人に知られることのない場所で彼女と互いに理解し、親しくなり、とっくにこの世のあらゆる人たちを超えていた。

こういった感情の上での親密さは、実際の距離の上での遠さと、互いに矛盾しながらも、互いに呼応している。実際にこの親族に身を寄せる道へと足を踏み出した時、彼女は心の中の長吉から遠ざかっていくように感じたほどだ。それは、ただ彼女も疑っていたためである。全ては自分の一方的な願望であり、想像から生み出されたものであるのではないか、と。

裴玄静のこの旅は、決して幻のような愛情を追い求めるためだけのものではなく、さらに重要なのは、証明することであり、忠実に守ることであった。今、少なくとも一つだけ確実なことは、彼らは互いに裏切ったことはないということだ。

この瞬間、裴玄静はとうとう心の中の長吉と現実の彼を一つにすることができた。彼女はさらには、彼が目を開くことまで期待した。彼の眼差しを再び見ることさえできれば、全てが元通りになる、と彼女は思った。世界は始まりの瞬間へと戻るのだ。朝日は昇り、赤子は産声を上げ、春の花は綻び、愛し合う二人は結婚の約束を交わす。これから先たくさんの美しい時間が待っている。つまり、全てがまだ間に合うのだ。

しかし、彼女はまたはっきりとわかっている。長吉はすでに去り、彼女の十五歳からの愛情を永遠に持ち去ってしまったことを。実は、この愛は今日に至るまで本物の彼と出会うことはなかったのだが。

今日、彼女は最初で最後の一回として、自分の夫を沐浴させた。

裴玄静は非常に落ち着いていた。羞恥や畏怖はこれまで彼女の精神を乱したことはない。彼女はまるで彼のために何度も同じことをしてきたようだった。

洗い終わると、まだ死装束がないので、裴玄静は先ほどまで掛かっていた薄い布団を掛けた。そして彼の髪を解くと丁寧に梳き、さらに自分の髪を緩めて小さく一束切り、彼の髪の中に紛れさせて一緒に結い上げた。これらの全てを済ませると、彼女はまるで望みが叶ったように彼を眺めながら微笑んだ――長吉、今日からわたくしたちは結髪の夫婦（初婚同士の夫婦）となりました。

間もなく日が落ちる頃、鄭氏がやっと町から急いで戻って来た。全て適切に処理されていた。

棺は、明日になれば、その他の葬式に必要な香、蠟燭、明器などと一緒に、店の人が届けに来てくれる。鄭氏はただ三人分の衣服だけを持って来た。一人分は死装束で、あとの二人分は裴玄静と李弥のために準備した喪服だ。

また、鄭氏は周到なことに、いくらかの米麺と蒸餅も持って来て、裴玄静に言った。

「やらなきゃいけないことはあるし、日々も過ごしていかなければいけない。首飾りを換えたお金は使い切らなかったから、残りは娘子が持っていて。この米麵なんかをまず食べてね。足りなくなったらみんなに言うのよ」まるでもう裴玄静をこの家の主とみなしたかのようだ。

裴玄静は鄭氏に感謝し、彼女に戻って休むようにお願いした。李弥の助けを借りて、裴玄静は李賀に死装束を着せ、自分と李弥も白い麻を羽織ると、気分が非常に安定したように感じた。

あっという間に夕飯を食べる時間となった。昼の粥と蒸餅はとりあえずの腹の足しにはなる。この数日間病人の付き添いをしていて疲れ切っていたのだろう、李弥は食べながらうとうととしている。裴玄静は見ていられず、彼をまず眠りに行かせた。李弥は裴玄静を兄嫁と認めているため、やはり彼女の言うことを聞き入れ、家の隅のぼろぼろの筵の上で丸まると、すぐに眠りについた。

李家に入ると、裴玄静は「家徒四壁」の意味をやっと理解した。

合わせて二間のおんぼろ小屋は、至る所から隙間風が入る。今のように夏であれば、まだ涼しくて良いが、彼女は長吉兄弟が真冬をどのように乗り切ったのか全く想像がつかなかった。東の部屋には灰でいっぱいになった竈があり、何日間火を入れていないかもわからない。西の部屋には長吉の横たわる低い寝台があり、地面には筵が一枚敷かれ、隅には傾いた背の低い棚があるだけで、その他の家具はない。

　裴玄静にとって最も意外だったのは、家に筆も墨も、書き損じの紙切れもないことだ。長吉の詩はどこにあるのか？

「ここはもう大丈夫だよね？　大丈夫ならわたしは行くよ」禾娘が敷居の辺りに立って言った。

　夕日が禾娘の背後から照っていて、裴玄静には彼女の表情がはっきりと見えない。彼女を行かせなくてはならない。裴玄静は言った。「ええ、わたくしはもう大丈夫。ずっと同行してくれたこと、禾娘に感謝しています」彼女は出入り口の前に来て、髷から金の簪を抜いた。これは彼女が残しておいた唯一の髪飾りだ。

「今回一緒に過ごしたこともまた縁です。禾娘には随分面倒をかけました。これはわたくしからの感謝の気持ちとして」

「わたしはいらない……」

　裴玄静は禾娘の拒絶を無視して、簪をそのまま彼女の髷の上に差し込んだ。「つけていって。あなたを守ってくれるから」

　禾娘は頭を下げた。赤い房が漆黒の髪の側で軽く揺れた。

「じゃあ行くね」禾娘は少しためらったが、やはり口に出した。「身体に……気をつけて」

「あなたもね」

裴玄静は扉のところに立ち、その繊細な黒い人影が青山緑水の奥深くに消え去るまで目送した。もう二度と禾娘に会うことはないだろう。

裴玄静は草ぶきの家に戻り、一本の蠟燭を灯した。

今から、ここが彼女の家なのだ。

李弥は筵の上に縮こまってよく眠っていた。裴玄静は一人で寝台の前で番をした。

彼女はとうとう長吉の側についていられるようになった。これまでこんなにも彼に近づいたことはなかった。手を伸ばせばすぐ触れることができる。また、同様にこれまでこんなにも彼と遠く離れたこともなかった。お互い生と死の境界線に隔てられているのだ。

「長眉　緑を凝らして幾千年
清涼　老いに堪えたり　鏡中の鸞」

長吉が自分に贈った詩を思い出し、裴玄静の心中は限りない安らぎで満たされた。今夜は彼女と長吉の最初で最後の一夜だ。この一夜があっという間に過ぎ去ってしまうことを彼女は知っていた。ちょうど詩の中に書かれた青鸞が、鏡の中を舞っているうちに瞬く間に千年経ってしまったのと同じように。

……突然目が覚めた時、裴玄静がまず目にしたものはゆらゆらと消えそうな蠟燭だった。薄暗く粗末な部屋の真ん中で、青い煙が一筋上がっている。この情景は、記憶の中の危険な状況と非常に似通っている。

家の中には一人の見知らぬ人がおり、あちこちを引っ繰り返すのに忙しくしている。物音を聞いて振り返った、その顔の上の頬ひげが格別に目を引いた。

ところが、裴玄静は全くうろたえることがなかった——遅かれ早かれ来るものだ。

髭の男は裴玄静が目覚めたのを見ると、非常に親し気に言った。「目が覚めたか？ちょうどいい。あれをどこに隠したのか言え。私がこれ以上探さなくても済む。この家はなんだってここまで貧しくなってしまったんだ。鼠すらも来たくないのではないか」

裴玄静が話をしようとすると、部屋の隅から「うーうーうー」という声が聞こえた。李弥が麻縄でしっかりと縛られ、口の中にも物が詰め込まれ、身体をひねりながらもがいているのだった。

彼女が飛び起きると、目の前で冷光が一閃し、髭の男が手に持った長剣が彼女の肩を叩き、右腕が瞬時にしびれた。

その人は憎々し気に叫んだ。「大人しくしろ！　傷つけるつもりはない！」

「彼をどうしたの？」

「見てわかるだろう？　大丈夫だ。縛り上げたのは彼のためでもある。間違って傷つけることもないからな」髭の男は言った。「私はただ娘子からある物を手に入れたいだけだ。他には興味などない」

裴玄静は言った。「わたくしはあなたに会ったことがあります」

髭の男は頷いた。「娘子は確かに頭が切れる」

「一体何を探そうとしているのでしょう？」

「娘子はわかっているはずだ」

裴玄静は沈黙した。

髭の男はしきりに頭を振って、「裴大娘子よ。私は本当に悪人になりたくないのだ。どうして私を追いつめて手を出させようとするのか」

「あなたの言っていることがわかりません」

その人は長嘆すると、言った。「あなたに主導権があるのに、私があなたをどうこうすることができるだろうか？」

裴玄静は反問した。「あなたは一体何者なのですか？」

「私が誰か、娘子は知らない方が良い。そうでないと、私が手に入れなければいけないものが例の物だけではなく、娘子の命も、ということになるかもしれない」

「わたくしを殺せば良い」裴玄静は言った。「わたくしを殺したところで、あなたの欲しいものは手に入りません」

髭の男は李弥を指差した。「もし彼を先に殺したら？」

「あなたはみだりに殺したり傷つけたりしないと言ったではありませんか！」

「そんな話を信じるのか？」髭の男は燃え尽きたばかりの蠟燭を持ち上げると、口の中で「シューシュー」と毒蛇のような音を出し、寝台の前に俯せになった。「実のところ私は人を殺す必要などないのだ。ここには死んだばかりの男がいるだろう？」

彼が蠟燭を傾けると、一滴のろうがゆらりと垂れ下がり、ちょうどその長い眠りについた者の顔に落ちた。

「彼に触れないで！」裴玄静は声を限りに叫んだ。

粽のように縛り上げられた李弥も必死に足を突っ張った。

「くれてやる！　持っていけ！」裴玄静は包みを腰帯の上から解くと、鬚の男に向かって放った。髭の男が包みを調べている機に乗じて、彼女は靴の中から長吉の匕首を抜きだし、全力を込めて髭の男に突っ込んでいった。

鋭い眼光が流れるように動き、髭の男は素早く体の向きを変え、一足飛び上がると、ちょうど裴玄静の手首の上を蹴った。匕首は地面に落ち、裴玄静は痛みに呻き声を上げた。髭の男はすぐにもう一度、裴玄静の下腹を直接蹴った。

裴玄静は重々しく地面に倒れ込んだ。

髭の男は包みを放り出し、大声で吼えた。「これは何だ！　これは私の金縷瓶ではない！」

裴玄静は途切れ途切れに言った。「わたくしは持っていません……あなたの金縷瓶は持っていません……」

「では、死んでもらおう！」

突然、李弥が傍から飛び上がり、髭の男にすごい勢いで体当たりした。

二人はただちに取っ組み合った。

髭の男は身体が頑丈で力強く、殴り返す力もなくなるほどに李弥を殴った。あいにくこの頭の弱い子は頭が割れて血を流しているが、それでも髭の男を命懸けで摑み放そうとしない。髭の男は凶悪そうな表情を露わにして、隙を見極め、剣を持ち上げると李弥の胸に突き刺そうとした。裴玄静は一切を顧みず突進し、自らの身体でしっかりと李弥をかばった。

心臓が裂け、肺が破れるような激痛が背に走り、裴玄静は意識を失った。

8

再び目覚めた時、彼女は背中が焼けるように痛むのを感じた。

裴玄静は我慢できずに一声呻くと、すぐに誰かの声を耳にした。「動かないで。今薬を塗っているから、少し我慢して」声で気がついた。これは聶隠娘だ！

頭一杯に汗をかくほどの痛みだったが、裴玄静は重荷を下ろしたかのような気分だった――もう安全だ。

その時、彼女はやっと自分が地面の筵に腹ばいになっていることに気づいた。部屋の入り口は閉じられ、戸の下の隙間からぼんやりとした曙光が入って来ている。

聶隠娘は言った。「幸いただの浅い傷だから、私の薬を使えば、すぐに良くなるでしょう」彼女の口調は普段と変わらず冷淡だったが、裴玄静の耳には格別に優しく聞こえた。

「……隠娘がわたくしを救ってくれたのですか？」

「そう。もし私が着くのがあと一歩遅かったら、あなたは寝台の上のその人と黄泉へ行って添い遂げられたでしょうね」その口調だけを聞くと、聶隠娘は一体、人を和ませようとしているのか、人を嘲っているのか全くわからない。しかし、裴玄静はもう彼女のことを理解していたので、決して悪意がないことがわかった。

「できあがり」聶隠娘は裴玄静に代わって襦衫を着せ、軽く彼女を支えて起こした。

「少しは良くなった？」

裴玄静は背中が冷えてすっきりとしたのを感じた。確かにずいぶんと楽になった。

「ええ、良くなりました。ありがとう、隠娘」

「油断は禁物よ。これから数日しっかり休めば、大事にはならないはずだから」

裴玄静は突然、李弥がいないことに気づき、慌てて尋ねた。「李弥は？」

「あのおばかさん？」聶隠娘が言った。「隣の台所で草に埋もれて寝ています。彼はあなたよりいくらか傷が重かったから、先に手当をしたの。傷はしっかり巻いたから、今彼もゆっくり休んでいるところよ」

「なぜ隣の部屋にいるのですか？」

「ふん、あなたのこんな様子を彼に見せられないからでしょう」聶隠娘は言った。「裴大娘子はどうしたの？　あのおばかさんに合わせておばかさんになったわけじゃないでしょう？」

「彼は馬鹿ではありません！」

「ああ、義弟を守ろうとしているの？」

裴玄静は耳まで赤くなり、小さな声でつぶやいた。「……弟です」彼女は実際、李弥が馬鹿だとは思っていなかった。彼の頭はただ子供の時期に留まっているだけで、かえって彼女にもっと愛おしく思わせるのだった。李賀が亡くなったので、自分は彼に代わって李弥の世話をする責任を引き受けた。あたかもそうすることで、あの逝ってしまった霊魂と少しでも近くにいることができるようだった。だから、彼女は李弥に危険が迫った時に、自己を顧みずに勇気を奮い立たせることができたのだ。もし彼の兄がまだ生きていたなら、きっとそうしただろうから。

「あっ！」裴玄静は思い出した。「あの悪人は？　隠娘は彼を捕らえましたか？」

「あなたたちと取っ組み合ったあいつのこと？　私が傷を負わせたら、彼は逃げて行った。あなたたちの安否が気掛かりで、また何か起こりやしないかと思って、私は追わなかったの」

「ああ」

「どうかした？」聶隠娘が尋ねた。「娘子は彼を捕まえたいの？　それとも殺したいの？」

裴玄静は何も言わなかった。

聶隠娘は言った。「何にせよ難しくはない。ただ何日か待たないと。静娘の様子が安定したら私がまた彼を捕らえに行きます」

「必要ありません。また隠娘に働いてもらうなんて。すでにひどく心苦しく思っているのに」

聶隠娘はてきぱきと答えた。「すぐに娘子の考えの通りにします。あの悪人は重傷を負っているから、たとえ死んでいなくても半死にだし、造作もありません」そう言いながら、手元のふわふわした塊を裴玄静に手渡した。「ほら、あなたの良い弟はあいつの髭を一摑み引きちぎったわよ」

裴玄静はそのぐしゃぐしゃの髭の塊を嫌々見た。もし生きている相手の顔からこれほど大きな髭の塊をひきちぎるとしたら、難易度の高さは言うまでもなく、少なくとも髭の根には血の跡があるはずだが、この髭の塊にはなかった。彼女は吐き気をなんとか抑えながら、つまんでみた。間違いない――これらの髭は全て顔に貼られたものだ。

　それは、彼女の予想通りだった。

「娘子がその人を捕まえたいと思わないなら、私はその汚いものを燃やしに行こう」聶隠娘は髭を持って行くと、まるで手品のように手を一振りした。裴玄静の目の前で冷たい光がぴかぴかと光った。

「本当に良い刀！」心からの賛嘆が続いた。裴玄静は聶隠娘が長吉の匕首を握っているのを見た。秋水のような刃の上には、聶隠娘の顔が映し出され、刀の光が歪曲する間に、裴玄静は初めて彼女の顔の上の遍歴を見た。

　これは間違いなく宝刀であり、人の魂を見抜くことができるのだ。

　聶隠娘が尋ねた。「どこから手に入れたの？」

「それは……婚約の証です」

「婚約の証？」聶隠娘は少し躊躇うと、ようやく匕首を裴玄静の手に渡した。「しまっておいて」

「隠娘」裴玄静が尋ねた。「あなたはなぜ来たのですか？」

「どう思う？」

「わたくしは……わかりません」

「あなたはわかっている」聶隠娘はやはり少しの含みも持たせない。

「もしかして崔……」

聶隠娘は薄く笑った。「女名探偵はやはり女名探偵だね」

裴玄静が詳しいことをきかないうちに、扉を叩く音が響き、誰かが外で叫んだ。「娘子、娘子、目が覚めましたか？」

鄭氏が二人の子供を連れて来たのだった。

田舎の人は確かに純朴だ。一夜が過ぎたとはいえ、裴玄静と李弥はそろって負傷して寝込み、昨日裴玄静について来ていた少女はいなくなり、年齢も身分も想像のつかない非凡で世間離れした女性へと替わった。この一連の怪現象は、意外にも裴玄静の出任せの言い逃れでごまかせた。

夜盗が来たと聞いて、鄭氏はとにかく自責の念に駆られていた。首飾りを換金した時に誰かの目に留まったに違いない、そうでなければ泥棒を引き寄せることはない、と。

裴玄静は慌てて、金はなくなっていないことを告げ、鄭氏に聶隠娘という「姉さん」を紹介し、やっと話題をそらせた。鄭氏は聶隠娘に会うと、頼りになる人を探し当てたというように、彼女を引っ張って行って李賀のこれからのことを相談し始めた。反対に裴玄静は放っておかれた。聶隠娘は気質は冷淡で傲慢だが、さすがは経験豊富らしく、頼りになる。

そろそろ正午になるという頃、棺と葬式のための品々が全て届けられた。鄭氏が郷里の人を呼んで来て、みんなで一緒に庭に簡易的な霊廟を建てた。棺の前には祭壇が建てられ、白い幟がそよ風に漂っている。聶隠娘と鄭氏が忙しなく処理をしている。葬式の準備をしっかりと整えるだけではなく、ついでに冷え冷えとして荒れ果てた家を一通り整理した。捨てるべきものは捨て、加えるべきものは加え、竈にも新たに火が灯された。

葬式のおかげで、この家はまた生き返った。

聶隠娘はそのまま留まり、毎日家事を処理するだけではなく、裴玄静と李弥のために薬を替え傷の治療をした。裴玄静の傷は割と軽く、三日後には基本的に回復した。李弥は髭の男に頭を割られたため傷が重かったが、数日間丹念に世話をしたところ、やはりかなりの速さで回復した。

裴玄静は、聶隠娘が「おばかさん」と呼びながら、実は李弥のことをとても気に入っており、彼に特別に良く接していることに気がついた。

そう、誰がこの「おばかさん」を嫌いになることができるだろうか。
十五、六歳の清楚でさっぱりとした少年の外見に、七、八歳の純真無垢な子供の心。その上、裴玄静の考えていたとおり、李弥は絶対にただの馬鹿ではない。子供の基準で見れば、彼はこの上なく聡明であると言える。一回の病気が彼の知能を児童期に永遠に留め、そうして汚れた大人の世界とも完全に無縁となったのである。李賀があれほど弱い身体で無理をしてまで、この弟を世話し続けたのも頷ける。

　機会を探して、裴玄静は長吉の匕首を李弥に手渡した。「これはお兄さんの物だったの。これから先はあなたの物よ」

「僕にくれるの？」李弥は少し考えて言った。「わかったよ。この先また悪い人に出会ったら、僕はこれを使うよ！」

「まず、自分自身を守るのよ。それが一番重要なこと」

　李弥は言った。「お義姉さん、僕のことは自虚《ズーシュー》って呼んで。お兄ちゃんは僕のこと、そう呼んでいたの」

　自虚？　裴玄静は理解した。これは間違いなく李賀が弟につけた呼び名だ。「いいわよ。わかったわ、自虚」

　長吉。裴玄静は心の中で言った。自虚のことは任せてください。心配いりません。

　裴玄静は李賀のために墓地を探そうとした。郷里の人たちはみな、近くの漢山が風水の良い場所だと言うので、裴玄静はすぐ聶隠娘に付き添いを頼み、山の上へ行き見て回った。李弥はまだ傷が癒えていなかったので、家に残り兄に付き添うことにした。何にせよ、彼は現在裴玄静を認めているため、兄嫁の言うことに従って行動し、絶対に異議は唱えない。

晩夏初秋の漢山の上は、古い柏が青々とし、山林は茂り谷川は美しい。渓流は耳心地の良い音を奏で、悲しみや苦しみを霧散させてくれるようで、長いこと抑え込んでいた心にも一筋の明るさが感じられた。

聶隠娘は険しい山道をまるで平地のように、非常に余裕を持って歩く。裴玄静はなんとかついて行き、知らず知らずのうちに、二人は山頂まで上っていた。漢山自体は高いとは言えないが、山頂からぐるりと見渡すと、昌谷の集落が安らかに隠されながら山々に抱かれているのが見えるほか、目の届く限りの山並は全て上の方にある。

聶隠娘は西南の方向を指差して言った。「あちらの山の窪地にある御殿は、玄宗皇帝の行宮である連昌宮で、山の下には、東都洛陽から西に向かって長安へ行く時の最初の宿場となる三郷駅がある。あなたは今回水路を行ったけれど、もし陸路で洛陽を通って昌谷に行ったなら、三郷駅で逗留しないわけにはいかなかったでしょう」

「隠娘は洛陽に行ったことがあるのですか？」

聶隠娘は一度軽く息を吐くと、「あの年、朝廷は劉師を京に呼び戻しました。私はついて行きたくなかったので、彼に別れを告げて去りました。劉師が長安に戻らぬうちに、洛陽で病死するなど誰が思うでしょう。私は一度彼のお参りに行ったのです……」

一回の暗殺失敗のために、殺し屋の聶隠娘は故郷を捨てて主に背き、毅然として劉昌裔の指揮下に身を投じ、彼のために数年間忠義を尽くし力を費やした。別れを告げた後もまだ名残惜しく、わざわざかつての主を弔いに行ったのだ。裴玄静はずっと思っていた。聶隠娘の伝奇は劉昌裔と不可分であり、この二人の間の縁も好奇心を刺激する。彼らは結局互いの身の上に何を見たのだろうか。

今日、この雲の薄く風の軽い爽やかな日に乗じて、裴玄静は勇気を出して、聶隠娘に自分の疑問をぶつけてみた。

聶隠娘は気分を害したような様子は全く見せず、彼女は地面から何本かの青草をちぎり、手のひらに乗せてゆっくりと揉み、しばらく経ってからやっと言った。「私の一生のうちの最も重大な決定はみな須臾の間に下したものなのです。仏教経典に一昼夜には三十の須臾があると書かれています。そして、二十念を一瞬とし、二十瞬を一弾指とし、二十弾指を一羅預とし、二十羅預を一須臾とすると書かれています（『摩訶僧祇律』より）。しかし、仏はまた、人生は一瞬に過ぎないとも言っています」

裴玄静は黙って何も言わない。また少しの時間が過ぎて、聶隠娘は笑いながら言った。

「私は劉帥に出会ってすぐに、彼に付き従うことを決めました。ちょうどその年に私は夫君を初めて見て、すぐに彼に嫁ごうと思いました。どちらも同じように須臾の間に決めたのです。あなたは私に理由を尋ねたけれど、本当に何もないの」

「隠娘と夫君は一生を共に過ごすことができますよ」裴玄静が言った。

「そうなれば良いわね」

ずだ。

「実は、わたくしも……」裴玄静の声は微かにくぐもっている。「わたくしも長吉を初めて見て、すぐに彼に嫁ぎたいと思ったのです。この生涯、彼に嫁ぎたいとだけ思っているのです」彼女が他人の前で長吉に対する感情を語るのは初めてだった。彼女はこの種の感情が理解できる人間は少ないとわかっていた。ただ、聶隠娘はきっと大丈夫なはずだ。

聶隠娘は裴玄静の頭を引き寄せた。彼女を自分の懐に寄りかからせ、小さな声で言った。「それでは私たちは同類だね」

裴玄静は思わず目を閉じた。彼女は早くに母親を亡くし、姉妹もいなかった。彼女は知らなかった。女性に抱きしめられることがこんなにも暖かく柔らかく、微かな甘い香りを帯び、人を酔わせるものだとは……。

「その上あなたの決意はもっと固く、知恵はもっと透徹している。あなたの名は静、私の名は隠。実はどちらも世俗から遠く離れ、全てと隔たれ、空《くう》を挟んで向き合うという意味……静娘、私と一緒に行きませんか?」

裴玄静は急に冷静になった。彼女は身体を起こすと困惑しながら聶隠娘を見て言った。

「あなたと行く?」

「あなたがこれまでそのように考えたことがないことはわかっています。少し唐突でした……もし李長吉がまだ生きていれば、私も絶対に提案しなかった。でも、今、彼は逝ってしまった。あなたはこの世に一人きりで、何も惜しむ必要はないのでは？」

裴玄静はわけがわからなかった。彼女は尋ねた。「禾娘は？　あなたが連れて行きたいのは禾娘だと思います」

「いいや、彼女は俗世との因縁がまだ切れていない。私についてくるには不適当です」

「だからあなたは彼女を行かせたのですか？」

「それは彼女自身が去りたがったのです」聶隠娘はいつもの冷ややかな表情を取り戻した。「私は、無理強いはしたくないし、意馬心猿の弟子を持つようなことはもっとしたくない。私は彼女に機会を与えたけれど、彼女は強烈な愛憎の中に囚われていて、結局強く求めることはできなかった」

「しかし、わたくしにはわかりません。隠娘は王義に、禾娘を引き取ると承知したのではありませんか？」

「彼は決して、私に禾娘を引き取るように求めたのではありません。彼はただ私に、禾娘を賈昌のところから連れ去り、彼女を長安へ送るよう求めたのです」

「長安を出た後は？」

聶隠娘は頭を振って言った。「彼は何も。当時、彼はまだ幻想を抱いていたのだと思います。自身が刺殺事件からすっかり抜け出すことができ、あなたの叔父に忠義を尽くし恩に報いた後、娘を連れて遠方へと高飛びできる、と。彼は都合よく考えすぎていました。禾娘の性分では、絶対に彼について行くことなどありません」

それはそうだ、と裴玄静は思った。禾娘は王義を信頼しておらず、親子の情などもっと話にならない。彼女がただひたすらに想っていたのは、崔郎中ただ一人だ。天下の親心とは本当に憐れなもので、王義の彼女に対する愛や犠牲は、一方的な想いにすぎなかったのである。

裴玄静は突然また少し困惑した。崔淼と一緒にいることは、禾娘にとって危険なことであったはずだ。しかし、禾娘の話から考えるに、賈昌の小屋に隠れていることは非常に安全であった。王義はなぜ、何が何でも聶隠娘に彼女を連れて長安を離れさせようとしたのだろうか？　長安を離れたとしても、決して確実に禾娘を争いから遠ざけておくことはできない。王義は一体どんな目的を達成したいと思っていたのだろうか？

彼女は聶隠娘にこの問題を持ち出した。

聶隠娘は言った。「王義はただ、禾娘が長安に留まることが危険なので、彼女を送って行かなければならないと言っていただけ。それから彼は、私の保護があれば、朝廷でも禾娘に手を下すことはできないとも言っていました」

「朝廷？　朝廷がなぜ禾娘を殺す必要が？」

聶隠娘は首を振った。「誰がわかるものですか。皇帝が人を殺すのに理由が必要ですか？」

皇帝……裴玄静はすぐに賈昌の小さい庭で皇帝と話したことを思い出した。真夏の美しい太陽の下、天子は暗く軽蔑した口調で禾娘の身の上を話した。まるで誤って落とし穴に入ってしまった小さな野良猫のことを話しているかのように。彼女が彼にとってどんな脅威となるというのか？　さっさと鳥かごを開けて、生きるも死ぬも彼女の自由にさせれば良いのに、なぜ何が何でも彼女を排除しようとするのか？　まさか禾娘の身の上には、人には告げられない王室の恩讐が絡みついているというのだろうか。

確かに、聶隠娘さえいれば、皇帝でも禾娘をどうにかすることはできない。しかし、今は？

「あなたの側にいないと、禾娘は危険な目に合うのでは？」

「それはないでしょう。今、誰も彼女を探し出すことはできません」聶隠娘は言った。「人はみなそれぞれがそれぞれの運命を持っている。少なくとも、禾娘が歩んでいるのは彼女自身が選んだ道です」

「しかし、彼女はまだあんなに小さい……」

「あなたも大きくはないわよ」聶隠娘は微笑みながら尋ねた。「どう？　よく考えた？　静娘は私と一緒に行きたい？」

裴玄静はどう答えるべきかわからず、仕方なく言った。「わたくしは殺し屋にはなれませんよ」

「誰があなたに殺し屋になって欲しいのよ」聶隠娘は少し不満気だ。「私は劉師に別れを告げてから屠刀は手放しました。長いこと人を殺していません。あなたが私と知り合ってから今まで、私が人を傷つけたのを見たことがある？　殺人も一つの選択だけれど、しないと言ったらしないわよ」

　裴玄静はますますわからなくなった。「それでは隠娘はわたくしを連れて、何をしたいのですか？」

「もちろん、思う存分に山水を堪能して、天地の間を漫遊するの。修行へ行き、仙境に遊び、静かに隠れて（二人の名前がそれぞれ一字ずつ入っている）、最後には逍遥自在の真の境地に至る……それに静娘、私はあなたに従って来てもらいたいのではなくて、あなたに私の相手になってもらいたいの」

「相手？　隠娘は夫君が相手になっているのではないのですか？」

　聶隠娘はちょっと笑うと、「静娘が私に同行する時は、つまり私と夫君の縁が切れる日よ。その時になったら、私は彼に東都留守処で楽な仕事をあてがって、彼の余生の心配がなくなるようにします」裴玄静の訝し気な視線を受けながら、聶隠娘は話を続けた。

「私は魏博の出身で、現世では決して朝廷に忠誠を尽くすことはありません。劉師はすでに他界して、私ももうどの藩鎮のためにも力を使うことはありません。今回、武元衡刺殺事件に介入したのは、一つには禾娘を保護することを王義に承知したから。それと静娘のため。その他に、私が手出しする理由はない。私は一人の徹底的な自由人。ただ——誰か一人一緒にいてくれればと思うの」

裴玄静はこれまで、これほど勇壮でありながら、これほど寂しい話を聞いたことがなかった。この不思議な話が、一人の女性の口から出たということが、ますます人を感嘆させる。

彼女は自分が回答しなければいけないことをわかっていたので、聶隠娘を直視しながら、はっきりと言った。「いいえ、隠娘、命令に従わないことをお許しください。わたくしは昌谷に留まって、自虐の面倒を見たり、長吉の詩を整理したりしなければなりませんし……わたくしにはまだ多くのやらなければならないことがあるのです。この世のあらゆるものを捨てることができても、わたくしはこの家を捨てることはできません。なぜならここは、わたくしがあらゆる苦労をしながら求めてきたものであり、その上……わたくしは彼に本当に多くの借りがあるのです」

聶隠娘はただ一言答えた。「わかった」

山々は静かで、天地は無音である。前方の連山の起伏は、まるで少女の美しい身体を横たえたようだ。裴玄静はその山が女児山と呼ばれていると聞いたことがある。その年、玄宗皇帝は連昌宮に泊まっており、女児山に雲霧が漂っているのを見て、仙女が下界したかのような美しい景色に感嘆し、大いに刺激を受け『霓裳羽衣曲』を作った。曲はできたが、それに見合う踊り手が長い間見つからなかった。誰も曲中の風格と趣を表現し、天子の夢の中の舞を俗世に持ち込むことができなかったのである。楊玉環が彼の目の前に現れるまでは……。

突然、連昌宮の方向からもうもうと煙が立っているのが裴玄静の目に入った。彼女は驚いて叫んだ。「隠娘、見て、あそこはどうしたのでしょう?」

聶隠娘は落ち着いて答えた。「権留守が動いているはず」

9

今になって、聶隠娘はやっと裴玄静に、崔淼と権徳輿の計画の詳細を明かした。

崔淼が権徳輿に提供した手がかりによれば、平盧節度使である李師道の雇った殺し屋が東都洛陽で暴動を起こした。目的はやはり朝廷に対する示威で、皇帝に淮西からの撤兵を迫り、更には皇帝の削藩計画を徹底的につぶすことであった。淮西、平盧、成徳というういくつかの藩鎮は密接な依存関係にあり、常に進退を共にし、生死を同じくしながら朝廷に対抗してきた。淮西は朝廷と戦場で真正面から戦っており、成徳節度使と平盧節度使も手を休めてはいなかった。賄賂を送り、武元衡を中傷したのは成徳藩鎮のしたことで、武元衡と裴度を暗殺しようとしたのは平盧藩鎮のみごとな計略であった。

長安での暗殺が上手くいくと、殺し屋たちは続いて東都に駆けつけた。彼らは洛陽に潜入し、人手を集めて密かに武器を運び、東都留守府に攻め込む準備をした。崔淼の供述によれば、殺し屋はまず洛陽郊外のとある隠れ家を選び、人員と武器を配置した。大唐の二つの都はどちらも夜間の外出を禁止しているので、殺し屋は適切な時機を待ってから行動する必要があった。

彼らが定めた実行日は七夕の日だった。習俗として、その日の晩に女子たちは月を眺めながら針仕事の腕が上がるよう祈ったり、自分のために良縁を願ったりするので、民衆が存分に楽しめるよう、七夕の夜は夜間の外出禁止が有名無実となるのが常であったからだ。

しかし、崔淼も殺し屋が身を隠した正確な地点を示すことはできなかった。権徳輿は情報を得た後、藪をつついて蛇を出さぬよう、すぐに部下を派遣して洛陽城内外で殺し屋の隠れ家を秘密裏に探らせた。現在、七夕までまだ何日かあり、権徳輿はそれまでに殺し屋の巣窟を探し出し、彼らを一網打尽にしなければならない。聶隠娘の夫君が洛陽に駆けつけたのは、この動きに合わせたものだ。

今日、連昌宮の辺りから勢いよく煙が上がっているのを目にした時、聶隠娘はすぐに、権徳輿がとうとうやり遂げたのだろうと考えた。

「七月七日　長生殿

夜半人無く　私語の時
天に在りては願はくは比翼の鳥と作《な》り
地に在りては願はくは連理の枝と為《な》らんと」[1]
白楽天は『長恨歌』の中で連昌宮の長生殿を描写した。それはかつて傾国傾城の人間模様の目撃者であったが、今や殺し屋が念入りに選んだ暴動の本拠地となっていた。

かつて何もかもを持っていた開元天子（玄宗皇帝）は、まず大切な女性を失い、さらにまた皇位を失った。目が眩むほど光り輝いていた時代と帝国の栄耀はまるで流れる砂や水のように、一つ一つ彼の手から滑り落ちていく。今に至って、彼の後代はついに祖先の尊厳さえ守ることができなくなってしまったのだろうか？　現在の皇帝は、困窮し、前後の敵に挟まれて、一体どこがこの江山の主人のようだというのか。

聶隠娘はさらに裴玄静に話した。長安から出た後、禾娘はすぐに彼ら夫婦二人と別れた。ただ正義感から、彼らはもうしばらく尾行し、禾娘が崔淼と会ったのを見て、ようやく安心した。折よくその時に、崔淼と尹少卿が河陰の倉庫に火をつけようと話し合うのを盗み聞いた。二人はすぐ河陰に先に行くことを決め、その事件を静観した。まさに聶隠娘が話したように、今、彼女はどんな人、どんな勢力のためにも命を懸けるつもり

1　原文：七月七日長生殿，夜半無人私語時。在天願作比翼鳥，在地願為連理枝。

はないのだ。河陰へ行ったのも意図などない。朝廷が苦境に陥るのを見ることができれば、いつでも彼女は気分が良くなるのだ。

結果、彼らは裴玄静一行が河陰で遭遇した全ての経緯を目撃したのだった。

崔淼の受刑後、聶隠娘は河陰県衙に潜入した。もし崔淼が逃げたいと考えていたならば、ただ彼はそれを言うだけで、聶隠娘は簡単に成し遂げることができた。しかし、崔淼は逃げることを拒み、かえって聶隠娘に一つ頼みごとをした。

「彼はあなたのことが心配だったのです」聶隠娘が裴玄静に言った。「権徳輿はすでに殺し屋を逮捕する手はずを整えたけれど、崔郎は士官や兵士は信頼できないと考えた。事実が彼の憂慮は間違っていなかったことを証明しています。誰かが権留守が仕掛けた包囲網を逃れて、昌谷に駆けて来たわね？　だから、私は崔郎の要請を受けて、あなたを守るために昌谷に駆けつけたの。そして、私の夫君は、権徳輿を少し手助けしようと自発的に東都へ行きました。さもないと、権徳輿の配下のろくでもないやつらだけでは、たとえ崔淼の情報があっても、必ずしも暴徒を全滅させることができるとは限らず、後の災いが残される可能性が大いにあったからです」

崔淼。結局のところ彼がまた自分を救ったのだ。裴玄静の心中は複雑に絡まっており、それ以上はっきりとさせることができなかった。彼女はまず乱れた気持ちを置いておくほかなく、聶隠娘への質問を続けた。「しかし、隠娘、あなたと夫君はもう藩鎮のために力を貸さないと言っていたのに、朝廷のために働いて……」

「初めに劉昌裔の元に身を寄せたのは、朝廷のために働いたことになるかしら？　いいえ、静娘、私は先ほどすでに言いました。私は朝廷のために働いたことはない、と。魏博を離れてから、私は自分のためだけに働いてきました。初めからそうだったし、現在もやはりそうです」

裴玄静は心から承服した。

翌日の早朝、聶隠娘の夫君が昌谷に到着した。

この寡黙な男はこれまでと変わらず、言葉少なに彼女たちに報告した。東都留守が派遣した金吾衛は連昌宮に潜伏していた悪党を包囲して攻撃することに成功し、数十人を生け捕りにした。頭となっていた和尚の浄空と浄虚は地の利を得て頑なに抵抗したが、どちらもその場で殺された。悪党の中には平盧藩鎮の人のほかに、成徳藩鎮から来た者も一部いた。供述によれば、成徳藩鎮ももともと京城で高官を暗殺しようと画策しており、その名簿の中には武元衡と裴度のほか、現在の朝廷の宰相が数名含まれていた。ただ内部との協力が上手くいかず、平盧藩鎮に先手を取られたのだった。

聶隠娘は冷笑して言った。「そういうことなら、皇帝が張晏たちを殺したのも冤罪とは言えないわね」

彼は更に言った。今回の行動で悪党はほぼ全滅させたが、名簿の中には本来、成徳牙将である尹少卿も名を連ねていたのだが、まだ見つかっていない、と。

尹少卿？　裴玄静は心の中で考えた。彼は東都の暴動には決して参加していない。彼は昌谷に金縷瓶を探しに来たのだ。聶隠娘の攻撃を受けて重傷となり、死ぬところまではいっていないものの、現在も潜伏する場所を見つけて隠れているはずだ。

まさに聶隠娘の言ったとおりで、もう問題にならない。

これらの経緯がはっきりと整理され、裴玄静はやっと気が楽になった感じがした。自分は武元衡の期待に背くことなく、暗殺事件の元凶は逮捕され、この件に関係した人はみなそれなりに円満な結果を得て、もう遺憾はない。墓地はとっさに決められなかったが、暑さのために棺を家の中に長く置いてはおけない。聶隠娘夫婦の助けを借りて、裴玄静は李賀の棺を昌谷鎮の上の永慧寺に届け、一時的に安置することにした。

これらが済むと、聶隠娘夫婦は別れを告げた。彼らは何処へ向かうか明らかにしなかったが、裴玄静も尋ねはしなかった。

昌澗の流れに沿って下ると、半日も経たずに洛水に合流する。再び洛水から大運河に入ることができる。世界は依然として広く、どんな人も受け入れることができる。

裴玄静は李弥を家の中に留めておき、自分は隠娘夫婦が村を出るまで送って行った。

その道すがら、聶隠娘は小さく精巧な銅鏡を一つ取り出し、裴玄静に手渡すと言った。

「静娘がいつの日か私に会いたいと思ったら、すぐこの鏡を鏡磨きの店に届けてね。長安でも洛陽でも構いません。私たちはどちらでも、とても早く情報を得ることができるから」

明るく美しい日光の下で隠娘の顔の上には、やはり一本の皺も、少しのふさぎ込んだ表情も見出すことができなかった。殺戮にしろ、離別にしろ、彼女の体には何の痕跡も残すことはできないのだ。裴玄静は彼女に本当に感服し、また密かに彼女のために残念に思った。

裴玄静は礼を言ってから、銅鏡を懐に収めた。

ゆっくりと村から出ると、一筋の青緑の昌澗の水が田畑の外側を静かに流れている。聶隠娘は裴玄静に見送りをやめさせて、ここで別れようとした。すると突然、一頭の白馬と一台の馬車が原野を抜けて川岸を駆けてくるのが見えた。馬上の人は裴玄静に向かって声高に叫んだ。「静娘！　静娘！　来ましたよ！」

やって来たのは韓湘だった。

韓湘は彼らの目の前まで駆けてくると、馬から降りてすぐに、はあはあと息を切らしながら裴玄静に挨拶した。「やっとあなたを見つけました！」

裴玄静が口を開く前に、馬車も続いて到着した。簾が早々に持ち上げられ、馬車の中の人が顔を出し、彼女に向かって微笑んだ。その笑顔は強い日差しよりも輝き、目を眩ませるほどに彼女を照らしていた。

「崔郎！」裴玄静は驚きと喜びと共に叫んだ。

韓湘は感嘆した。「天に地に感謝致します！　やっと無事に送り届けることができました。私だってしっかりと仕事をやり遂げられるんだぞ。どうだ！」

聶隠娘が側で言った。「崔郎中が来たからには、私はもっと安心して去ることができるわ」

「どうしました？　それがしが来たらすぐに隠娘は去るのですか？」崔淼はすかさず続けた。「焦って行かなくてもいいではないですか。やっとのことで再会できたし、それがしは隠娘に話したいことがまだたくさんあるのです。それがしが死地をくぐり抜けて来たというのに、隠娘はもう少しいられないのですか……」いつの間に、彼は聶隠娘に対してこのような甘えた話し方をするようになったのだろうか。彼女は見事にその手を食らって、半分腹を立てつつも半分喜びながら言った。「仕方ない。おまえの話したいことを聞きましょう」

しかし、裴玄静が興味深そうに尋ねた。「おや、あなたたち二人はなぜ一緒になって駆けて来たのですか？」彼女が言っているのは韓湘と崔淼のことである。この二人は長楽駅から一路、陰に陽に争いながら潼関駅まで行き、しかも韓湘は崔淼に置き去りにされたというのに、なぜ現在は一緒になっているのだろうか。

韓湘が言った。「静娘、私はちょうどあなたに説明したいと……」突然、彼は話すのを止め、目を見開いて裴玄静が身に付けている喪服を見た。

裴玄静は理解して、淡々と言った。「わたくしは着くのが一歩遅かったのです。長吉は既に逝ってしまいました」

「彼の最期は看取れなかったのですか？」

裴玄静は首を振った。

「ああ！」韓湘は地団太を踏んで言った。「全て私のせいです！」彼は裴玄静に尋ねた。「霊廟は家の中にありますか？韓郎はまず静娘とお参りに行ってもいいですか？」

崔淼が提案した。「韓郎はまず静娘とお参りに行ってください。それがしはいくつか隠娘に話さなければいけないことがあるので、後から行きます」

そこで裴玄静は韓湘を連れて帰宅した。道すがら韓湘は何か言おうとしては止め、かなり苦しげであった。家の外に着くと、白い幟がはためいているのが見え、裴玄静は彼が重々しく息を吐くのを聞いた。

棺を移動した後、庭の中にはただ祭壇が一つ置かれているだけだ。青山を背にし、天地を位牌としている。

裴玄静は一本の香に火をつけた。韓湘が受け取り、真剣に黙祷して香を供えた。それから懐から一通の書面を取り出し、低く沈んだ声で読みだした。「雲煙の綿聯たるも、其の態を爲すに足らざるなり。水の迢迢たるも、其の情を爲すに足らざるなり。春の盎盎たるも、其の和を爲すに足らざるなり。秋の明潔たるも、其の格を爲すに足らざるなり。風檣・陣馬も、其の勇を爲すに足らざるなり。瓦棺・篆鼎も、其の古を爲すに足らざるなり。時花・美女も、其の色を爲すに足らざるなり。荒國・陊殿、梗莽・邱壟も、其の怨恨悲愁を爲すに足らざるなり。鯨呿・鰲擲、牛鬼・蛇神も、其の虚荒誕幻たるを爲すに足らざるなり。[1]……」

この一段が読まれると、裴玄静の目には熱い涙が溢れた。彼女は震える声で尋ねた。

「誰がこれほど素晴らしい文を？」

韓湘は両手で書面を裴玄静に手渡した。「静娘、見てください。これは叔父が私に付き添いを命じた時の手紙です」

韓愈は韓湘への手紙の中で、李賀の才気を褒めたたえているだけではなく、心を痛めつつも、長吉の病状はひどく、この世に長くは留まれないだろうと述べていた。彼はわざわざ韓湘に、できるだけ早く裴玄静を昌谷に送り届けるよう言いつけた。李賀の病状から、一日二日も遅れることはできないだろう、と。

1　原文：雲煙綿聯，不足爲其態也；水之迢迢，不足爲其情也；春之盎盎，不足爲其和也；秋之明潔，不足爲其格也；風檣陣馬，不足爲其勇也；瓦棺篆鼎，不足爲其古也；時花美女，不足爲其色也；荒國陊殿，梗莽邱壟，不足爲其怨恨悲愁也；鯨呿鰲擲，牛鬼蛇神，不足爲其虚荒誕幻也。（杜牧「『李賀集』序」より）

「でも、私は見知らぬ人間の罠にかかってしまいました」韓湘は裴玄静に向かって深く頭を下げた。「ああ！　私は本当に無能でした」

潼関駅にいる時、韓湘は変装した尹少卿に騙されて、行く先には盗賊が出ると信じ込み、ちょうど尹少卿と対策を話し合っている時に、裴玄静は崔淼に従って走り去ってしまった。韓湘はどうしようもなく、振り返った時には髭の男の影もなく、やっと騙されたことに気がついた。彼は、どこかで裴玄静と崔淼に追いつくことを期待しながら、昼夜を分かたず命懸けで急いで洛陽に向かうほかなかった。

韓湘は言った。「潼関駅であなたたちが途中から河陰県に行くなんて、私にどうしてわかるでしょう！　ただひたすら洛陽へと急ぎました。洛陽に到着してから方々で尋ねましたが、やはりあなたたちの情報は少しもありません。その時、河陰で火事が起き、多くの人が捕まったと聞いたのです。私はまた急いでそちらに駆けつけました。河陰に着くと、やっと崔淼とあなたが捕まっているという話を耳にしました。私はただ東都留守に会いに行くことしかできず、何日も待ってからやっと彼は私に会ってくれました。彼が私に、あなたが既に昌谷に着いたことを教えてくれたのです。それから、崔郎中も無罪放免となるが、ただ彼は刑罰で受けた傷がまだ癒えていないので、いっそのこと私が彼を連れて出て行くようにと言いました。それで、このとおり、私はやっと馬車を一台雇って、崔淼と一緒に昌谷にあなたを探しに来たのです」

「わかりました」裴玄静は頷いた。「韓郎はそんなに自分を責める必要はありません。実のところ、あなたを置き去りにして、崔郎に従って河陰へ進路を変えたことは、わたくしが自分で考えてしたことであって、決してあなたのせいではありません。ただ、思いもよりませんでした……長吉の最期に間に合わないなんて」

「え？」韓湘は呆気にとられた。

裴玄静は言った。「要するに、亡くなってしまっていたのです。過ぎたことです。もう何も言う必要はありません」

「わかりました」韓湘はやっと語気を緩めた。「私は崔郎を迎えに行きましょう。彼の刑罰で受けた傷はまだ完治しておらず、動くのにはまだ不便なのです」

韓湘が去ってから、裴玄静はまた韓愈の手紙を取り上げて読んだ。一字一句が日々の輝きを照らし、長吉の才気を形容しながらも決して言い過ぎてはいない。しかし、彼は結局聞くこともも見ることもできなくなってしまった。彼女は河東先生の言ったことを思い出した。「名を残して死ぬことの方が、名を残さずに生きるよりも良い[1]」彼女は千百年後の人々が長吉の詩を記憶していると信じている。そして、彼の経験した苦痛と彼女の味わった遺憾は、彼と彼女の残骸も含めて、すぐに塵となってしまうことも。裴玄静

1　原文：寧為有聞而死，不為無聞而生。（柳宗元『上揚州李吉甫相公献所著文启』）

は便箋に火をつけ、それが炎の中でだんだんと黒い灰に変わるのを見た。

「雲煙の綿聯たるも、其の態を為すに足らざるなり。水の迢迢たるも、其の情を為すに足らざるなり。……」

裴玄静は大いに驚いた。李弥が朗読しているのだ。そのうえ、彼は絶え間なく読み続ける。先ほど韓湘が読んだ文を一気に初めから終わりまで覚えてしまったのである。たった一度聞いただけなのに、彼はわずかな間違いもなく記憶しているのだ。

裴玄静は彼に尋ねた。「自虚、あなたは何が語られているのかわかるの？」

「わかるよ。お兄ちゃんの良いところだよ」

「あなたは理解できるの？」

李弥は頷いた。

彼女はたいへん驚いた。「そのうえ一度聞いたらすぐに覚えられるの？」

「そうだよ」李弥は言った。「お兄ちゃんの詩は、一回聞いただけで全部覚えた。ずっと忘れないよ」

裴玄静は突然悟った。この家に筆も墨も紙も硯もなく、長吉の詩集を見つけることができなかったのは、そもそも——李弥がいれば十分だったからだ。

この雨上がりの青空のような澄み渡った眼差しの少年は、一冊の生ける詩集なのだ。

彼女は驚きと喜びを抑え難かった。「自虚、お兄さんの詩をいくつかわたくしに読んで聞かせてくれる？」

「いいよ。どれが聞きたいの？」

「わたくしが聞きたいのは……」裴玄静はどの一首かすぐに思いつかなかった。躊躇っている間に、突然、李弥が出入り口に向かって立ち上がり大きな声で尋ねた。「誰ですか？」

裴玄静が振り返って見ると、崔淼が戸にもたれて立っていた。

相変わらず、彼女の最も慣れ親しんだ、飄々として、笑っているような笑っていないような様子である。彼の背後の原野では、新たな暮色が徐々に降りてきていたところだ。

彼女は急いで迎えた。「韓郎は？」

「韓湘のことですか？　彼は隠娘夫婦と去りました」

裴玄静は驚いた。「韓郎が隠娘と去った？　どこへ？　何をするのですか？」彼女が崔淼の背後を見ると、確かに馬車が一台ぽつんと遠く離れて行くところだった。

「仙人になるための修行に行くそうですよ」崔淼は眉を上げた。「行く時にそれがしのことを一通り嘲笑していきました。それがしの鷹揚さはただ装っているものだとか何とか。韓湘子こそが本当に鷹揚で、俗世間は無常であり瞬時に捨てられるのだそうです。それがしはもう何も言えませんでしたよ」

「それは……一体何の話でしょう？」

「何にせよ彼は聶隠娘と少し話すと、あの夫婦と遍歴することを決めました。それがしは今わかったような気がします。なぜ韓夫子が自分の侄孫を気に入らなかったのか。あの人は全く俗世間とは相容れないでしょう。その上、風と言えば雨になる。彼に仕事を頼んで、どうして成功するのでしょうか」崔淼は裴玄静に向かって何度か首を振った。「静娘も彼のせいで損しましたよね？　彼はこれで良かったんです。自分で事を台無しにしまったので、帰宅したら韓夫子は絶対に彼を許さないでしょう。さっさと遊仙を口実にして逃げてしまうのが吉です」

裴玄静は尋ねた。「隠娘も承諾したわけですか？」韓湘は道理に従わない人ではないが、彼の心根は一粒の俗世の塵も被ってはいない。この点から言えば、彼と聶隠娘は確かに相性の良い所がある。そして、本当に思いもよらなかったのは、聶隠娘は今回、禾娘を連れて行かず、裴玄静を連れて行かず、最終的に連れて行ったのは韓湘だったということだ。

崔淼は両手を胸の前で合わせて、含み笑いをしつつ言った。「それがしも隠娘のことまでは口出しできません。とにかく彼らはみんな去りました。馬車もそれがしがお金を払って行かせました。静娘、それがしは行く所がありません。ただあなたのところに身を寄せることしかできません。それがしをあなたのところに置いてください」

清風がたもとを揺らし、言い尽くせぬ雰囲気が漂う。依然として憔悴しているその顔の上にうっすらと浮かんだ笑みが、言葉の中にある、人には捉えきれない濃い感情を薄めた。

裴玄静は彼の視線を避けながら、小さな声で言った。「入ってください」

10

崔淼は足を引きずりながら庭に向かって歩いた。裴玄静は彼が痛みで顔を青白くしているのを見ると、急いで前へ行き、手を貸した。崔淼はまず霊前で拝んだあと、やっとゆっくりと家へ入って行った。何にせよ低い寝台が一つあるだけで、他に座れる場所もない。彼が寝台に上がるのに付き添っていると、崔淼は言った。「手を放して。自分でやります」

裴玄静は急いで半歩後ろに下がり、彼が眉をひそめて痛みに耐え、やっとのことで半身を横たえるのを見ていた。長く息を吐くと、崔淼は裴玄静に向かって苦笑しながら言った。「本来はかなり良くなっていたのです。河陰から急いで来たので、ふさがったばかりの傷が開いてしまいました」

裴玄静も血の跡がぽつぽつと白い長ズボンの中から滲んでいることに気づき、心中痛みを禁じえなかった。「これはどうしたらよいのでしょう?」

崔淼が言った。「構いません。それがしの荷物の中に調合した塗り薬があるので、薬をつければ大丈夫です」

裴玄静は荷物の中から塗り薬を探し出すと、寝台の前に持って行って塗ろうとして、ふと呆気にとられた。崔淼も呆気にとられた様子で彼女を見ていた。裴玄静の顔は一気に熱くなり、もう少しで塗り薬を捨てて身を翻し、走り去るところであった。

これは面倒なことになった。

二人は気まずそうに同時に別の方を向いた。裴玄静の心臓がドキドキと跳ねる。敷居の上に座って呆けている李弥が目に入ると、そこに瞬時に救世主を見つけた。

「自虚、早く来て」彼女は李弥に向かってしきりに手招きをした。「手伝って欲しいの。彼……」少し考えてからまた言った。「手伝って欲しいの。このお兄さんに薬をつけてあげて」

李弥は満面に不満の表情を浮かべながら塗り薬を受け取り、ぶつぶつと言った。「彼は僕のお兄ちゃんじゃないのに、どうして僕が手伝わなきゃいけないの。自分でできないの……」

崔淼が言った。「やはりそれがしが自分でやります」

「自分ではできませんよ」裴玄静はきっぱりと崔淼を拒絶すると、子供をあやすように李弥に言った。「彼はとっても不器用なの。彼のことを可哀想だと思って助けてあげて。

うちの自虐が一番優しいわ」そう言いながら、急いで家から逃げ出した。

彼女は家の戸を閉めると、庭に立って忍耐強く待った。

ぼんやりとした夕暮れの中、遠くの山は絵巻物の輪郭を描いた線のようだ。色付けはまだされていない。知らず知らずのうちに、夜風にはもう物寂しい秋の気配があった。日が昇り月が落ち、春には茂り秋には枯れる。人生というものはどれほどこれらの風景に似ていることか。大局を遠くから眺めれば、宿業は同じ結果となるよう定められている。実際に歩んでみると、一歩一歩景色が変わる間に、いつでも目を見張るような風景に出会うことができる。いわゆる今生を無駄にしないというのは、おおよそこのようなことなのだろう。

「がたん」という音が聞こえ、李弥が飛び出してきた。

裴玄静は跳ね上がるほど驚いた。「どうしたの？」

「あの人のお尻は真っ赤っかだ」李弥は嫌そうに口を歪めている。

「だから塗り薬をつけるのよ」裴玄静は泣くことも笑うこともできずに尋ねた。「彼の代わりにしっかりやったの？」

李弥は薬入れを裴玄静の懐に向かって放った。「自分で見に行ってよ」

裴玄静がまだ躊躇していると、崔淼が家の中から叫ぶのが聞こえた。「入らないで！」彼女は入り口の辺りに留まるしかなかった。しばらくするとやっと彼の声が聞こえた。「いいですよ」

裴玄静が寝台に近づくと、ゆったりと横向きに寝転んでいる崔淼が見えた。何もおかしなところはないのだが、ただ人生に何の意味もなくなってしまったような悲しみの表情を浮かべており、裴玄静は突然堪えきれず笑い出した。

間もなく崔淼自身も笑いだし、そして李弥も続いた。三人は輪になって腹を抱えて大笑いした。裴玄静は腰が立たないほど笑い、目尻からは涙がこぼれた。彼女は、自分がどれほど長くこんなふうに笑っていなかったか、覚えてもいなかった。

しまいには崔淼が恨めしそうに言った。「もういいです。それがしにも少しは面子をください。そんなに可笑しいですか」

裴玄静はやっとのことで笑うのを止め、彼に言った。「あなたの自業自得ではありませんか。一体どうして、わざわざ吐突承璀があなたを板で叩くようにしたのですか？」

「それがしがもし叩かれなかったら、権徳輿はそれがしを訪ねて来なかったでしょう」崔淼は言った。「彼は吐突承璀と収まりがつかないほど争ってはいましたが、人を軽々しく信じるようなことは絶対にしません。それがしが叩かれたのは、一つには確実に吐突側の人間ではないことを明らかにし、二つには権徳輿に、彼が必要とするものがそれがしの手の内にあることを暗示するためです」

「苦しい思いをさせました」彼女は小さな声で言った。

崔淼は裴玄静を見ながら言った。「あなたはそれがしが心から望んでそうしたと知って……」彼女が彼の視線を避けたので、崔淼は話の続きを飲み込むしかなかった。しばらくしてから、また言った。「静娘、あなたはなぜそれがしに、どうして藩鎮の計画を隅々まで把握できたのか尋ねないのですか？」

裴玄静は、まるで彼の話が耳に入っていないような様子で言った。「お腹が空いたでしょう？　わたくしは食事の用意をしに行きます」

一甕の粟はすぐに炊け、良い香りが家全体に漂った。

裴玄静は食事を全て寝台の方に運び、三人は揃って円座して、寝台の前で食事をした。食事からは湯気がもくもくと上がり、ランプの光を散らした。光はそれぞれの顔の上で揺れ動き、そこには形容しがたい暖かさと安らかさがあった。実のところ、物売りや使い走りから王や高官に至るまで、家庭の雰囲気というのは本来これほど簡単なものなのだ。

今では李弥は崔淼と親しくなってきていた。よそったご飯を自ら彼に運び、おかずを取り、スープをすくう。世話をするのも調子が合っていて、裴玄静が指図する必要は全くない。むしろ彼女はただ見ているだけであった。しかし、見れば見るほど、裴玄静の胸は締めつけられるようであった。李弥の世話ぶりがそれほど熟練しているのは、もちろん病気の兄の世話をしてきた経験によるものだ。目の前の一切は、ちょうど彼女が何度も夢に描いた情景であったが、今は「物是人非（物は正しいが人が違う）」の四字で形容するほかない。

裴玄静は椀と箸を置いた。彼女ははっきりと思い知った。これから先、一つの心の痛みが永遠に彼女自身について回るのだ、と。最初の時ほど激しくはないものの、その痛みは恒久的に積み重なり、自分と共に生き、共に死ぬのだろう。

「静娘」

裴玄静は声に応じて顔を上げた。崔淼の瞳が灯りの向こう側できらきらと輝いているのだけが見える。明らかに注意深く彼女の様子をうかがっている。彼女はすぐに彼に向かって少し微笑んだ。

崔淼も椀と箸を置くと、懐から何かを取り出し、灯りの下に置いた。「静娘、見てください。これが何かまだわかりますか？」

それは半枚ほどの紙片で、焼け残ったものであった。上にはぼんやりとわかる何文字かの筆跡——「信可樂也」があった。裴玄静は気がついた。「これは武相公がわたくしにくれた、あの半部の『蘭亭序』ですか？　燃えずに残ったのはたったこれだけなのですか？　あなたはどうやって探し出したのですか？」

なんと、火災後に現場を整理していたところ、裴玄静の嫁入り道具の箱が見つけられたのだった。箱の表面にはめ込まれた銘板から裴府のものであることがわかると、権徳輿は焼け残った炭の塊を全て崔淼に与えるように言いつけた。その意図するところは、崔淼に裴玄静に対して嫁入り道具が全て燃えてしまったことを証明させるためであった。そして、崔淼はその中からこの燃え残りを拾い出したのだった。

崔淼は喜び勇んで言った。「来る途中、それがしが韓湘と『蘭亭序』について話していたら、あの男、実になかなか面白い秘話を知っていたのです。静娘にもちょっと聞かせますね」

東普の王羲之の手書きの墨跡は、梁の武帝の時に既に一万五千紙も集められており、その中には王献之の真筆も含まれていたと伝えられている。梁の元帝蕭繹の承聖三年（五五四）に、西魏の大軍が江陵を陥落した。梁の元帝はもはや挽回することは叶わないと見て、投降する前に、後閤舎人の高善宝を遣わして火を放ち、梁朝が五十年の力を積み上げて探し集めた「二王」の書、それから「古今の図書十四万巻」を共に激しい炎で焼き尽くしてしまった。役人たちは驚き叫んだ。「文武の道は、今夜極まった！　歴代の秘宝は、全て灰となった！」

その後、隋の文帝の時、金に糸目を付けずに買い求めたが、それでも王羲之の真書五十紙、行書二百四十紙、草書二千紙を得られたのみであった。太宗の時期になると、運良く残されていた王羲之の真筆はほぼ一網打尽にされたが、数量と品質は蕭繹に焼き払われた宝に遥かに及ばなかった。唯一誇ることができたのは、太宗皇帝が『蘭亭序』を手に入れたことであった。

崔淼はここまで話すと、またもったいぶった。「静娘、蕭繹があれほど多くの王羲之の真筆を焼き払ったのに、なぜよりによって『蘭亭序』を取り残したのだと思いますか？」

「ひょっとして梁朝は『蘭亭序』を収蔵していなかったのですか？」

「それでは、天下随一の行書『蘭亭序』はどのようにして滄海の遺珠となったのでしょう？」

裴玄静にはわからなった。

崔淼が言った。「韓湘がそれがしに教えてくれたのですが、実は、ある噂話があって、太宗皇帝が得た『蘭亭序』は決して真筆ではなかったというのです。本物の『蘭亭序』は南詔国にあるそうですよ！」

南詔国までも巻き込んだのか？　裴玄静はとても信じられないと思った。あれほど遠く奇異な南蛮の地に、『蘭亭序』の真筆が隠されているというのか？

「韓湘は、南詔国の収蔵している『蘭亭序』を自分の目で見たことがあると言うのですよ！」崔淼の得意げな様子を見ると、むしろ彼自身が見たことがあるかのようであった。

そもそも王羲之は道教を好んでいた。晩年には許玄という名の道教の修行をしている人物と世俗を超えた交わりを結び、ずっと會稽と臨安の間を歩き回って、仙人を訪れたり道を追求したりした。許玄は後に南詔へと遍歴し、南詔国王に道教を伝え、南詔全体が道教を深く信じるようにし、王羲之を神仙として崇めるようにさせた。話によれば、許玄が南詔へ行った時に、王羲之の『蘭亭序』の真筆を携えており、それを南詔の国王に贈ったのだそうだ。南詔の国王は『蘭亭序』を国の至宝と見なし、宮中深く大切に保存して、対外的には秘密にしてきたということだ。

裴玄静は尋ねた。「秘密にしているというのに、韓湘は一体どこから知ったのですか？」

「彼自身の話によれば、二年前に彼は突然ひらめいて南詔に遍歴し、わけもわからずに、南詔の国王である勧龍晟《チュエン・ロンション》と良い友人となったのです。実権を握っている弄棟節度使王嵯巓《ワン・ツオディエン》が権力を振るっていたのですが、勧龍晟は傀儡となることを良しとせず、大唐の皇帝に王嵯巓を排除し王権を奪い返す手伝いを頼みたいと思っていました。王嵯巓の目は隅々まで行き届いており、勧龍晟は公に大唐と連絡を取ることができません。そこで策を練って道教の修行を理由に韓湘と知り合い、彼の関係を通じて大唐と連絡をとろうと企みました。誠意を示すために、勧龍晟は特別に韓湘を宮殿に入れて『蘭亭序』を見せ、そして彼に『蘭亭序』を大唐皇帝へ証の品として持って行かせ、支援を求めようと考えたのです」

「彼は本当に見たのですか？」

崔淼は言った。「見ることは見たのですが、韓湘は一目でその『蘭亭序』が真筆ではないと認識したため、この件は水の泡となりました。ああ、その南詔の国王も不運です。どうして韓湘を選んだのか？　彼に一体何が成し遂げられるというのでしょう？」

裴玄静は笑いながら言った。「どうもこの世界中の誰に恨まれても問題ありませんが、崔郎の恨みを買うことはできないようですね。さもなくば、あなたに口でも筆でも批判されてきりがありません」

「それがしはあなたに代わって不平を言っているのではありませんか」

「誰があなたに不平を言うように頼んだのですか」裴玄静はわずかに怒り、また興味深そうに尋ねた。「韓郎はどうして南詔国の『蘭亭序』が偽物だとすぐに確信を持てたのでしょう？　彼には金と石を見分ける能力があるのですか？」

「彼にわかるものですか！　ただ彼は以前、刻印された『蘭亭序』の神龍写本を見たことがあったので、一目ですぐ南詔国の『蘭亭序』が前半部分だけが正しく、後半部分の内容は『蘭亭序』と全く関係がないことを見て取ったのです。本物だと思うわけはないのではありませんか」

「半分？」

「そうです。その上ちょうど武相公があなたに与えたあの前半部分、すなわち『信可樂也』の四文字までです。後ろは何の関係もなく、完全に別の文章です。もしそれがしが韓湘にこの燃え残りを見せなかったら、彼はまだ思い出してもいないでしょう。静娘、これは意味深長なことだと感じませんか？」

やっと言いたいことがわかると、崔淼の聡明さは再び裴玄静を感服させた。それから彼の辛抱強さも。彼はこれほど多くの準備をし、順序良く導いていった。もう一度、彼女の真相を追求しようという考えをかきたてるためだけに。ただ今回、彼女は彼を失望させてしまうだろうか？

裴玄静は言った。「崔郎、金縷瓶はなくなりました」

「どういうことですか？」崔淼は驚いた。

彼女は簡潔に髭の男が家の中に闖入して金縷瓶を強奪した経過を述べた。「わたくしが思うに、あの人はきっと成徳牙将の尹少卿です」裴玄静は言った。「もちろん彼が誰かはもうそれほど重要ではありません。要するに、武相公がわたくしに与えた手掛かり――半部の『蘭亭序』、それから金縷瓶は、どちらもなくなってしまいました」

崔淼はひどく失望した表情を見せた。「そうですね……でも、まだ『真蘭亭現』の離合詩があるではありませんか」すぐさま再び奮起しだした。「それがしどもはこの手掛かりに沿って追跡することができます。詩の中の典故を全て整理し、さらに韓湘が提供してくれた新しい手掛かりを加えれば……それがしはこの謎を解けないはずがないと思いますよ、静娘！」

裴玄静は優しい声で言った。「あなたは今、心安らかに休むのが一番です」

「大丈夫です。あなたがいれば……ああ、それと彼の看病があれば、十日もしないでそれがしは元気いっぱいになることでしょう。忘れてはいけません。私自身が医者ですからね」

「わたくしは忘れてはいませんが、崔郎中自身がむしろ忘れてしまっているようです」

崔淼はやっと裴玄静の顔色がおかしいことに気がついた。彼のように鋭敏な人間にしてみれば、今日はあまりにも鈍すぎた。彼は尋ねた。「どうしたのですか？」

彼女は極めて優しい口ぶりで言った。「崔郎、『真蘭亭現』の謎を、わたくしは解き続けることができません」崔淼は頭から冷水を掛けられたようだった。裴玄静の外見が軟弱であるように見えれば見えるほど、内に深く隠された強靭さがますます彼に胸騒ぎを、ひいては恐れをも感じさせた。彼は思わず彼女がきっぱりと決断する様子を想像し、さらに意気消沈した。彼が彼女のために捧げたものを、彼女は気にも留めていない。なんと彼はずっと一方的な想いを抱いていただけだったのだ。

沈黙が長く続いた。崔淼がやっと尋ねた。「どうして今放棄しようとするのですか？　韓湘まで、彼が南詔国で見た後半部分の違う『蘭亭序』の記憶を何とか呼び起こして、内容を思い出したらすぐに手紙に書いてそれがしに送ると請け合ってくれたのに。これだって一つの有力な手掛かりになり得ます……静娘、それがしはずっと、それがしどもは謎の答えからもうそれほど遠くないと感じています」

「たとえ謎を解いても、何も変えることなどできません」

「どういう意味ですか？」

裴玄静は灯りの届かない虚空を見つめながら言った。「もし天の神様がもう一度わたくしに機会を与えてくれたとして、わたくしは一つの謎のために時間を浪費することはしないでしょう。わたくしは最初の一刻で昌谷にすぐ駆けつけて、長吉の側についてあげなければいけなかったのです。しかし……そのような機会は持てなかった。全てはもう終わったのです」

「だからあなたは自分を罰するのですか？」

「罰するのではありません。わたくしの借りを埋め合わせるのです」

「借り？　あなたは誰に借りがあるのですか？」崔淼は冷笑した。「それがしには理解できません。李長吉が重病で亡くなったことは、あなたが昌谷に駆けつけたかどうかということとは関係がありません。さらには『真蘭亭現』の謎のために亡くなったのでもありません。あなたはなぜ全ての責任を自分の身に背負おうとするのですか？」

裴玄静は沈黙した。

崔淼は冷笑しながら話し続けた。「あなたはどのように埋め合わせるつもりですか？一生ここに留まるのですか？　彼のために独り身で居続けるのですか？」

「何をいい加減なことを！」

崔淼は裴玄静を見つめたまま、突然頷いて言った。「わかりました。静娘はそれがしと一緒に謎を解くのが嫌なのですね。なぜならそれがしがかつて悪事の手助けをしていたから。そうですね？」

「あなたは……」裴玄静は彼がこんなことを言うとは思いもよらなかった。

「間違いありません。それがしは確かに藩鎮のために働きました。しかし、凶悪犯を告発した者はそれまでの行いを咎められないという聖上の詔があるのです。今は朝廷さえもそれがしを見逃してくれたというのに、静娘はそれがしを見逃す気はないということですか？」崔淼は話しながら、歯を食いしばって寝台から下りてきた。

裴玄静は急いで彼を止めに行った。「どこへ行くのですか？　今は出て行くことはできません」

崔淼は怒って言った。「誰が出て行くと言ったのですか。それがしは隣の部屋で寝ます」

「隣は台所ですから、寝られません」

「それならそれがしはこの家では寝ません。あなたのような忠節を守る女性の名声を汚したくありませんから」

彼がそう言うのを聞くと、裴玄静は彼を行かせないわけにはいかなかった。

崔淼はふらふらと戸口の辺りに来ると、止まって言った。「静娘、それがしはずっと、あなたは他の女性とは違うと思っていました。普通の女性は簡単に騙されます。なぜなら彼女たちは真実の世界ではなく、自分たちの幻想を信じたいと思っているからです。しかしあなたは違う。真相がどれほど醜く残酷で受け入れがたいものであっても、あなたは逃げたことがありません。だから……あなたはそれがしにとって非凡な女性なのです」

崔淼は出て行った。李弥が目蓋を閉じたまま尋ねた。「二人は喧嘩したの？」

「私たちは喧嘩してないから、安心して」裴玄静は彼を落ち着かせ、筵の上で眠らせた。

彼女は灯りを吹き消し、自分も寝台の上で横になったが、全く眠くなかった。そこで彼女はまた座り、ぼんやりとした月の光を借りて、銅鏡の中の自分の顔をつまびらかに見た。聶隠娘がくれたこの鏡は光沢が抑えられ、ある種の古めかしい美しさがある。裴玄静は海を見たことがなかったが、海面はきっとこんな――穏やかで奥深い様子に違いないと感じた。

六宮　語らず　一生閑なり
高く銀牓を懸けて　青山を照らす
長眉　緑を凝らして幾千年

長吉は彼女が寡黙な仙女となり、離れたところから鏡に映った花や水に映った月のように人の世を眺めることを望んでいた。しかし、鏡の中には真相はなく、彼女自身の鏡像があるのみだ。

裴玄静は一晩中眠らなかった。朝日が出てくる頃、彼女は横になっていられず、こっそりと起きて出掛けた。

戸の隙間から台所の中を見ると、崔淼は地面の草の山の中に寝転がり、ぴくりともせずに眠っていた。彼は強がることを好んでいるが、負傷した身体はまだ疲れやすく、休息を必要としている。

裴玄静は心を痛めつつも安堵し、李弥と崔淼が換えた汚れた服を集めると、家の門を出た。

朝日の下の昌潤河は一本の深緑の絹の帯のようで、清冽な微光を浮かべている。裴玄静の歩みは慌ただしい。急いで服を洗ったら、家に帰ってあの二人のために朝食の準備をしなければならない。彼女がひたすら疾走することに没頭していると、一人の人とぶつかりそうになった。裴玄静は急いで謝った。相手は笠を被っており、顔つきがはっきりと見えない。くぐもった声で「うん」と一声発すると、二人はすれ違った。

裴玄静は川岸で洗濯し始めた。血の跡は洗い落としにくい。彼女がちょうど力を込めてこすっていると、不意に自分のスカートの上にもいくつか赤い色がついているのが目に入った。これは一体いつ染み込んだものだろう？　裴玄静は訝しんだ。昨日ついた崔淼の血だとしたら、今はこんなに鮮やかな色ではないはず……。

突然、裴玄静は手に持った衣服と木桶を全て水中に落とした。

彼女は身を翻して川上に向かって狂ったように駆けだした。走りながら叫ぶ。「崔郎！　自虐！　気を付けて！」

広野では、彼女が力の限り叫ぶ声もどれほど弱いことか。山からの風の一吹きでかき消されてしまった。

第五章　鏡中人

1

急いで屋敷の前に駆けつけると、裴玄静の動悸は少し落ち着いてきた。屋敷の門は施錠しておらず、彼女がここを離れたときのままで、邸内の様子もいつもと変わりないように見えた。だが、彼女が声をかけているのに、なぜ誰も応えないのだろう。

とそのとき、奇妙な香りを感じた。それは濃厚に漂い、多く焚きすぎた香のようにも思えるが、おかしな甘ったるい匂いを帯びていた。裴玄静ははっとした。どこかで同じような匂いを嗅いだことがあるような——

賈昌が死んだ現場だ！

「崔郎！　自虚！」再び大声で呼んだが、やはりなんの返事もない。

裴玄静は茅葺きの小屋に急いだ。戸口は開いていて、思った通り香りが中から漂っている。これは賈昌が死んだ時と同じ香りに間違いない。ただあの時よりももっと香りが強い。何度かの呼吸で少し吸い込んだだけで、頭がくらくらして窒息しそうだ。草むろのところに李弥はいなかった。

「自虐……崔郎！」裴玄静はきびすを返して小屋を出た。

隣の炊事部屋の戸は壊れていて、普段からきちんと閉められない。そのつもりで力を込めて押したが、戸は開かなかった。よく見ると、かんぬきが導線でぐるぐる巻きにされている。誰かが炊事部屋の外から戸口を封じたのだ。

それでも、怪しい香の匂いは中から絶えることなく流れ出てくるので、その出所は炊事部屋の中なのだ。

裴玄静は吐き気をこらえながら、戸口のすきまから中を覗き込んだ。すると崔淼が頭を外に向けて地面に倒れているのが見えた。片方の手が戸口に向かって伸びている。なんとか外に向かって移動しようとしたものの、力尽きて倒れたという様子に見えた。

「崔郎！」裴玄静は戸をドンドンと叩いて叫んだが、崔淼はぴくりともしない。

裴玄静の心臓は恐れで早鐘のように打った。あの恐ろしい香りも鼻腔に入り込み続け、頭はますます混濁し、体の力はどんどん抜け、いまにもへなへなと崩れ落ちてしまいそうだ——だめよ！

裴玄静はかろうじて自身を奮い立たせ、素手であの銅線をむしり取ろうとした。銅線がそれほど厳重に巻き付けられていなかったのか、彼女が精いっぱいの力を込めるとすぐに取り去ることができた。裴玄静の指は切れ、血が噴き出してきた。もうろうとする頭をその痛みがかなりはっきりさせてくれた。彼女は炊事小屋の戸を開け放ち、中に躍り込んだ。

薄暗い屋内で、崔淼は目を閉じ、口角には泡を吹き、顔色は青灰色の死相を呈していた。裴玄静は崔淼を抱え、炊事小屋の外まで引きずって行った。

崔淼を中庭に引きずりだすと、裴玄静はやっと新鮮な空気を思い切り吸い込むことができた。震える手で脈をとると、幸いなことに崔淼にはまだ息があった。どうやって目覚めさせたらよいかとあたりを見回すと、切り株のうえの素焼きの甕が目に入った。ちょうどここ数日の雨露がたまっており、とても冷たい。それを崔淼の口に少し流し込むと、残りをぜんぶ崔淼の顔にばしゃりとかけた。

崔淼ののどからごぼごぼという音が聞こえ、崔淼は何回もきいろい胆汁を吐き出した。そしてやがて、目を開いた。

「崔郎！　生きてるのね……」裴玄静は喜びのあまり叫んだ。

「静娘」崔淼が弱々しい声で言った。「自虚、自虚が……」

裴玄静は弾かれたように体を起こした。崔淼を救うことばかり気にしていたけど――

李弥は？

崔淼はすべての力を絞り出して言った。「うし……ろ……」

裴玄静は崔淼の頭を静かに地面におろすと、小屋の裏に走って行った。火のように赤い朝日がすでに上り、一面の草むらの草葉に金色の光が反射していて、そこに広がっている血の跡がくっきりと見えた。そこで見たものは……。

　小屋の裏には人が二人倒れていた。どちらも息をしていないようだ。それでさっき人の気配が感じられなかったのだ。李弥は仰向けだが、隣の人物は腹ばいなので顔が見えない。笠が近くの木の下に転がっている。

「自虐！」裴玄静は叫んで李弥を助け起こした。

　紙のように白っぽくなった顔は、まるで李賀の死に顔をもう一度見たかのような気にさせた。天はこんなにも残忍なのか。またしても彼女を同じような死に立ち会わせようというのか。裴玄静の目から涙が溢れ出した。彼女は李弥の体を必死に揺さぶった。声を限りに叫んだ。「自虐！　起きて……」失ったすべてを叫ぶことで取り戻そうとするように。

「兄さん……」

　李弥の声だ。まだ息があるのだ！

　裴玄静はすこし落ち着きを取り戻し、李弥の状態を調べた。もうろうとして呼吸が乱れているが、体に目立つ傷はない。着衣は多量の血で濡れているが、それは、隣に倒れている人物の流した血であることは間違いない。

　裴玄静は衣服を洗ったとき、自分が血に濡れていることに気づいたが、これも同じ人物のものに違いなかった。この人物は、夜明けに田野を駆け抜け、地獄からやってきた死神のように彼女の家に潜り込み、死の匂いを運んできたのだ。

李弥の唯一の外傷は、首の中央に残る青紫色の二つの親指の大きな跡だ。相手が殺意を持って力を込めたことが明らかだ。しかし李弥が死を免れたのは、きっと最後には反撃に成功したからだ。その結果――死んだのは相手の方だった。

裴玄静はその人物の体を仰向けにした。匕首が胸に深く刺さっている。その柄がほぼ体に埋まってしまいそうなほどだ。確かめるまでもなく、この人物にまだ息があるという可能性はない。その心臓は天下でもっとも鋭利な匕首で刺し貫かれたのだ――聶隠娘がかつて賛嘆した長吉の匕首で。

裴玄静は歯を食いしばってようやっと匕首を抜き取った。次はこの悪漢の正体を確かめなくてはならない。

その人物が誰なのか彼女はある程度予測をしていたが、顔を見るとやはり驚いた。

その顔は鼻を境にして、ちょうど下半分全体に鮮血が塗り広げられていたのだ。

血はまだ固まっておらずねばついている。その男の右手もまた真っ赤な血で染まっていて、ふと動かしたはずみに血のしずくが滴り落ちた。

この人物は死の直前に、最後の力を振り絞って、自分の血を使い、自分の顔の半分を赤く塗ったのだ。

一体何のために？

もともと命知らずの凶悪な輩であるのに、死を目前にした最後の瞬間に、なぜこのような凄惨で恐ろしい方法で自分の容貌に手を加えなければいけなかったのか。

血なまぐさい匂いが鼻をつき、ついさっき吸い込んだ毒物の香も混じり、驚きと恐怖が一緒くたになって裴玄静の腹の中で渦を巻いた。

彼女は地面に伏して嘔吐した。ぼうっとする頭に、誰かの声が響いたような気がした。

「真実がどんなに醜く残酷で耐えられないものであろうと、これまで一度も逃げ出したことはないね。だからこそ君はそれがしにとって大切な非凡な女性なんだ――静娘！」

裴玄静が頭を起こすと、崔淼が壁につかまって立っているのが見えた。

一体どれだけの力を振り絞ってここまでやって来たのか。その服は中から外までぐっしょりと濡れている。また傷口が開いたのだろうか？　だが裴玄静はそれを尋ねなかった。全身の力が抜け、ただ茫然と彼を見るだけだった――まったく看破することのできない、見切りをつけて離れることもできないこの男を。

まさか、これが彼の言う真相なの？

崔淼は気を揉んだ様子で尋ねた。「静娘、どうした？　自虐は大丈夫か？」

「兄さん……」もうろうとした李弥は声にならない声でそう呼んだ。

崔淼は足を引きずってこちらに来た。李弥は手を伸ばして空を探っていたが、崔淼を探り当てると続けざまに呼んだ。「兄さん……兄さん！」崔淼はすこしためらったが、李弥の手を握って答えた。「自虚、ここにいるよ」

李弥はそれで静かに落ち着いた。

崔淼は裴玄静にもう一度声をかけた。「どうしたんだ？　なぜそんな風にそれがしを見る？　自虚はケガをしていないか？」

裴玄静は我に返った。「ケガはないみたい。でも首にあざがあるの。大丈夫かしら？」

「首を絞められたんだな。しかしいま意識がないのは、おそらく毒の香を吸い込んだせいだろう。そいつは死んだのか？」そいつとはふせて倒れている男のことだ。裴玄静は男の顔を下に向けた姿勢に戻していたので、崔淼にはその顔が見えなかった。

「死んでる」裴玄静は匕首を見せた。「自虚がこれで刺したのよ」

「ちくしょう」崔淼は毒づいた。「それがしが熟睡しているときに、炊事小屋のかまどで毒香を焚いたんだ。目覚めたときにはもう動けず、奴が外から閉じ込める細工をしているのを、じっと見ているしかなかった。それがしが中で死ぬのを外から見ようというつもりだったのだろう。幸い自虚が隣で物音に気付いたようで、奴ともみ合って裏に行ったんだ。それきりそれがしは意識を失ったようだ」

裴玄静はまっすぐに崔淼を見て聞いた。「崔郎、あなたはこの人を知ってる？」

崔淼が答えるより前に、李弥がまた「兄さん」と声を出し、突然ぱっと目を開いた。

二人は他のことにはかまわず、「自虚、どうしたの？」と李弥に呼びかけた。

李弥はぼんやりと崔淼を見つめ、顔をほころばせ屈託のない笑みを見せた。「兄さん、やっと帰ってきたんだね。ずっと待っていたんだよ」

崔淼は話を合わせて答えるしかなかった。「そうだ。自虚、大丈夫か？」李弥の意識はまだ完全には戻っていないらしく、崔淼を兄の長吉と思い込んだようだ。だが目が覚めた以上、もう大した問題はないだろう。裴玄静はほっと溜息をついた。

「僕は大丈夫だよ。兄さん、今度はもうどこにも行かないでね……」李弥は頭を崔淼の腕にもたれさせ、満足そうにまぶたを閉じた。

崔淼は裴玄静に言った。「この子を中に連れて行こう。それがしはどうやって解毒したらいいか考えてみる」

二人で李弥を運び上げ、部屋の寝台に横たえた。毒香の匂いはかなり薄くなった。崔淼は、かまどにあった香の火を消し、それから小屋の裏の裴玄静のところに行ったのだという。戸口と窓を開け放ち、もともと茅葺の小屋は四方から風が通るので、いくらもしないうちに匂いは散ってなくなった。

李弥はずっとうつらうつらしていて、兄さんと叫んではまた目を閉じる。そして右手は崔淼をつかんだままで、放そうとしない。

裴玄静はそれを見て、「崔郎も毒に当たったばかりなのだから、休んでいて」と言った。

崔淼は頷くと、李弥の隣に横になった。

裴玄静は冷水を運び、李弥に何口か飲ませ、崔淼にも椀の半分ほど飲ませた。灰のような色をしていた二人の顔にもやっと赤みが戻ってきた。しかし騒動続きで、負傷に中毒まで加わった崔淼は、さすがにこらえきれず、まぶたを合わせてまどろんだ。裴玄静はそっと部屋を出た。

裴玄静はふたたび小屋の裏に来た。

鮮血はほとんど固まり、日に照らされて生臭い匂いが立ち上っている。裴玄静はもう一度死体を仰向けにし、あの半分を血で赤くした顔を白日の下に曝した。血が乾き、まるで半分だけの仮面をつけているように見えた。男の頬髭はいともかんたんにはがして取ることができた。下あごの傷跡がくっきりと裴玄静の目の前に現れた。

間違いない、あの男だ。傷跡の男――頬髭の――尹少卿――金縷瓶。

胸の致命傷となった刀傷のほか、尹少卿の背と足に二か所の傷があり包帯が巻かれている。おそらく聶隠娘との戦いで受けた傷だ。聶隠娘に重傷を負わされたのち、おそらくそれほど遠くには逃げず、どこか近くに潜んでいたのだ。今朝はまた昌谷に潜入したが、依然として体が本調子ではなかったのだろう。だから裴玄静とすれ違ったときにも、本当の顔を見せるわけにはいかなかったのだ。あまりに弱っていたことで、裴玄静のような小娘ですら恐怖の対象となっていたのだろう。

どうしてわざわざ昌谷までできて、人殺しをしようとしたのかしら？　裴玄静は尹少卿の顔を見つめた——血で赤く染まった顔の半分。それには何か理由があるに違いない。尹少卿が刺された後、最後のときになって、その身分を隠すことにどんな意味があるというのか。

これはおそらく尹少卿が最後に残そうとしたメッセージなのだ。それならこの遺言は、誰に向けて残されたものか。

それは崔淼ではありえない。尹少卿が昌谷に戻った目的は崔淼を殺すことなのだから。だとしたら他には裴玄静しかいない。

「……静娘」崔淼の声が小屋の向こうから聞こえてきた。

裴玄静は「今行くわ！」と答えると、尹少卿の死体を壁際に寄せ、付け髭を元通りにつけた。そして笠で顔を隠し、急いで中庭に戻ると井戸水で手に付いた血をきれいに洗い流した。

崔淼が上半身を起こして言った。「どこに行っていたんだい」

「匕首を取りに行っていたの」李弥を見ると先ほどと同じように目を閉じたままで、うわごとを言い続けている様子だ。「自虐はどうしてまだ目が覚めないのかしら？」

崔淼は眉をひそめた。「それがしもおかしいと思っている。ああいう毒香は吸い込むのをやめさえすれば、しばらくしてから意識が戻るものだ。それにこの子は毒に当たったと言っても、それがしよりずっと軽かった。このようにもうろうとした状態になるというのは、それがしは見たことがない。しばらくはやたらに薬を投じず、まずは水を飲ませて様子を見よう」そう言って左手で磁器の椀をとり、李弥に何口か水を飲ませた。右手は李弥にしっかりと握られたままだ。

裴玄静は胸の痛む思いで言った。「この子は本当にあなたのことを長吉だと思っているのね。片時も離そうとしないもの」

崔淼は否定しなかった。

裴玄静は、「食事を作りに行くわ。お腹をすかせたままというわけにはいかないものね」と言ったが、心の奥では分かっていた。この上もなく幸せを感じたあの日常的感覚は、十二時間も続かないうちに、永遠に失われてしまったのだということを。

崔淼が噛んで含めるように言った。「まず水をかけて、表面に積もった灰をながし、それから火をつけるんだ。そうすれば有毒な煙が残っているということはないから」

裴玄静は動かなかった。

「静娘。まだ何かあるのかい？」裴玄静は崔淼の言葉の中に、かすかな怯えを聞き取った。珍しいことだ。

裴玄静は尋ねた。「崔郎はあのような毒香には詳しいの？　前にも経験があるの？」

「毒香というのは、みな香料の中に幻覚を見せたり窒息や失神を引き起こす薬物の粉末を混ぜたものだ。そういう薬物は多くが西域諸国からもたらされる。それがしは以前医者をしていたから多少は分かるよ」

「自分が毒に当たったことはあるの？」裴玄静はまっすぐに尋ね続けた。

崔淼は辛抱強く、顔を向けて答えた。「もちろんないよ」

「でも覚えているわ。同じようなことがあったのを——わたくしたちが初めて出会ったあの夜よ」

「賈昌老人の部屋のことか」

「そう。あの部屋にもおかしな香りが漂っていたわ。今日の香より弱かったけれど、それは匂いが散った後だったからか、あるいは、もともと使った薬剤の量が今日ほど多くはなかったからかもしれない」

「だが賈昌老人は死んでしまった」

「賈昌老人はやっぱり百歳に近いご老人だったから、薬剤が少なくても耐えられなかったんだと思うわ。だからこそ毒香のせいで幻覚を見て急死してしまったのよ」

崔淼は淡々と答えて言った。「筋が通っているね」人ごとのような口ぶりだ。

裴玄静は引き下がらず、続けて尋ねた。「崔郎中、あの夜あなたもあそこにいたわよね。あなたはどう思う？」

「言ったじゃないか。毒香の主要成分は催幻覚作用を持つ西域の薬草だ。形がどう変わろうとも本質は変わらない。だから君が同じものだと言い張るなら、それがしとしても反駁はできない」

「催幻覚作用？」裴玄静は苦い思いで言った。「そう言えばあの夜、わたくしはあなたを長吉だと思い込んだわ。今日は、自虐がまたあなたを兄さんだと思いこんでいる……」

「静娘！」崔淼は大きな声で遮った。彼の眼の中に苦痛の光が宿ったのが裴玄静にははっきりと見えた。それは次の瞬間ふたたび覆い隠され、跡形もなくなった。裴玄静はこんな気がしてならなかった。もしかしたらすべてが幻覚なのではないかと。春明門外のあの夜から今日までのことは長い夢だったのではないかと。

崔淼は穏やかな口調を取り戻し言った。「炊事小屋に新鮮な百合根があった。ちょうど解毒作用があるから、百合根を煎じてきてくれないか。自虐に飲ませてみようと思う」

「分かったわ」裴玄静は炊事小屋に行った。

百合根の煎じ汁を李弥の口に流し込んだが、特に変化はなかった。二人とも食欲もなく、裴玄静が用意した粥もほとんど手をつけられることなく鍋に残っていた。

二人は話すこともすることもなく、それぞれに沈黙していた。午前の日が高く上り、外はもうにぎやかになってきていたが、この家だけがしんと幽谷の中に閉ざされているかのようだ。

崔淼が突然叫んだ。「自虚！　自虚！」

ぼんやりとしていた裴玄静ははっと我に返り、寝台に駆けつけた。「自虚がどうしたの？」

「分からない。どうしてこんな高熱が出ているのだ」崔淼も張り詰めていた。「こんな状態はそれがしも見たことがない。毒が五臓に入ったのか。だとしたらまずい。命が危ない」

裴玄静は茫然とした。

2

刺されて重傷を負ってから一カ月の後、裴度はふたたび大明宮に入った。

侍医の話では、まだしばらく休養の時間が必要だということだが、帝国の新任宰相としてはじっと横になっていることなどできなかった。野心と責任感はともに人の潜在能力を活性化させるものだし、政治において、野心と責任感とは分かちがたく結びついているものだ。

大明宮がいちばんの証人だ。百年の転変のなかで、ほとばしる才智、ふくらむ欲望、そう言ったものを大明宮は無数に目撃してきた。また夢の破れるさま、道徳の失われるさまも。そして有頂天な者であれ失意の者であれ、果ては滅ぼされた者であれ、古い者が退場すれば、すぐさま新しい者が登場するのだ。

元和十年七月初一日、裴度は大明宮の門前に立ち、朝の鐘が以前と同じように奏でる厳かで雅やかな曲調に耳を傾けると、目頭が熱くなるのを禁じ得なかった。宮殿の荘重な楼閣は以前と同じようにきらびやかだ。見た様子では、百年の歳月を経た垂木にも傷みはなく、鐘の調べと同様に英明、安定、鷹揚、充足といったものを体現している。それは太宗皇帝の時代に築かれ、綿々と伝えられ、今なお忠心を捧げるには天下でもっともふさわしい事業、そして裴度が今生を捧げている事業なのだ。

天子は特例として詔を下した。裴度は重傷を負い復帰したばかりであることから、紫宸殿の定例朝議への出席は免じ、じかに延英殿で対面することを許すと。

ひと月余りの時を経て、相まみえた君臣は互いに感激ひとしおであった。皇帝は宰相が痩せたのではないかと言い、宰相は皇帝の聡明叡智がいや増していると言った。しかしその目は皇帝の鬢に混じるようになった白い髪をとらえて離れられなかった。まだ四十歳にならないというのに天子が老いるのはあまりに早い。大唐帝国の中興のために、文字通り血のにじむような思いで心を砕いているのだ。

衝撃の余波が過ぎると、次いで悲しみがやってきた。悲しみの余波が過ぎると、今度は義憤がやってくる。裴度は皇帝にまみえたら言わねばならないことが山ほどあると思っていたが、その時になると口からはひと言も出てこなかった。——この時の裴度の心情を上手く言い表すことのできる言葉などなかった。

皇帝の方は眉を開いて喜びもあらわに話を始めた。

「宰相が戻ったのはまことによい頃合いだった。悪運極まれば幸運来たるで、ここ数日は喜ばしいことが続いておる」

喜ばしいこととは、東都暴動の陰謀が失敗に終わり、賊がことごとく捕らえられたこと。平盧が差し向けた刺客は誅殺され、宰相武元衡の無念が晴らされたこと。そして、最もうれしいのは、もちろん宰相裴度が朝廷に復帰したことだ。

「霧は晴れた。朕は引き続き削藩を続けると心を決めた。天下の諸藩が徹頭徹尾服従するまで、朕が兵を退くことはない。裴卿、朕を支えてくれるだろうな」

「臣は忠誠を尽くします。命を賭ける覚悟でございます」

皇帝は喜びの表情でうなずき、また嘆息して言った。「朕はかつて武卿と凌煙閣の約を交わした——天下の藩鎮がことごとく朝廷に帰順したときは、朕は卿と手を取り合い凌煙閣に上って祝おうと。しかし卿がその日を迎えることはなかった……。それゆえ今日、朕は裴卿とともにこの約を引き継ぎたいのだ。どう思うか？」

「光栄にございます」

皇帝はようやく具体的な話題に入った。「淮西の戦は厳しい。河陰倉の資金と物資が燃えたことは痛恨の極みだが、だからといって手を休めるわけにはいかない。今また戦を始めるとなると……前線のために何らかの手で資金を調達する必要があるな」

「それは……」裴度は思わず眉根を寄せた。李純の登極から十年、十年の間ほぼずっと戦があった。もともと細っていた大唐帝国の国力は、あまりに長く続く戦争を支えるにはもはや風前の灯の域に達している。この度の河陰倉の損失はあまりに大きく、空も同然の国庫からこれ以上いかほどの軍資金も支出することは不可能であった。あらたに調達するとなれば、それは苛烈な雑税を増やし、すでに困窮の極みにある民草をなお今以上の苦境に立たせることに他ならない。これはまた、朝廷内の反戦派の挙げる最大の理由でもあった。

裴度は天子の削藩を強く支持している。しかし臣民の負担をさらに重くすることには大きな不安を感じざるを得ない……。

「陛下におかれましては、臣が方策を考えますことをお許しください」裴度は言った。

「必ずや諸事に目を配った策を奉ります」まったく自信のない事柄について誓いを立てるのは、裴度にとって背水の陣に等しい。しかし少しでも私心のある臣下であれば、このような言葉は出てこないものだ。

皇帝は目をきらきらと輝かせて愛する宰相を見た。自分が必要としていたのはまさにこのような臣下ではなかったか。公明正大、曇りのない忠誠、自身の栄辱と帝国の興亡とを無条件に同一視し、大唐帝国と生死を共にしようとする臣下。君主としてこれ以上に何をもとめられようか。

皇帝は裴度に微笑みかけた。「卿よ、案ずることはない。朕には考えがある。まずは宮中の私庫の金銭を淮西軍の資金にあてよう」

「陛下！」裴度は驚きのあまり、なんと返答してよいかわからなかった。

皇帝は手を横にふった。「皇帝は天下を住処とし、四海に枕す。故に禁中は朕をもって家となす。家なれば、朕の金銭もまた天下の金銭。用いるべきは用いればよい。朕に代わり適切に采配してくれればそれでよい」

「仰せの通りにいたします」裴度はこうした場面にふさわしい賞賛の言葉を探したが、そんなおべっかのような言葉はこの場を汚すだけだと本能的に思った。

皇帝の顔には変わらず静かな笑みが湛えられていた。「昨夜このことを決めたとき、朕は貞元年間のことを思った。徳宗皇帝はあらゆる手を尽くして富を収奪し、私庫を充実させ、天下の臣民から厳しく非難された。しかし実際には、その金銭は皇家のために使われることはなく、備蓄され今日に至り、ついに善果をもたらす。惜しいかな……人は往々にして不満と非難ばかりを記憶し、そこに至る背景も痛みも忘れてしまう。それを思うと、朕は胸が痛む」

裴度はためらうことなく答えた。「陛下は天下を家としておられるのですから、価値のあるものは何かということはもちろんご存じなのです。私は臣下として、不才ながら死を賭して務めさせていただきます」

君子と臣下の四つの目がしかと相手を捉えた。このお互いに心を打ち明けた瞬間がどれほど得難いものであるか君臣ともによく理解していた。この後に待ち受けているに違いない猜疑、非難、そしておそらくは謀反に直面した時、ただ一つこの瞬間の記憶だけが互いの心の支えとなるのだ。

武元衡を継いで後、皇帝李純はついに至高の君臣関係を携えるに至ったのだ。

裴度は日没までを延英殿で過ごした。皇帝は思うさま語りつくすにはまだ足りないという様子であったが、君臣二人の衣服は汗ですっかり湿り、ようやっと皇帝もしぶしぶ裴度を解放した。

興奮の波が引くと、衰弱の影が倍加して感じられた。延英殿の前に射す日の光は長く傾き、細い傷口が金色に光っているかのようだった。皇帝はそれを長いあいだぼうっと見つめていた。悲しいことではあるが分かっているのだ。どれほど努力をしても、どれほどの代価を支払ったとしても、心の中の空洞は一日また一日、一年また一年と大きくなっていくばかりだ。ひとつの大帝国をもってしてもそれは埋めることができない。

「……大家」

「おお、来たか」こんな時には誰とも会いたくない――この男を除いては。この男は皇帝の心の負担を増やすことのないただ一人の人物だからだ。

吐突承璀は旅の埃もそのままの姿であった。おそらくは洛陽から戻ったばかりで、直に大明宮に入ったのだろう。皇帝はその姿を上から下まで眺め、戯れに言った。「宅に戻って衣服を替えることもなく参じるとは、そんなに早く褒美がほしいのか」

「私めは大家をお慕いしているのです」吐突承璀は応えた。「それに私めには褒美をいただくような手柄などございません」

李純は笑って言った。「この度の洛陽における匪賊討伐は大成功大勝利だったではないか。お前は朕の特使なのだから、当然その手柄も大きいではないか」

「しかし……東都留守の権様はそうはお思いにならないのでは」

「言わせておけばよい」

吐突承璀は頭を下げ、言葉を返さなかった。

「お前と権徳輿の奏表はどちらも読んだ。大差ない」李純は言った。「お前がその時洛陽にいたのだから、逃げようもなくこれはお前の功労だ。思わぬ収穫だったとはいってもな」

吐突承璀は非常に腹立たしそうに言った。「大家、この度の権徳輿の行動は何もかもうまくいきすぎていました。どうしてそれをなし得たのか私めはどうしても合点がいかないのです。権様によれば賊の内部に間諜がいたということですが、その間諜の身分を問うても、どうしてもその正体を明かそうとはなさらないのです」

「喜ばしい知らせというのはそうそう訪れるものではないのだ」李純はまぶたを合わせた。「その他のことは追及せずともよい」

「かしこまりました」吐突承璀には李純の心情が分かった。洛陽の勝利は皇帝が長きにわたって待ち望んだものだ。干天の慈雨よりなお得難いものなのだ。だからその勝利が郭派の権徳輿からもたらされたものであっても、皇帝は喜んで受け入れ、盛大に賞賛し褒賞もとらせる。郭貴妃一族がこれでいっそう鼻息を荒くしようとも、それはいたしかたのないことなのだ。喜ばしいこととしては、吐突承璀がちょっとした食い違いのためにあの事件に参与し、結果としては皇帝の顔を立てることができたということだ。いずれにしろ、天下の人々が知るのは、洛陽で匪賊討伐があって、その時東都留守と皇帝特使が現地で並んで指揮を執ったことのみで、その実際の内情を気にする輩などいるわけがない。

いま吐突承璀は、自身の真の任務について、――奏報で記すことはできない部分について語るべきときだ。

吐突承璀はためらいがちに口を開けた。「大家、私めには気にかかることがございます。裴は……あの者は権徳輿様と暗に通じているのではありませんでしょうか」

李純は閉じた目を開こうともせずに言った。「裴とは誰のことだ。はっきりと申せ」

「裴大娘子です」

「あれが？　権徳輿と？」李純は目を開き、笑った。「お前というやつは。朕はお前にでたらめな空想を働かせろと言ったか？　突拍子もないことを」

「ならば権徳輿様はなぜ折々にあの者をかばうのです？　ひそかに逃がしてやったりまでして」

「それは裴度と揉めたくなかったからだろう。それに、そもそもお前はあの者を拘禁するべきではなかった」李純はそう言って咎めた。「朕はあの者の行動を監視しろと言ったのだ。あれを捕らえろと言ったのではなかったぞ」

「承知しております。ただあの裴娘子は蛇のように狡猾です。見かけは軟弱そうにございますが、いったん気を逸らせば何処に飛んでいくやもしれません。私めはまったくあのような人物を相手にしたことがございません。しかも大家のお申し付けもあったので、あの者に強硬な策を取るわけには参りませんでした」

皇帝は続けざまに首を横に振った。「もうよい。どうやら朕は今後お前を使うことはなくなるようだ」

「大家！」吐突承璀はかっとして顔を赤くした。

皇帝も難題を強いるものだ。吐突承璀は裴玄静と河陰倉の猛火の中で出くわし、ここで会ったが百年目と躍り上がった。吐突承璀の気性からすれば、この機に乗じて、まずは裴玄静を手荒くひっとらえ、思う存分痛めつけてやろう、私憤を晴らし、裴度を困らせてやろうと考えるのも当然だろう。ところが裴玄静に目の前で逃げられるとは、思いもよらないことだった。

吐突承璀は権徳輿の差し金とにらんだものの、証拠となるものはなく、またそこが先方の地盤でもあることから、ただ推移を見張っていることしかできなかった。すると権徳輿が藩鎮勢力の刺客を捉えるという大手柄を立て、ますます追及しにくくなった。そうこうしているうちに皇帝の詔書が届き、すぐに長安に戻り洛陽の様子を知らせよという。吐突承璀はやむなく長安に向かうしかなかった。そしていま延英殿にあってなお、五里霧中の思いである。吐突承璀は自分がまるで考えなしで行き当たりばったりのハエのようで、ついぞ要領を得ないと感じていた。

吐突承璀はずっと勘ぐっていたことがある。皇帝の裴玄静に対する興味は、武元衡に端を発していると。しかし皇帝が自らその細かい背景を明かそうとしないかぎり、吐突承璀の方からぶしつけにそれを尋ねるということは絶対にない。皇帝との長い付き合いの中で、吐突承璀は誰よりも分かっていた。どのような問題なら尋ねてもよいのか、どのような問題は興味を持つことすらしてはならないのかということを。

彼はただただ皇帝の指示があるのを待つばかりだった。

李純はやっと言葉を発した。「もう一度行って裴玄静を見張っておれ」

「は……」吐突承瓘は砂をかむような思いだったが、勇気を振り絞って問うた。「大家、どうかご教示ください。一体私めは裴玄静の何を見ておればよろしいのでしょうか。それが分からなければ、私めは的もなしに放たれた矢のごとく、何をなせばよいのか分からないのでございます」

皇帝はしばらくじっと考え込んでから言った。「朕は知りたいのだ。武元衡が彼女に何をさせていたのかを」

吐突承瓘は言った。「いっそのこと私めが裴大娘子をひっ捕らえてまいりましょうか。必ず白状させます」

「そんなに簡単にはいかんよ」

吐突承瓘はためらいがちに問うた。「大家は裴宰相に気兼ねをしておいでなのでしょうか……」

皇帝は一笑に付した。「朕はお前が裴玄静をあまりに簡単に考えていると言っているのだ」そして疲れたように手を横に振り、言った。「下がれ。裴玄静を見張っておればそれでよい」

吐突承瓘は宮殿を退出し、あたかも五里霧中を行くかのように立ち去った。

3

尹少卿が裴玄静の家の裏庭で死んだ日、正午の時分、洛陽からやって来た近衛軍の人馬が立てる物々しい靴音で、桃源郷もかくやという昌谷の静けさは破られた。彼らは東都留守の命に従い、脱走犯を捕まえに来たのだ。

権徳輿は捕らえそこねた尹少卿をずっと捜索しており、尹少卿がひそかに昌谷に現れたことをつかんだため、裴玄静の身の危険を案じ、一団の兵士を遣してここまで追ってこさせたのだ。尹少卿の遺体を馬の背に載せると、一団を統帥する将が気の毒そうに裴玄静に告げた。「この者は朝廷のお尋ね者なので、それがあなたの屋敷で死んだとなると、あなたにも東都にお越しいただくことになります」

崔淼が前に出た。「殺したのはそれがしです。それがしが皆様とともに東都に行き、裁きの場に参りましょう」

「それは……難しいでしょうな……」将はいっそう困ったような表情になった。

裴玄静は崔淼の服を軽く引っ張った。「崔郎が行ったらこまるわ。あなたがいなくなったら、自虚はどうしたらいいの」午前の内に、李弥の病状は急変し、高熱がますますひどくなり、まったく意識が戻らなくなっていた。

崔淼は言った。「もし解毒を考えるなら、洛陽に行って薬剤を求めなければならない。このまま昌谷にいては手遅れになる。だから、君たちも一緒に洛陽に行くのがいいと思うのだ」

裴玄静は言葉が出なかった。おかしなものだ。こんなことになってもまだ自分は崔淼を信じ、崔淼に頼らなければならない。まるでこの世界に、崔淼をおいて他には選択肢がなくなってしまったかのよう——なぜこんなことになってしまったのだろうか。

「それでいいかい、静娘」崔淼の優しさが胸に痛かった。「自虐がなおったら、また君たちをここまで送るよ」

裴玄静はあいまいにうなずいた。

一行はその日の夜に洛陽に着いた。長安と同じように、東都洛陽も夜間外出禁止だが、都の治安を守る近衛兵の通行は何者にもさえぎられることはない。洛陽の城中は水路が入り組み、街道は長安城のように整然とはしていないが、江南の水郷にも似たたおやかな景観だ。蹄の音が静かな街並みに響き、そこにかすかな水音が混じる。長安の夜にもまして趣深い風情であった。

車馬は幾たびも角を曲がり長いあいだ進んだが、どの街角に入っても、馬車の窓からは城郭の北側に広がる山並みが黒々と見える。山の上にはもの寂しげな月が出ていた。

長いこと一言も発しなかった崔淼が裴玄静の耳元で言った。「あれが北邙山だよ」眠ったままの李弥は二人の向かい側に横たわり、いまだにしっかりと崔淼の右手をつかんでいる。

「帝は帝にならず、王は王にならず、千乗万騎は北邙山を追い駆ける」[1]崔淼が低い声で吟じた。「静娘、こういう言葉を聞いたことがあるかい。『生於蘇杭，死葬北邙』」

裴玄静は首を横に振った。

「邙とは、亡き人の郷という意味だ。北邙山には足の踏み場もないほど、墓所だけが延々と続いているんだ。むかし、初めて北邙山を見上げた時、それがしが死んだときには、それがしを邙山に葬ってくれる人はいるだろうかと思ったよ」

裴玄静はまぶたを落とした。気まずかったのではない。そのまま聞くには忍びなかったのだ。崔淼はいつも本当か嘘か分からないような話し方をするが、胸の内を語ろうとするときにはいつも、強い淋しさが伝わってくるのだ。変幻自在で魅力に満ちたこの身体に、たとえようもなく孤独な魂が宿っているかのようだった。裴玄静は今でもまだ迷っている。この魂の中に深く分け入るかどうかを。

裴玄静は李弥の額に載せた濡れ手拭いを持ち上げ、ひっくり返してまた額にかけた。額に当たっていた面は焼けるように熱かった。裴玄静の心にわだかまる心配事がまた少

1　原文：帝非帝，王非王，千乗万騎上北邙。（後漢末期の童謡）

し重くなった。

「静娘、よく考えてみたのだが、自虐のこの状態は中毒で引き起こされたものではないと思う」

「どういうこと？」

「毒香は炊事小屋のかまどにあった。だから中毒が最も重いのはそれがしだ。自虐は少し影響を受けただけで、あの時はまだ尹少卿を追って刺すだけの力があった。この子の中毒はそれほどひどくないはずだ」

「じゃあどうして目を覚まさないの？」

「おそらく……目を覚ましたくないと思っているんだ」

「自虐が自分の意志で目を覚まさないということ？」それは意外な見解だった。「どうして？」

「幻覚のためだ」崔淼は長く嘆息した。「静娘、この類の毒香の影響は二つの段階に分かれている。一定の量以下であれば、死に至ることはないが強い幻覚に襲われる。中毒者は心の奥底で最も望んでいる人物や物事を見る。それに魅入られた状態になるのだ。自虐はおそらく幻覚の中で、死んだ兄に会っているのだろう」

「そうね、しかもこの子はずっとあなたを長吉だと思っている」

「そうだ。自虐は兄が死んだことを知っている。しかし幻覚の中で兄と会えると知ったとき、その中に浸りきることを願ったんだ。それがしの手を放そうとしないのは、幻覚に現実感を加えたいからだ。毒香の効力はとっくに消えているはずだが、自虚の執念が深いために、理由なく高熱を出して昏迷の中にいることを選んだのだ。自分がずっと幻覚の中にいられるように、目覚めないように。君も知っているように、自虚の知能は子どもと同じだ。だからこそ子供にしかできないようなこんなことができる」

崔淼の話には筋が通っていた。「じゃあどうしたらいいの？　どうしたら自虚を目覚めさせることができるの？」

「静娘、それがしが考えてみるよ。よくよく考えさせて」崔淼は疲れ切っている様子だった。

近衛兵の一団は彼らを直に東都留守府の離れに送り届けた。こんどの待遇は河陰県のときとは雲泥の差があった。屋敷はひっそりと幽玄なたたずまいで、庭には細竹の茂みが多く、藤の蔓は幾重にも絡まり合っていた。間口三十尺の堂屋には、あるべき什器がすべて揃い、優美で心の通ったしつらえであった。それに使用人が恭しく仕えてくれる。昌谷の古い茅葺きと比べれば、これこそが本当の家らしい家と言えた。

使用人によると、東都留守の権徳輿は、皆様にはまずここでお休みいただき、お話は明日にしても遅くはないでしょう、と伝えてきたという。

ところが、崔淼は応えて言った。「権留守に伝えてください。それがしがお話ししなければならないことがあると。明日まで待てないのだと」

崔淼の険しい表情を見て、使用人は渋々ながら承知して下がった。

裴玄静が戸惑い気味に投げる視線に応え、崔淼は静かに笑った。「静娘、それがしはあの東都留守とやり取りをして分かったことがある。あの人物の最大の長所は――官僚らしくないところ、どちらかと言えば商人に近いところだ。なぜそう言うかわかるかい」

「商人とは取り引きができるわね」

「そうだ。なんでも売買できる。こちらが値段をつけさえすればね」

「崔郎、権留守となんの商売をするつもりなの？」

「今夜のうちに催幻覚作用のある生薬を探してもらおうと思う」

「催幻覚作用のある生薬？」

「そうだ。洛陽の胡人の薬舗ではそういう薬剤が扱われていることは分かっている。権留守が近衛兵を出して、それがしが書く処方を持って探すよう命じてくれれば、問題にはならないだろう」

「買ってきたらどうするの？」

崔淼はゆっくりと言った。「自虚にもう一度毒香を吸わせる」

「もう一度毒を?!」

「あの子は幻覚の中に入りたいんだろう」

「どういうことなのか分からないわ」

「分からなくていい。それがしに任せてくれ、静娘」崔淼は言った。「今回はそれがしを信じてくれ」

裴玄静はしばし考えに沈み、また尋ねた。「権留守にはどういう交換条件を出すつもりなの？」

「まだ思いつかないが……、話の流れで考えよう」

「それなら『真蘭亭現』の謎を使ったらいいわ」

「それはいけないよ」

「自虚はこのままでは命が危ないわ」裴玄静は決然として言った。「今は、『真蘭亭現』の謎以外に、権徳輿を動かせる材料はないわ。どちらにしても自虚を助けるのが先よ。それ以外のことはまた考えましょう」

崔淼は眉をひそめて裴玄静を見つめていたが、決意したようにうなずいた。

権徳輿は果たして崔淼を前堂に呼んで用件を聞いた。裴玄静は残り、李弥の世話をしながら待っていた。天候はまだ蒸し暑いので、入り口の戸を開け放した。すると、夜風が蠟燭の灯りを揺らした。蠟燭が突然消えはしないかと心配になったが、火は蠟を流しながらも消えずにこらえた。水時計が二つを打つ頃、やっと崔淼の声が聞こえた――。

「静娘、戻ったよ」

　権留守とは話がついたという。権徳輿はすでに近衛兵を出して、胡人の薬舗に処方通りの薬を求めに行っており、半時《はんとき》もかからず戻ってくるだろうとのことだった。

　崔淼が興奮しながら話し終わるのを待って、裴玄静は聞いた。「権留守は『真蘭亭現』に興味をお持ちだった？」

「分からない。それがしどもを助けるのは善意であるとのことだ。謎の答えを伝えるかどうかは、それがしどもの考えに任せるそうだ」

「あのキツネったら」

　半時もせぬうちに、使用人が薬を届けに来た。崔淼は他に乳鉢、分銅、陶器の椀などを所望した。道具が揃うと、崔淼は袖をまくって作業にかかり、きびきびと薬草を刻み、すりつぶして粉にした。裴玄静には手伝えることもなく、傍らでただ見ているしかなかった。崔淼が作業のあいだに見せる練達さと自信に裴玄静の心は深く打たれた。崔淼の神秘性はますます彼女を引き付け、そして同時に彼女を恐れさせた。

　ついに準備が整い、崔淼は言った。「静娘、君は出て行ってくれたまえ」裴玄静のいぶかしげな様子を見て、崔淼は疲れた顔に笑みを見せた。「君はもう一度毒を吸いたくはないだろう？」

裴玄静は崔淼を見つめて言った。「あなたは？　あなたはどうするの？」

崔淼は使用人が届けた荷物の中から、小さい黒い丸薬を取り出して見せた。「この丁子《チョウジ》の丸薬はよくあるものだが、口に含んでいれば少しのあいだは耐えられる。意識を鮮明に保てるんだ。もちろん、時間が長くなれば持たない。手早く仕事をかたづけるよ」

「わたくしにもちょうだい」

「だめだ。外で待っていてくれ。香が一本燃え尽きるまで待って、それでもそれがしが出てこなかったら、戸口を開けて風を通り、それがしどもを外に出してくれたまえ」崔淼は続けて言った。「静娘、君の役割こそ重要なんだ。毒は量が多すぎると死に至る。それがしと自虚の命は君の手に握られているんだ」

部屋の戸口は固く閉ざされた。裴玄静は中庭に立ち、全身が冷える思いで窓に映る影を見つめた。

廊下で焚いている香が半分ほどになった時、部屋から大きな物音がした。そして崔淼があらん限りの声で叫んでいる。「静娘、来てくれ！」

裴玄静は力いっぱい戸を開けた。

まったりとした香が顔を取り巻いた。手に握っていた丁子の丸薬を思い出し、袖で顔を覆い、手の中ですっかり柔らかくなっていた丸薬を口に含んだ。同時に、戸口を一番広く開け放った。

部屋の中は強盗にでも遭ったかのようで、屏風は倒れ、家具は乱れ、寝台にかけられていた帳《とばり》は半分近く引き下ろされていた。部屋の隅の真鍮の燭台だけは無事だった。香と蠟燭は火が消えたばかりで、青い煙が素早く散っていくところだった。燭台の下の床では崔淼が壁にもたれて座り、李弥はその懐に顔を押し付け、大声を上げて泣いていた。

裴玄静は思いがけない光景に驚いた。「一体どうしたの？　崔郎、自虚は……」

崔淼は息絶え絶えに答えた。「それがしは大丈夫だ。……自虚は目覚めた。泣きたいだけ泣かせてやろう」どうやら崔淼の顔にも涙の痕があり、裴玄静はいぶかしく思った。

李弥の鳴き声はなお大きくなり、口の中ではずっと「兄さん、行かないで」と繰り返している。

「目が覚めたのではないの？　どうしてまだこんな様子なの?!」

崔淼は李弥の肩を叩き、子どもをあやすように言った。「自虚、分かっているんだろう？　長吉兄さんは死んだ。お前が見たのは私なんだ。幻覚だったんだ。……だからお前が兄さんの代わりになることはできないんだ。……分かるか？」

李弥はおいおいと泣いて悲しんでいる。

崔淼はやっと裴玄静に説明した。「それがしどもは、自虚が自ら熱を出して意識を失っているのは、幻覚の中で死んだ兄に再び会おうとしているからだと考えた。しかしそれはまちがいだった。この子は、自分で自分を死なせようとしていたんだ。残りの寿命を長吉に譲って、長吉が生き続けるようにと」

裴玄静は驚き、また悲痛に感じた。「どうしてそんな馬鹿なことを考えたのかしら」

「おそらくは長吉の病が重い時に、誰かが軽々しく言ったんだろう。それを自虐は覚えていたんだ。それを一心に信じたんだろう。長吉が死んだことは、はじめのうちはよく分からなかったんだろう。長吉が納棺され、寺でもがりをしているときに、やっと意識したんだ。兄さんは死んだのだ、もう二度と兄さんに会えないのだ、もうどうにもならないのだ、と。それがあの時の毒で幻覚をみて、それがしを長吉だと思った。長吉が生き返ったのだと思った。それで……」崔淼は目の縁を赤くし、少し落ち着いてから続けた。「それで自虐は自分を病気にして、病気ですぐに死んでしまうのがいい、残りの寿命は兄さんに譲るのだ、こうすれば長吉が生き返るに違いないと思ったんだ。それがしの手を離さなかったのは、おそらくはそうすることで、命をそれがしに譲ろうとしていたのだろう」

この世にそんな馬鹿げたことがあるだろうか。

しかし裴玄静は李弥を「愚か」の二文字で評価したくはなかった。もしくは、自分が李弥を評価するにはふさわしくないと思っていると言ってもいい。自分にできることは、ただ手を伸ばして李弥の痩せた背をさすり、慰めてやることだけだった。「自虐、泣かないで。そんなに泣いていたら、兄さんだってあの世で悲しむわ」

慰めが効いて、李弥の泣き声は次第に低くなっていった。

裴玄静は小声で崔淼に尋ねた。「どうやってこの子に分からせたの？」

「簡単なことだ——もう一度幻覚を見させた。それがしは幻覚の中で長吉の身代わりだからね。だからそれがしが幻覚の中で自ら本当のことを告げたんだ。この子を目覚めさせ、馬鹿な考えを捨てさせるためにね。こうするよりほかに、方法がなかったんだ」

「なんて言ったの？」

崔淼は直接は応えず、李弥の肩をつかんで、真剣に話しかけた。「自虚、お前の長吉兄さんはもう死んでしまったな。今お前が命を私に譲ってくれようとして、延ばしてくれたのはこのろくでもない三水兄さんの寿命だったんだ。ありがたいとは思うんだが、そんなに長生きをしたいとは思わないのでな、だからまあなかったことにしようや」

裴玄静は涙を浮かべて笑った。「三水兄さんですって？　それは字《あざな》なの、号なの？」

「尊称さ。そして自虚専用だ。いいね？」

李弥は泣きやみ、そして笑った。

崔淼は裴玄静に向かって厳粛な顔で言った。「言っておくがね、自虚以外の誰にもそうは呼ばせないぞ。特に君にはな」

外に出ると毒香はすでに霧消していた。裴玄静はじっと月に向かって祈った。この香を再び焚く日が来ることが永遠にありませんように、と。

4

軒下の竹馬が水時計の音に加わり、一晩中響いていた。夏が終わり秋に向かう早朝、空気はことのほか清冽で、草木の香りは微かではあるが肺腑に沁み、眠りから覚めるようだ。裴玄静は身を起こすと東の部屋を出た。青い苔が朝露をたたえ、階段を降りるときには、みずみずしい空気が衣裳を湿らせた。彼女は久しく感じなかったゆったりとした気分を味わった。

「静娘」

思った通り、崔淼はとっくに庭に降りていた。一晩休んだことで、顔色はずいぶんよくなった。白い肌着だけを身につけ、褐色の長衣は肩に掛けている。結い上げた髪をもしもほどいたら、豪放な立ち姿となって、魏晋の名士の再来かという様子にちがいない。

裴玄静は彼の顔を見ながら自然とほころんでしまった。この人は「真蘭亭現」という謎にふさわしい人物だな——どうやらこの謎を解くのをあきらめさせることはできないようだ。

崔淼は笑みを返して言った。「何を笑っているんだい」

裴玄静は問いで返した。「自虚の様子はどう？」昨夜、崔淼と李弥は西の部屋で同じ寝台で眠ったのだ。

「いいようだよ。まだよく眠っている」

裴玄静は安心してうなずき、話を切り出した。「昨晩わたくしは決めたわ。崔郎、一緒に會稽に行きましょう。『眞蘭亭現』の謎をすっかり解き明かしましょう」

「本当に？」崔淼は信じられない思いで尋ねた。「突然考えを変えた理由を教えてもらえるかな？」

裴玄静はそれに答えずに尋ねた。「尹少卿の死体は洛陽に運ばれてきたのよね」

「近衛兵が持ち帰ったよ。静娘、君も見たと思うが」

「崔郎には話していないことがあるの。わたくしはあの死体に手を加えたの」裴玄静は淡々と語った。「死ぬ前にあの男は血で顔の半分を赤く塗っていたの。わたくしは、……きれいに拭き取っておいたわ」

崔淼は裴玄静が続けるのを待った。彼女の眼には、久しく見せなかった智慧と自信が見えた。裴度が刺された後に一人で対応していた時、地下水路で出口を探していた時、昌谷に急ぐ途上で幾度も妨害に遭った時、霊空寺で離合詩を読み解いた時……崔淼はいつも彼女のこのたぐいまれな眼を――「女名探偵」の眼を見た。

裴玄静は語り始めた。その話は武元衡の離合詩から説き起こされた。

「崔郎は覚えているわね。『真蘭亭現』に引用されている典故を。まだ幾つか検討し尽くしていないものが残っているわ。そのうちの一つ、〝竹伶たり金縷子　江陵に　只だ一人〟、これは字を見たらあまり難しくないわ。これは梁の元帝蕭繹の故事よ。崔郎、昌谷でこの人の名を出したことがあったわね。覚えている？」

「覚えている。梁の元帝は古今の図書十四万巻を焼き払い、梁朝が蓄えていた『二王』の真跡一万五千紙を焼いた。それで千古の罪人と言える」

　裴玄静は言った。「梁元帝蕭繹は史書では『才子皇帝』と呼ばれていて、幼いころから多くの書を読み、とても学識が高かったそうよ。自ら資料を集めて、数十年をかけて『金縷子』という書物を書いた。江陵城が陥落しようという時、蕭繹は自らの手で『金縷子』を含むすべての蔵書を焼き、自分は捉えられ殺害された。だから今ではもう『金縷子』という書物は手に入らない」裴玄静は結論を出した。「〝竹伶たり金縷子〟というのは、蕭繹が一人で子部の書を一部完成させたという故事を表しているの」

「それなら〝江陵に　只だ一人〟は？」

「蕭繹が『金縷子』を書いた頃、それは蕭繹が一族郎党を排除した時期に重なるわ。彼は文人らしい品行方正な顔をしながら、極端に残忍な行動をとっているの。自分が皇位に登極する妨げになりそうな兄弟や甥たちをいちいち誅殺しているわ。親兄弟の情などと言うものは、蕭繹のまわりにはなかったようね。そして自分自身も最後には孤独に命を落とすしかなかった。だから〝江陵に　只だ一人〟よ」

「なるほど」崔淼は賛同した。「しかし……」

「最後まで聞いてちょうだい。史書によればこの梁元帝蕭繹は片目を失明していたそうよ。幼いころに大病にかかり、それで片目の視力を失った。体が十全ではないということで、引け目を感じる気持があった。だからこそ熱心に学問をしたし、本を書いて『一家の言を成す』ことを常に抱負としていた。それゆえ『金縷子』が生まれた。でも悲しいことに、皇帝になっても、『金縷子』を書き上げても、ついに妃の徐昭佩《シュー・ジャオペイ》から心の通う愛を得ることはできなかった。徐昭佩の美貌は傑出していたというから、〝徐娘半老、風韻猶存（年増であるが色香は十分残っている）〟というのは彼女のことよ。しかし夫婦の関係はけっして仲睦まじくはなかった。蕭繹が即位してからも、皇后はずっと空位だった。徐昭佩が皇后になることを認めなかったのよ。それで徐昭佩は酒に溺れて憂さを晴らした。酔いつぶれては蕭繹の衣裳に嘔吐したそうよ。そして彼女は自分の顔の半分だけに化粧を施した『半面粧』までして、それで独眼の蕭繹を嘲笑ったのよ。歴代の后妃の中で徐昭佩ほど好き勝手をした人は、後にも先にも彼女だけよ」

　崔淼は思わず口にした。「半面粧だって？」

　裴玄静は微笑んだ。「崔郎も同じことを考えたわね。尹少卿が死ぬ直前に自分の顔の半分を塗ったことは、きっと『半面粧』をさしているのよ。つまり、最期の時に残そうとした情報は、梁元帝蕭繹に関するものだったの。では、尹少卿と梁元帝蕭繹にはどんな関係があるのかしら？」裴玄静は崔淼を見つめて言った。「一つの可能性に思い至ったの。尹少卿は蕭繹の子孫なのではないかしら」

崔淼は眉根を寄せた。「尹少卿が梁元帝の子孫だって？　それなら何故姓が違うんだ」

「以前尹少卿は金縷の瓶《へい》を賂《まいない》として武元衡に贈ったことがあるわ。たしか閻立本の画作『蕭翼賺蘭亭』では、太宗皇帝が監察御史蕭翼を差し向けて弁才から『蘭亭序』を騙し取った故事が描かれている。その後、太宗皇帝は蕭翼に多くの褒賞を賜った。そこには金縷瓶が含まれていたの」

崔淼の眼が輝いた。「静娘の考えでは、尹少卿が武元衡に贈賄したのが、まさに太宗皇帝が蕭翼に下賜した金縷瓶だと？」

「そうだと思うわ。そして、『蘭亭序』を騙し取った蕭翼というのは、梁元帝蕭繹の曾《ひ》孫《まご》なのよ」

崔淼は右手を握りしめた拳を、左手の掌に幾度も打ち鳴らした。「これですべてがつながった。梁元帝——蕭翼——蘭亭序——半面粧——尹少卿——金縷瓶。だから尹少卿は死の直前に遺そうとしたのだ。自分の本来の身分を。金縷瓶は尹少卿の先祖伝来のものだったのか。なるほど、いかなる代償も惜しまずに奪い返そうとしたわけだ」

裴玄静は言った。「おそらく、この秘密は尹少卿ただ一人しか知らなかったのだと思うわ。死ぬ間際に他の方法がなくて、こうやって印を遺すしかなかったのよ」

二人はまた沈黙した。このひとつながりの真相を、いま一度味わっているかのようだった。

「嫂《あね》さん、三水兄さん」李弥が目をこすりながら屋内から出てきた。

二人は同時に尋ねた。「自虐、具合は良くなった？」

「嫂さん、お腹がすいたよ」

その言葉を聞いて、裴玄静と崔淼は肩の荷を下ろしたようにほっとして笑い出した。

「なにか食べ物を用意するわね」裴玄静の言葉が終わるか終わらないかというとき、黒服の使用人がどこからともなく突然現れて言った。「ご婦人、朝食の用意はできております。すぐに運んでこさせます」

裴玄静は驚いたが、ただちに落ち着きを取り戻して答えた。「ありがとう」裴玄静は崔淼を振り向いた。二人の目には同じ考えが浮かんでいた。――権徳輿が、抜け目なく見張っている、と。

どうやら東都留守は『真蘭亭現』にさほど興味を抱いていないように見せつつ、実際は舌なめずりをして狙っているようだ。

この謎を解くために、幾多の困難に遭ってきた。これからも激流のような日々が続くだろう。どうしても同盟軍が、支援者が必要だ。目下のところ権徳輿の興味を引き付けるためにも、ここで助けを求めたのは正解だった。

崔淼と李弥は話に花を咲かせていた。毒香事件を経て、李弥の崔淼に対する親しみは裴玄静に対するそれを凌いでいるようだった。

「楽しそうに、何のお話？」裴玄静は笑った。「自虚、朝ごはんはもうすぐ来るわよ。待っていてね」

崔淼が言った。「それがしが自虚に聞いたんだ。一体どこで『転陽寿』（寿命を譲る）を聞いたんだ、ってね」

「兄さんの病気がひどくなって、お医者様はどうしようもないって言った。それからある時、道士様が来たんだ。韓なんとかさんが呼んだ……とか？」

「韓愈だな」

「それは分からないんだけど」李弥は続けた。「でもその道士様が言ったんだ。人が死にそうなときには、もし他の人が寿命を譲ってあげたいと思ったら、その人は生き長らえるんだって。でも兄さんはそれを聞いて、道士様をうそつきだと言って怒って、追い返しちゃった」

裴玄静の胸は刺されたかのように痛んだ。その情景を想像することもしたくなかった。そしてある考えが浮かぶのを抑えられない。

「静娘、なにを考えているんだい」

彼女は我に返り、言った。「天師道には確かにそういう言い習わしがあるわ。昨晩はずっとそのことを考えていたの」裴玄静は崔淼に尋ねた。「『真蘭亭現』の詩の最後の一聯は何だったか、覚えている？」

「琳琅　太尉の府　昆玉　竹林に満つ」

裴玄静は晴れやかに笑って言った。「崔郎が謎解きをしてちょうだい」

「いいだろう」崔淼は成算があるような口ぶりで言った。「典拠は『世説新語』だ。ある人が太尉王衍《ワン・イエン》を訪ねると、王戎《ワン・ロン》、王敦《ワン・ドウン》それに王導《ワン・ダオ》がいた。別な部屋には王詡《ワン・シュー》と王澄《ワン・チョン》がいた。辞去してから、その人は言った。『今日太尉府に行ったら、目に入るものがみな、きらびやかな宝物ばかりだった』と。だからこの聯は簡単で、琅琊の王氏を賛美するものだ。静娘、王羲之は琅琊王氏の出身ではなかったかな。この典拠に登場する王衍も王導もみな王羲之の一族だ」

「それなら崔郎、王羲之が道教を好んでいたことも知っているわね。学んだのは天師道よ」

「ということは……」

「寿命を移すという言い習わしで、いちばん有名なのは王羲之の子王献之と王徽之《ワン・フイジー》との間の故事よ」

「そんなことがあったのかい」崔淼は不思議そうにした。「本当にあったことではないんだろう？」

「もちろん本当に寿命のやりとりが成功したわけではないわ。でも兄弟の愛情を表す悲しい伝説よね」裴玄静は綿々と語った。「王徽之と王献之はどちらも王羲之の子で、気質においても、官職の位でも、書法についての造詣においても、七弟の献之のほうが兄の徽之よりも抜きんでていた。でも、徽之と献之の兄弟はそんなよその人からの評価を気にすることはなく、兄弟の情も、たとえば長年ねかしたお酒がおいしくなるように、ますます深まっていったの。ある時、五十歳の徽之と四十三歳の献之は相次いで病気にかかり命が危なくなった。天師道には寿命を分けるという言い習わしがあるから、徽之が術士を呼んだそうよ。徽之は病床で必死に身を起こして、術士に言ったの。『私の才能も、官職も、弟の献之には及ばない。どうか私の寿命を弟の献之に移して弟の命を長らえさせてください』と。でも術士が答えた。『他人の命を継ぐためには、自分がまだ寿命を持っていなければならない。いまあなた方兄弟は二人とも死期が迫っているのに、命を継ぐことができましょうか』と。徽之はそれを聞いて、天を仰いで嘆息し、昏倒してしまった。数日後、弟の献之が先に旅立った。徽之は家族の反対を押し切って、病身に鞭打って弟献之の葬儀に参列した。徽之は献之の亡骸に向かい、弟が愛していた琴を手に取ったが演奏せず、慟哭した。『子敬（王献之の字）、お前の琴もお前とともに死んでしまったよ』と。その後ひと月も立たずに、徽之も弟の後を追った。だから、寿命を譲るというこの故事が、その実、徽之と献之の兄弟の情の深さを語っているの。ちょうど……長吉と自虚のようね。とても稀なことで、心を動かされる話だわ」

李弥がうつむいた。裴玄静はまた兄を想っているのだなと気づき、そっと声をかけた。

「自虚」

「嫂さん」

崔淼が突然言った。「静娘、この調子で詩の中の典拠をみな解き明かしてしまおう」

「そうね」

前の経験があるので、残る二聯はすぐに解決した。

「亮・謹　二主に分かるるも　効あらず　仲謀の兒に」の前半は諸葛亮《ジューゴー・リアン》と諸葛瑾《ジューゴー・ジン》の兄弟を表し、それぞれ劉備《リウ・ベイ》と孫権《スン・チュエン》の二家に仕えたことを言っている。それぞれの主は異なっても、兄弟の情は変わることなく、生涯にわたって公事のために私情を捨てたり、兄弟相争ったりすることもなかった。句の後半は孫権が江東を平定した後、嫂《あによめ》と姪を幽閉したことだ。晩年にはまた自分の息子たちも殺している。このような悪辣な人物であるのに、曹操にはむしろその権謀術数を買われて「子を生まば当《まさ》に孫仲謀《ジョンモウ》の如くなるべし」[1]と讃えられている。両者を合わせれば、諸葛亮は位《くらい》人臣を極める程であ

1　原文：生子当如孫仲謀。

ったのに、兄弟相敬う義を全うした。しかし孫権は王となっても、家は家の体を成さず、父子に父子の情なく、兄弟に兄弟の情もなかった。

「観えて盛徳の頌を呈するも　豫章　金　菫菫たり」は東晋の豫章王司馬熾《スーマー・チー》が劉　聡《リウ・ツォン》から皮肉を言われたという故事を引用しているもので、晋朝皇室の骨肉相食む事件の多かったにもかかわらず、司馬熾は明哲にして保身に長け、兄弟の骨肉の争いには加わらなかった。しかしその司馬熾もまた自らが皇位に登ると、ついに累が及び国は滅びその身も無念の死を遂げることとなった。

――すべてが明らかになった。

この離合詩に引用されているのは幾多の史料と故事であり、それらはみな二つの道理を示している。一つは、古来より皇家には肉親の情が欠け、兄弟が相争い身内同士で殺し合ったという例が数え切れない。いま一つは、世の中には真の慈愛や長幼の序を重んじる孝悌のあり方が実在し、親兄弟のためには自らを犠牲にすることもいとわないという例は枚挙にいとまがない。

それならば、武元衡は一体何を言おうとしていたのか。

裴玄静は言った。「離合詩の最高の形というのは、謎を示す句と謎の主題が良く合致しているものよ。昨晩よく考えてみたのだけれど、たった一つの結論に至るしかなかった。『蘭亭序』真跡が世に現れる時には、皇位争奪の残忍さと兄弟肉親の情愛とが同時に証明されるということなのよ」

「分からないな。どうやって証明するというんだ」崔淼は考え込んだ。「それにその二つは相矛盾している。どうやってその二つが同時に証明されるというのか」

「分からないのはわたくしも同じ。だから一緒に真相を探しに行きましょう」裴玄静は続けた。「武相公から託されたからというだけでなく、千古の名帖『蘭亭序』のためにも。それに肉親の情と人の道を見届けてこの世に永く知らしめるために」そして柔らかな視線を李弥に向けた。「長吉と自虚が徽之と献之の伝説を証明したように、あれこそがこの世で最も尊い情だもの。そのためにすべてを投げ打つに値するわ」

裴玄静は崔淼に視線を戻した。「崔郎、蕭翼が弁才和尚から『蘭亭序』を騙し取った永欣寺に行きましょう」

5

秦望山の麓、會稽の湖畔に、古刹永欣寺は数百年にわたって香火を絶やしていない。江南はちょうど梅雨に当たり、古刹を城壁のように取り囲む香煙越しに南の方角を眺めると、霧雨が立ち込める中に秦望山は普段にも増して美しく、おぼろげな風情を醸し出していた。寺の墨池は上辺近くまで水嵩を増し、しとしとと降りつづく雨が水面にさざ波を立て、青みを帯びた水は今にも溢れ出しそうで、周囲に密生する苔と混然一体となっていた。

古刹の宝物殿の白壁はすっかり濡れ、床に広げたむしろは、いくらもしないうちに湿気に濡れた。ここで生まれ育った者にとっても、この季節は過ごしにくいのだという。北方から来た旅人はなおさらだ。そのため梅雨時の永欣寺はいつもに比べて静かだった。

無嗔方丈は早朝の霧雨の中をそぞろ歩き、古刹の静けさを思うさま享受していた。墨池の前に立つ三人を見かけたときには、少し濡れてもうろたえるその様子から、北方から来た拝観者であろうと見て取った。

方丈は思った。ずいぶんと朝が早い。信心深いものだ。それで自ら歩みを進め呼びかけた。「施主様、お早いですな。拙僧がこちらでおもてなしをいたしましょう」

男二人女一人の一行は口々に礼を言った。彼らの秀麗で俗気のない有様はすぐさま無嗔の好感を呼ぶところとなった。

いくらか言葉を交わしているうちに、方丈は自分の判断の正しさを知った。この三人は洛陽からやって来たばかりだという。崔淼という郎中が江南の梅雨の蒸し暑さに耐えかねて一言二言こぼしたが、それで興味がそがれるわけではなかった。

無嗔は笑って言った。「お三方が観光にいらしたのなら、今この時期でちょうどよかった。そうでなければ、墨池の水のあふれんばかりの景観を見ることはかないませんから」

「あれが墨池なのですか？　池の水が黒いことからその名がつけられたという？」

「いえいえ、この池の本当の名は『硯洗いの池』といいます。ただ梅雨の時期に池の水が溢れるときには黒色に見えることから、またの名を墨池と呼ばれているのです。言い伝えでは、王羲之が硯を洗ったのだと言われています」

「王羲之が？」崔淼は裴玄静をちらと見てから、重ねて尋ねた。「王羲之がこの寺に滞在していたことがあるのですか？」

「ご存じありませんか。ここは元は王一族の旧宅なのです。王献之はかつて長期にわたってここに隠居し字の修練を積みました。だからこそ『硯洗いの池』があるのですよ。ある夜、王献之は突然、屋根に五彩の祥雲がかかっているのを見ました。それで晋の安帝に上表し、この邸宅を献じました。そこで晋の安帝は詔を下し寺を建てられたのです」

裴玄静は口を挟まずにはいられなかった。「晋の安帝の詔で建てられたのは雲門寺ではありませんでしたか？」

無嗔方丈は大いに笑った。「そちら様は一を知るだけで二をご存じない。その通り、王献之の旧宅に建てられたのが雲門寺、そして雲門寺というのは、永欣寺の以前の名なのです」

崔淼と裴玄静は合点がいったというように顔を見合わせた。

崔淼は尋ねた。「なぜ名を改めたのでしょうか。いつ改められたのですか」

無嗔は逆に尋ねた。「お二人は智永和尚の名をお聞きになったことはおありですかな」

「それは『真草千字文』を書いた智永和尚ですか？　もちろん知っています。大書法家王羲之の第七代の孫で、王羲之の書法の重要な継承者だと」

「おっしゃる通りです。その智永禅師はこの寺に出家したのです。四十年余りの歳月をかけて八百冊の『真草千字文』を書き、その後、寺を弟の智欣《ジーシン》大師へと託し、自身は八百冊の『千字文』を車に積み、天下を行脚し、『千字文』の字帖を行く先々の寺に贈ったのです。仏門の力を借りて王氏の書法が守られ万代にわたって伝承されるようにと考えたのです。この寺の裏庭には、智永禅師が遺した筆塚がございます。ご興味がおありでしたらどうぞご覧ください」

崔淼は答えた。「もちろん見に行きます。しかし方丈はまだ、寺がなぜ名を改めたのかをお話しくださいませんでしたね」

無嗔はすこしいたずらっぽい笑みを浮かべた。「拙僧は先ほど誰の名を申し上げましたかな。智永……智欣……」

「永……欣……寺！」裴玄静は言った。「それはその兄弟お二人の禅師の法号から命名されたのね？」

方丈は頷いた。「お察しの通りです。当時の梁の武帝がとりわけ二人の禅師の徳行と功績を賞賛し、それゆえ二師の法号から一字ずつを借りて、この寺に『永欣寺』という扁額を賜り、寺の名も下さったのです。今でも中庭の扉のところに掛けてあります」

「なるほど」崔淼が言った。「雲門寺への道を尋ねたところ、ここに連れてきてもらったのですが、何かの間違いではないかと話していたところだったのですよ」

「南無阿弥陀仏」方丈は合掌して微笑んだ。

裴玄静が言った。「智永禅師の徒弟の弁才和尚もここで修行したとうかがいました」

「弁才法師ですか」無嗔は動じることなく答えた。「もうなくなってから随分になります」

「弁才和尚は『蘭亭序』を失ってしまわれてから、気を病んで亡くなったそうですね」

今度は、方丈は答えなかった。

崔淼はふと霧雨のけぶる中を指さした。「あの白塔を見てごらん」

霧雨が降りこみ、もやの立ち上る中でも、寺の背後の白塔はひっそりとしたたたずまいを見せていた。それは裴玄静に賈昌の裏庭で見た白塔を思い出させた。――二つの塔はまったく瓜二つだった。

無嗔は淡々と語った。「お二人は弁才塔についてお聞き及びですかな。あれこそが弁才が騙されたのちに、太宗皇帝から送られた金品で贖って建てられたものなのですよ」

崔淼は言った。「太宗皇帝が『蘭亭序』の真跡を手に入れた後、蕭翼は『蘭亭序』を入手した功により、員外郎に引き上げられ、五品を加え、金縷瓶、銀瓶、瑪瑙椀を一つずつ、それに真珠などを賜っています。また宮廷用の馬二頭に、邸宅と荘園も与えたそうです」

「不義の行いによって得た財は不慮の災難を呼びます」無嗔の口調が暗い影を帯びた。「それらの下賜品にはすべて呪いが掛けられていたのです。ですから弁才は褒賞であの塔を建て、災いを払ったのです」

裴玄静と崔淼は思わず目を見合わせた。

裴玄静は尋ねた。「方丈、弁才塔を見に行ってみてもよろしいでしょうか」

「それはなりません」無嗔は冷淡に言った。「弁才塔は久しく修繕をしておりませんので、すでに廃しております。登るのは危険ですし、それに塔の中は空で、見るべきものはありません」

「ただ見てみるだけではありませんか」崔淼が言った。「それもいけませんか?」

「いけません。塔は閉鎖しております。行くことはできません」

李弥が裴玄静の袖を引っ張って言った。「嫂さん、もう行こうよ」

裴玄静は李弥の手をやさしくぽんぽんと叩き、無嗔に顔を向けて言った。「方丈、わたくしはある物を持っております。それをお持ちして弁才師父にお供えしようと思います」

「ある物とは？」

「金縷瓶です」

崔淼が驚いて言った。「娘子それは……」

裴玄静は崔淼に向かい軽く首を横に振った。崔淼はそれ以上何も言わなかった。

無嗔は冷ややかに尋ねた。「金縷瓶とは？」

「方丈はお分かりのはず」

無嗔はしばし沈黙た。「今晩、それを弁才塔にお持ちなさい」そう言い置いて踵を返して立ち去った。

永欣寺を出て少し離れるまで待って、崔淼は裴玄静に問うた。「娘子、金縷瓶をまだ持っていたのかい？　どうして話してくれなかったんだ」

裴玄静は首を横に振った。「いいえ、金縷瓶は尹少卿に奪われたわ」

「ではどういうつもりで？」

「方丈と話をしてみたいの。きっと何かを知っているはずだわ」

「よし」崔淼は言った。「今夜はそれがしも一緒に行こう」

「ただしあなたは姿を見せてはいけないわ。わたくしが一人で方丈に会います」

「ではどうやって君を守ったらいい？　もし万一……」

裴玄静は笑った。「あの方丈は修行を積んだ僧侶よ。安心して。金縷瓶を持っていない以上、なおさら誠意を示さなくては。そうでなかったら信用してもらうことなどできないわ」

雨は永遠に降り続くかのようだった。

裴玄静はこのような気候を経験したことがなかった。まるで全身が水に包み込まれているようだと感じた。降りこめる雨に沈む夜は灰色で、乾燥した北方の夜と比べればいっそう混沌とし何かを秘めているようだった。

弁才塔に至る門は施錠されておらず、軽く押せば開いた。

かび臭い空気が感じられた。塔の最上部からはほの暗い黄色い光が落ちていた。蛍が黒々とした影の中を舞っている。裴玄静はここまで来ていささか恐れを感じ、束の間躊躇した。そこへ頭上から声がした。「施主様、上がっておいでなさい。随分お待ちしましたぞ」

裴玄静は欄干を握りしめ、一段また一段と上った。

一歩踏み出すごとに、埃とかび臭い匂いが立ちのぼり、そして羽虫が音を立てて体のまわりを飛んだ。裴玄静には自分の鼓動が聞こえ、それは足音に合わせて、がらんとした塔内に響いた。

塔はそれほど高くなく、まもなく最上部に着いた。そこは狭い六角形の空間だった。無嗔方丈はその中心に胡坐し、傍らの床には白い蠟燭が灯されている。

裴玄静は方丈の正面に座った。

「そちら様はどちらからお越しですかな」

「長安です」

「長安……」無嗔は冷笑した。「良いところではありませんな。長安から人が来るたびに、死がともにやってきます」

「方丈はそれが何故だと思われますか」

「長安から来る人はみな欲にかられています」無嗔は言った。「私はこの日を待っておりました。その物をお出しくださらんか」

裴玄静は言った。「申し訳ありません方丈様。わたくしは金縷瓶を持っておりません」

「ではなんのために来られたのかな」

「方丈に『蘭亭序』の秘密をうかがいに参りました」

無嗔は反問した。「『蘭亭序』にどんな秘密があるというのです」

「方丈、『蘭亭序』の真跡はまだこの世に存在しているのだそうですね。確かにそうなのでしょうか」

無嗔の眼はにわかに鋭さを増した。「何とおっしゃいましたかな」

「その……もしかすると『蘭亭序』の真跡を見つけることができるのではないかと……」裴玄静の声は少しふるえた。

無嗔は裴玄静にじっと目を据え、突然天を仰いで大笑した。そして腕を振って言った。

「その『蘭亭序』とはこれか?!」

無嗔が腕を振った瞬間、一幅の巨大な巻物がほどかれ、塔の天井から懸け下げられた。

裴玄静は驚きに目を見張った。「これ……これは……」もちろんこれが『蘭亭序』真跡ではないことは分かっていた。しかし製作者の技巧は見事なもので、一文字が文机の半分もあろうかという大きな字は真跡と見まごうばかりだった。

「これは弁才師父が最期の日々に血のにじむような努力を重ねた作品だ。そしてまた抗議の印なのだ」無嗔の声は哀切な調子を帯びた。「この世のどこに『蘭亭序』の真跡があるものか。あるのは限りない欲望と手を変え品を変えの欺瞞——。嘘ばかり、すべてが嘘ばかりだ」そして裴玄静を指さして続けた。「お前も人を騙しているではないか。お前が言った金縷瓶はどこにあるというのだ。出したまえ。それで一切の恩讐に区切りを付けようではないか」

裴玄静は身がすくみ全身がふるえた。「申し上げました通り、持っておりません……」

「ないなら出ていけ!」

裴玄静は弾かれたように立ち上がり、塔の下へと駆け下りた。気がふれたかのような無嗔の叫び声がずっとまとわりついてきた。裴玄静がやっとのことで最後の階段に差し掛かったとき、最上部の唯一の灯火が突然消えた。塔の中は瞬時に暗闇になった。裴玄静が思わず上を見上げると――塔の天井から下がる巨大な掛け軸もすっかり暗闇に溶け込んでいるが、大きな文字のうちただ二つだけがまるで鬼火のように燃えているのだった。それは「俯」と「仰」だった。

裴玄静は驚き立ちすくんだ。

地獄のように暗い塔頂から無嗔のけたたましい笑い声が聞こえ、裴玄静は悲鳴を上げて塔から出た。

「静娘！」崔淼が迎えた。手はず通りにずっと塔の外で見張っていたのだ。裴玄静はその懐に顔をうずめた。全身の震えが止まらない。崔淼が気遣う。「大丈夫か」

裴玄静は歯ががちがちとなるのを抑えられぬまま言った。「行こう、早く……ここから、早く離れましょう……」

弁才塔では、無嗔の恐ろしい笑い声がやまない。ふたたび蠟燭が灯され塔の中を照らすと、暗闇からある人物が姿を現し、無嗔の頭を殴りつけた。血が噴き出したが、無嗔はまだ笑っていた。

吐突承璀は怒鳴った。「笑うな！　どういうことだ。一体何をやっているのだ？」

無嗔は笑いすぎて息も切れ切れだ。「中貴人は……、拙僧に、あの女性にかまをかけろとおっしゃった……ではありませんか。……拙僧は仰せの通りに……いたしましたぞ……」

「ほざくな！」吐突承璀は力任せに無嗔の頬をひっぱたいた。「正直に白状するのだ。この塔には一体何が隠されているのか！」

「ご覧になりましたでしょう。それは……『蘭亭序』ですよ……」

「言う気がないのだな？　構わぬ。口を割らせるまでだ！」

無嗔は頭を上げ、じろりと吐突承璀に目をくれて言った。「なにもかもお話しいたしましたよ。ほかに話すことはございません……」

その時、士卒が声を上げた。「燃えます！　火事になります！」吐突承璀が見ると、「俯」「仰」の二字から燃え始めた火はすでに絹帛のすべてを焼き、大きな火柱となって弁才塔の中央で燃え盛ろうとしていた。

「なにを見ておる！　火を消せ！」

突如大きな物音が立った。注意がそれた隙に、無嗔が欄干に突進し、そのまま身をひるがえして飛び降りたのだ。

落ちていく間、無嗔の体軀は燃える掛け軸にぶつかり、そして折り重なって地面にたたきつけられた。

ばらばらにと引き裂かれた巻物が舞い落ち、血痕を飛散させた無嗔の遺体を燃える蝶のように覆った。

この時期、長安城は秋の虎と呼ばれる残暑に見舞われている。しかしこの虎も豊陵に来る頃には、だいぶおとなしく従順になる。

正午の太陽にはまだ夏の勢いがあるが、朝晩は袷の衣服がいるようになった。特に夜になると、冴え冴えとした月が陵園を寒々しく照らした。

月の広寒宮もかくや、幽冥の境もかくや、人の世の気配の感じられない光景が広がるのみであった。

陳弘志は午後から豊陵にやって来ている。そしてずっと陵台令李忠言に面会するのを待っている。待っているうちに空が暗くなり、月が上った。陳弘志は全身の肌寒さを感じた。陵園で夜を明かすなど初めてのことだった。

とりわけ恐ろしいとも思わなかった。ただ感じるのは尋常ならざる静けさだった。大明宮の夜もきわめて静謐だが、ここことは違う。陳弘志は思った。豊陵の静けさは果てがない。まるで天地の果てまで続いているようだと。

一生ここで過ごすとしたら、自分がどうなるか想像もつかない。

——李忠言のようになるのだろうか？

午後の間じゅう、豊陵台令李忠言は陳弘志の目の前に腰掛け、ずっと頭を上げず陳弘志には目もくれず、一言の話もしなかった。李忠言は熱心だった。――字を書くことに。

自分の目で見たのでなければ、陳弘志は信じることができなかっただろう。豊陵台令がまさか書法に魅入られているなどということは。陵墓を守るという生活が孤独で無聊なためだろうか、と想像してみた。なにか気晴らしが必要なのだろうと。

李忠言はずっと机上の巻物の字を臨模していた。一度書いてはまた書き、時の経つのも忘れ、興趣の尽きない様子だ。陳弘志には字帖の内容は見えなかったが、いたく興味をそそられた。一体どんな字帖がそれほどまでに人を引き付けるのだろう。

宮人が手燭を運んできた。

李忠言は筆をおき、致し方ないというように嘆息して言った。「もう目がいけない。最近では夜になると、灯があっても字が書けない」

そして顔を上げると、いま陳弘志に気が付いたかのように言った。「おお、いいところに来た。この字の模写はどう思うか見てくれないか」

陳弘志はためらった。

「来たまえ！」

陳弘志はすぐさま机の前に立ち、白紙に描かれた墨汁はまだ濡れ濡れとしている。

「當其時也，余与欣安於所遇，暫得於己，快然自足，不知老之將至。及其所之既倦，情隨事遷，感慨係之矣。

及弟欣先去，向之居遊動静，於今水枯煙飛。俛仰之間，已爲陳跡，猶不能不以之興懷。況修短隨化，終期於盡。古人云：〝死生亦大矣。〟豈不痛哉！毎覽昔人興感之由，若合一契，未嘗不臨文嗟悼，不能喩之於懷。固知一死生爲虚誕，齊彭殤爲妄作。後之視今，亦猶今之視昔。良可悲也！」

陳弘志は見てもわけが分からなかった。

李忠言は言った。「ああ。書けば書くほど奥が深い。つかみきれないよ。見たまえ、この二文字――『俯』と『仰』がなにしろ難しい。うむ。君はどう思う？」

「私は……とてもよいと思います……」

李忠言は陳弘志を見て、突然冷笑した。「分かるのかね？」

陳弘志は震えあがって答えた。「分かりません！」

「分からなければけっこう」李忠言は臨模した用紙を机上でひとまとめにし、それをびりびりと破った。陳弘志が止めるまもなく、李忠言は午後じゅうかかって書き上げた成果をすべて処分し、傍らの籠に放り入れると、「燃やしてくれ」と宮人に言いつけた。

陳弘志は驚いて言葉もなかった。

李忠言は誘いこむように声をかけた。「来てみなさい。目の保養をさせてあげよう」と言い近くに寄るように手招きした。

陳弘志は腹をくって机の前に進んだ。

この時、机に置かれているのは一幅の巻物だけだった。李忠言が午後じゅうずっと臨模していた手本だ。

「誰の真跡か分かるかね？」李忠言は陳弘志の耳元で尋ねた。

陳弘志に分かるはずがない。あてずっぽうで絞り出して言った。「ええと……それは王、王羲之ですか？」

李忠言の表情が険しくなった。「先ほど分からないと言ったじゃないか」

「私、私は一番有名な人の名前を選んで言っただけです」陳弘志はもごもごと言った。

「それに私はそれ以外に書家の名を知りませんし」

「お若いの。なるほど機転が利くとは聞いていた」李忠言は笑った。「ふん、王羲之なものか。これはいわゆるよくできた偽物、本物より本物らしいまがいもの、虚々実々、譎詐百端」だいじそうにその巻物をしまい、目を白黒させている陳弘志を見やって言った。「今日は運が良いな。これは先皇の墨跡なのだ。私は先皇の字を模していたのだよ」

「先皇は隷書を書かれたのではありませんでしたか。これは行書のように見えましたが」

「そんなことも知っているのか」李忠言は陳弘志を上から下まで眺めた。この時になってようやく興味が湧いたようだった。「宮廷に入ってどれほどだ？　今年何歳になる？」

「お答えします。参内して二年になります。今年十五歳です」

「十三歳で参内したと？　それなら私と同じだ」李忠言はまた一段と興味を増したようだ。「大明宮できちんと勤めていたらしいが、なぜ守陵の職に就こうと思ったのだ？」

「私は、私は先皇にお仕えしようと……」

「でたらめを言うな！」李忠言は断乎として言った。「先皇のお姿も見たことないだろうに、お仕えも何もあるか」

陳弘志はうなだれた。

李忠言は言った。「ここではお前を受け入れることはできない。長安の宮廷に帰るんだな」

「李さま、どうかお留め置きください！」

「ならぬ。下がれ」

陳弘志は言葉を失ったが、突然ひれ伏して続けざまに叩頭した。「李さま、どうかお慈悲を！　私は二度と大明宮に戻りたくないのです。どうかお願いいたします！」

「なぜだ？」

「……」

李忠言は厳しい声で言った。「本当のことを話すか、そうでなければ下がって帰れ」

陳弘志は床に這いつくばっていたが、少しして頭を上げた。まだ幼い顔が涙で濡れていた。「……私は死にたくないのです」

「そうか」

「このふた月というもの、もう三人が打ち殺されました」陳弘志の声には恐れが見えた。

「三日前には、私の兄も……兄も殺されました……」陳弘志はついに悲しみを抑えきれず、声を上げて泣いた。

李忠言はその鳴き声が静まるのを待ち、そして尋ねた。「なぜ兄さんは打ち殺されたのだ？」

「……あのお方は、いつも眠りが浅く、悪夢を見ては癇癪を起されます。そのような時におそばにいる者は誰であっても、どんな理由でも、みな死ぬまで打たれるのです！」

李忠言は眉をひそめた。皇帝の気性はそんなにひどくなったのか。もともと剛直で怒りやすかったとはいえ、そこまでとは……。

「陛下はなぜ眠りが浅いのだ？　どのような悪夢を見るのだ？　御殿医は打つ手がないのか？」

「方法はないようでした。どのような夢をご覧になるのかは存じません。陛下がお話しになったことがないので。ただ……」

「ただ、なんだ？」

「あるとき私の兄が申していました。宿直をしているときに陛下が夢で叫んでいたと。『殺さないでくれ』と。まさかそれから幾日もせずに、兄が死ぬまで鞭打たれるとは……」

李忠言はひととき考えに沈み、そして尋ねた。「あの小刀は見つかったのか？」

「小刀？　何のことでしょうか？　私は聞いたことが……」

李忠言は再び沈黙した。しばらくしてこう言った。「それではここでもお前を受け入れられない」

「ええっ」陳弘志は猛然と進み、李忠言の両足に抱き着いて叫んだ。「李さまお助けください！　お助けいただけなければ、私は早晩兄の後を追うことになってしまいます！　私は本当に死にたくないのです！」

「だから陵に来たと？」李忠言は首を横に振った。「ここで一生を過ごそうなどと、ふん、死ぬこととどんな違いがあるというのだ」

「しかし私は朝から晩までびくびく過ごすことに耐えられません。いつ突然どんなことになるか……」陳弘志は絶望して忍び泣き、李忠言の足を放そうとはしなかった。どれほどの時間がたったのか、李忠言が尋ねるのが聞こえた。「……お前はあの男を憎んでいるか？」

陳弘志はぼんやりと涙目を上げた。「恨む？　誰のことを……あっ！」その意味を突然理解し、驚きのあまり全身の力が抜け、床に腰をついて動けなくなった。

李忠言は陳弘志を見下ろし、次第に笑みがこぼれた。「まあよかろう。私がお前に一つの活路を授けてやろう」

6

二人が宿屋に戻ると、李弥が出迎えてくれた。「嫂さん、三水兄さん、遅かったね！　あれ？　嫂さん、どうかした？」

裴玄静は笑って答えた。「なんともないわよ」大部分の人に比べて李弥はとても敏感だということを裴玄静はますます感じるようになった。李弥はその体にすきとおった直観をまとい、陽の光に照らされた露の雫のようにきらきらと輝かせている。「自虚は何をしていたの？」

「兄さんの詩を書いてたよ」裴玄静がこの課題を与えてからというもの、李弥はずっと努力を続けていた。李弥が書ける字は少ない。暗誦することなら一字の狂いもなくそらんじることができるが、書くとなると詩の一首も書き上げることができない。李弥の書いた詩は脱字だらけなので、裴玄静が一緒に口ずさみながら、抜けている字を書きこんでいくのだ。それは裴玄静にとって、悲しみと甘美な思い出の入り混じった奇妙な時間で、そのたびに深く没頭してしまうのだった。崔淼はそこに参加することはなかった。裴玄静の気持ちはよく理解できたからだ。ただし、裴玄静は没頭しすぎて自ら抜け出せなくなるきらいがあり、崔淼はいつもその瀬戸際に、何らかの口実で二人の作業を中断させるようにしている。

昌谷から洛陽へ、また會稽へと至る間に、三人には家族のような空気が生まれていた——どんな定義も当てはまらない、それでいて高度に親密な家族だった。

夜が更け、裴玄静は李弥を先に寝かせた。崔淼は裴玄静が自分の向かいに腰を下ろすのを見ると、微笑んで尋ねた。「嫂さん、どうかした？」

「どうだと思う？」

崔淼は嘆息した。「それがしは自虐になりたいよ」

裴玄静は微笑み首を横に振った。「あなたは聡明すぎる。自虐にはなれないわ」

「では……それがしは君の謎になろう」

「どういう意味？」

「そうすれば君はわき目もふらずにそれがしを見つめてくれるだろう」

裴玄静は淡々と答えた。「わたくしもあきらめたことがあるのです」

「それは君のやり方ではない。何事もとことんまで突き詰める、それこそが君の本性だ」

「もういいわ……」裴玄静は言った。「どこまで考えた？　教えて」

「はい、静娘様」崔淼はいずまいを正し、自分の考えを語った。「それがしどもに分かっていることはこうだ。雲門寺というのは永欣寺であり、もとは王献之の邸宅だった。千字文で有名な智永和尚は、王羲之の七代目の子孫で、王徽之の末裔だ。面白いことに、智永が初めて書を学ぶにあたって、師事したのは梁朝の大書法家蕭子雲だ。そして蕭子雲は前にも話題にした梁元帝蕭繹とは付き合いが古い。いずれも蘭陵蕭氏の出で、関係は良好だった」

裴玄静も補った。「蕭子雲は智永の師で、智永は王羲之の末裔ね。蕭子雲は蕭繹とは親しい。そして蕭繹は王羲之の真跡ほか多数を焼いた……」

崔淼が続けた。「弁才は智永の弟子であり、そのため、所有していた『蘭亭序』はきっと智永から受け継いだものだろう。そして智永の『蘭亭序』は、おそらく蕭子雲が梁元帝蕭繹のもとから保護した真跡だと思われる。智永自身には後継ぎがおらず、『蘭亭序』は弟子の弁才に引き継いだ。そして、ついに蕭繹の曽孫である蕭翼にだまし取られた」ここまで話して、思わず笑いだしてしまった。「この人間関係ときたら、まったく入り組んでいるなあ」

「昔の出来事だからこうして気楽に話しているけれど、本人たちにとっては気楽ではなかったでしょうね……」

崔淼は言った。「静娘、弁才塔で一体何を見たんだい」裴玄静が色を失って弁才塔から飛び出してきて以来、崔淼はずっとこの話題を出す時期を見計らってきた。

裴玄静はそっとまぶたを閉じた。炎のようなあの二文字が暗闇の中に燃えあがるのが見えた――。「俯仰」

「なんだって?」

「崔郎、『蘭亭序』には『俯』と『仰』の二文字が出てくるのを覚えてる?」

「もちろんだ」崔淼は紙と筆を執って書き付けた。「『夫人之相與，俯仰一世，或取諸懐抱，悟言一室之内』まずこれが一句だ。それからもう一句は――『向之所欣，俛[1]仰之間，已爲陳跡，猶不能不以之興懐』他にはないと思うが……」崔淼はふと動きを止めた。崔淼が裴玄静に目をやると裴玄静も崔淼を見つめていた。二人の顔には何か引っかかるものがあるという表情が浮かんでいた。先に口を開いたのは崔淼だった。「静娘、賈昌老人が死んだ時、部屋の壁に……」

「壁に字があって、王羲之の墨跡にとてもよく似ていたわ」裴玄静が続けた。「でもあの時は意識がはっきりしなかったから、内容は覚えていないわ」

「それがしは覚えているぞ」崔淼は慎重に筆を執った。「あの時はおかしいなと思っただけだった。賈昌はどういうわけであんな字を壁に書いてあるのかとね。まさか今日になって、それが関係してくるとは……」

1　「俯」とも書く。

崔淼は書き終えた。二人は黙ってその文字を見つめた。

「**夫人之相與，俯仰一世，或取諸懷抱，悟言一室之內；或因寄所托，放浪形骸之外。雖趣舍萬殊，靜躁不同。**秦望山上，洗硯一池水墨；會稽湖中，乗興幾度往来。**仰觀宇宙之大，俯察品類之盛。**居足以品参悟之楽，**遊足以極視聽之娯。**

當其時也，余与欣**安於所遇，暫得於己，快然自足，不知老之將至。及其所之既倦，情隨事遷，感慨係之矣。**

及弟欣先去，**向之**居遊動靜，於今水枯煙飛。**俛仰之間，已爲陳跡，猶不能不以之興懷。況修短隨化，終期於盡。古人云：〝死生亦大矣。〟豈不痛哉！每覽昔人興感之由，若合一契，未嘗不臨文嗟悼，不能喻之於懷。固知一死生爲虛誕，齊彭殤爲妄作。後之視今，亦猶今之視昔。**良可悲也！

雖世殊事異，所以興懷，其致一也。後之覽者，亦將有感於斯文[1]」

しばらくしてから、崔淼が言った。「秦望山、硯洗いの池、會稽湖……そういうことだったのか」そして尋ねた。「〝乗興幾度往来〟というのも、なにか典故があるのだろうか」

「あるわ。王徽之がある大雪の夜に小舟に乗って、陰山に良友戴逵を訪ねようとしてい

1　和訳は上巻五二～五三ページを参照。

たの。夜が明けてようやく戴家の門前に到着しようという時、踵を返すように戻っていったの。なぜかと問われると、こう答えたそうよ。『興に乗って出掛け、興が尽きたので帰った。何も戴逵に会わねばならぬこともあるまい』（『世説新語』より）と」

崔淼は頭を振りながら嘆いた。「さすがに情の深い方だな。しかし……賈昌はどういうわけでこの話を壁に書いたのだ」

「崔郎はまだ分からないかしら」裴玄静は言った。「この文は智永和尚の手になるものよ」

「どうして分かる」

「秦望山、硯洗いの池、會稽湖、これらは永欣寺周辺の景色よ。もし智永でなかったら、ほかに誰がいるかしら」

崔淼はいたずらっぽく笑った。「もしかしたら智欣和尚かもしれないが」

「わたくしを試しているのね」裴玄静は穏やかに答えた。「この句を見て――。『當其時也，余与欣安於所遇，暫得於己，快然自足，不知老之将至』そして『及弟欣先去，向之居遊動静，於今水枯煙飛』これで智永和尚が弟智欣を追想して書いたものだということが分かるわ」

崔淼は裴玄静に向かって拱手の構えをした。「それがしは敬服至極、五体投地で敬礼いたします」

裴玄静は相手にせず続けた。「でも、智永の文にどうして『蘭亭序』の字句が入っているのかしら」

「この〝俯仰之間〟かい。別に不思議ではないだろう。智永が兄弟を追悼する文章に先祖王羲之の名篇名句を引用するというのは、自然なことではないかい」

「とても自然ね。いかにもふさわしいわ。ただ、この同じ文章が賈昌の部屋にあったということは、理解しがたいわ。賈昌老人は人徳のある好人物だったけれど、王羲之や智永兄弟とは何の関係もないわ」

崔淼は考え考え言った。「賈昌は仏教徒だろう？　智永がありがたい高僧だからということで、智永の文章を写して壁に書いて拝んでいたのでは」ここまで話してはみたが、自分でもどうもでたらめな気がして口をつぐみ、ただ裴玄静を見つめるだけだった。

裴玄静は崔淼が書き付けた文字を凝視していたが、突然言った。「二百五十九」

崔淼は意味が分からなかった。「二百五十九とは？」

「この文章は、全部で二百五十九文字ある」

「当然だろう」

裴玄静は崔淼を見た。「なにが当然なの？」

「ほら、禾娘が言っていたんだよ。賈昌老人は毎日何度も壁の字を数えていたと。二百五十九、二百五十九と繰り返し口に出していたと。禾娘はこうも言っていたよ。壁の字がどこかに逃げていくわけでもないのに、何を心配しているのかわからない、と。この文章はもともと二百五十九文字なんだ。だからそれがしは当然だと言ったんだ」

「あの日弁才塔で、無嗔が床の埃の上に指で三つの字を書いたの――二五九と」

「二五九――二百五十九？」

　裴玄静は頷いた。「それ以外に、別な解釈がある？」

　崔淼は思案した。「無嗔も智永のこの文章を知っていたということか」

「おかしなことではないわ。おかしいのは、わたくしが『蘭亭序』の真跡について尋ねた時よ。無嗔は口では拒絶し、わたくしを追い払おうとしたのに、こっそりとこの数字を書いたの。一体わたくしに何を伝えようとしたのかしら」

　崔淼はじっと考えたが、首を振り振り言った。「思いつかないな」しかしすぐに気を取り直した。いずれにしても、ともかく『真蘭亭現』の謎にはかなり近づいたと思うよ。そうだろう静娘？」今回は裴玄静が首を横に振ることはなく、笑顔がますます艶やかであった。

　崔淼は思わず知らずそれに見とれて、口が緩んでつぶやいた。「いや……やはり謎が解けなければよいのだ……」しかし突然はっと我に返ると、慌てて目をそらし、つと引き締めた横顔にはやや悲痛さがにじんでいた。なんとも言い表しがたい無力感もともに。

　裴玄静もいささか取り乱し、なんとなしに手をやり李弥が詩を書き付けた紙を持ち上げた。李弥にはある癖があり、李賀の詩を毎日一首しか書かない。そしてそれを続けて何度も書くのだ。何度書いても同じ字が抜けていて、見ると可笑しみもありまた頑固さも感じられた。

「崔郎！」裴玄静は大きな声を出した。「見て、自虚が書いたこの詩を！」

崔淼が受け取って目を向けると、こう書かれていた。「野粉□壁黄，湿蛍満梁殿。台城応教人，秋□夢銅□。呉霜点帰□，身与塘蒲晩。脈脈辞金魚，□臣守迍賤」[1]

崔淼は驚きと喜びを感じた。「『還自會稽歌』じゃないか。君が自虚に書かせたのかい」

「自虚には長吉のどの詩を書くか言いつけたことはないのよ。自虚が書きたいものを書いてる」

「そうか。それがしどもが會稽に来たから、自虚はこの詩を書こうと思ったんだな」

「崔郎、覚えている？　長安の西市で宋清薬舗の裏庭にいたとき、この詩を詠んでくれた」

崔淼は笑った。「もちろんだ。それに君の河東先生への熱狂的な崇拝もね。とても印象的だった」

1　全文と和訳は上巻三三八ページを参照。

裴玄静は言った。「この詩は長吉が永貞年間（八〇五年の八月から十二月）の『二王八司馬』を詠ったものなの。たしか王叔文先生の祖籍も會稽じゃなかったかしら」

「そうだ。だからこそ長吉がこの詩を作ったんだ」

「明日……よかったら叔文先生のお参りに行ってみない？」

崔淼は眉を跳ね上げた。「本気で言っているのかい」永貞の革新からまるまる十年経ち、いわゆる「二王八司馬」は半分以上が逝去している。劉禹錫、柳宗元をはじめとする健在の幾人かは左遷の境遇にもがき、現皇帝の恩赦によってふたたび陽の当たる場所に出られる日が来ることを、苦しみの中で待ちわびている。過去の出来事とその登場人物は、今なお相当に注意を要する話題なのだ。

裴玄静は言った。「もう来ちゃったんですもの。こんな機会を逃す手はないわ。わたくしは平気よ。もし怖かったら、崔郎は行かなくてもいいわよ」

「これまでこのそれがしが何かを怖がったことなどあったかい？」

7

翌日の朝早く、三人は出発した。

雨は依然として降りやまない。會稽に到着して以来、雨はあきることなく彼らに付いて回った。裴玄静にとっては、雨にけぶる江南の早朝はどちらかといえば好ましいような気がした。目に入るものはみな、何度も洗い清められたかのように艶やかな色を見せ、美しいたたずまいが人を魅了した。じめじめとした湿気もそれほど困るというわけでもなかった。

しかし訪ね歩く目的のほうはあまり首尾がよくなかった。道々尋ねてみても、まったく聞いたことがないと言われるか、たまさか知っているという人に出会っても、そういう人はみな固く口を閉ざした。昼になってやっと王叔文の旧宅の方向が分かった。自分はいささか物事を軽く考えていたようだと、裴玄静は思った。

皇権はけだし皇権である。至高にして無上の権威である。裴玄静ひとりがいくら独立した考えを持っていたとしても、世間の大部分の人々は既存の規範をただ遵守することしかできないのだ。既存の権威を突破しようなどという能力もなければその意思すらも持たない。

目の前に広がる様子を見てもそれが分かる。王家の祠堂の規模から見ると、当時は相当の大邸宅だったに違いない。順宗皇帝が在位した八カ月の間、王叔文は飛ぶ鳥を落とす勢いで、短期間とはいえ皇恩は極めて篤く、その母の逝去にあたってさえ柳宗元が墓誌の筆を執ったほどだ。それが今は、壁は崩れ垣は毀れ、雑草の生い茂る無残な有様で。とりわけ不可解なのは、広大な王家一族の屋敷でありながら、まるで強盗に根こそぎ持っていかれたかのような、空虚な様子だ。人っ子一人見当たらない。

その光景は李賀が「還自會稽歌」に記した描写よりも百倍は凄惨であった。

やっとのことで近所の高齢な人物を一人見つけ、崔淼が全力で甘言を並べ、どうにかその信用を勝ち取ることができた。やっとのことで老人から聞き出せたのはこういうことだ。王家はもともとこの地の名門だった。王叔文は失脚して後、まず渝州に左遷され、続いて皇帝に遣わされた使者によって死を賜った。王叔文は毒酒を飲んで死に、遺体は同族の者によってこの地に運ばれ、後山の先祖代々の墓所に葬られた。唐朝ではだいぶ前に連座の制度が行われなくなっていたので、みながこの事件はこれで終わったものと思い、一族の者も好き好きに過ごしていた。

ところが一年後に、また朝廷から人が寄こされた。有無を言わせずに王家の祠堂を打ち壊し、王家の墓所も掘り返され、王叔文の棺は地下から引きずり出され、亡骸が荒野に曝された。王家の一族はこれには震え上がった。王叔文に対する皇帝の恨みはこれほどのものであったと知り、彼らは身の危険を感じた。いつなんどき皇帝がその気になって、王家を滅ぼそうとするかも知れたものではない。そこで一族は改めて慌て出し、先祖伝来の土地を捨てる決心をして、大挙して南へ向かった。

老人は嘆息して言った。「王家の一族は恐怖によって逃げたのです。手がかりを残しているはずがありませんよ。異郷に腰を落ち着けたら、きっと名前も変えているでしょう。ですから今では王家の人々の行く末を知る者は誰もおらんのですよ」

　こうなっては、三人も荒涼とした屋敷跡に向かって黙祷をささげるよりほかなかった。帰り際、裴玄静は祠堂の門の横木に書が残されているのを見つけた。だいぶ前に書かれた対聯で、のちにわざわざ塗りつぶされたようだ。おそらくはあまりに急いだため、最後の三文字と題名だけは消されておらず読み取ることができた。

　裴玄静は崔淼を呼んで一緒にそれを見た。「見て崔郎、この署名は王伾《ワン・ピー》ではないかしら」

　崔淼は頷いた。「その通りだな」王伾は順宗皇帝の書の師であり、永貞の革新の期間には王叔文と同時に徴用され、「二王」と称された。王叔文は囲碁の名手として棋待詔を務め、王伾は書法で寵遇された。二人は東宮で順宗皇帝に仕えること十数年、互いに気心の知れた仲だった。だから王伾が王叔文の先祖伝来の祠堂に門聯を書くというのは、至極当然であった。むろん、王伾の末路も王叔文と同様に悲惨だった。順宗の禅譲の後、二人は急速に権勢を失った。王伾は左遷の憂き目に遭う前にすでに重病にかかっており、左遷先の地に着く前に病気でこの世を去った。

　裴玄静はその残された筆跡を見つめ、誰に言うともなくつぶやいた。「先皇は隷書に長けていたと聞くけれど、どうしてその書法の先生が書いた字が行書なのかしら」

　崔淼は自信なさそうに答えた。「それは……書法というものがみな相通じているからではないか」

帰りの道すがら、裴玄静はずっと物思いに沈んでいた。

崔淼はこらえきれなくなって、尋ねた。「さて、次はどうする？　これからどこに行く？」

裴玄静は崔淼を見て、突然笑って言った。「崔郎がいつも決めてきたじゃないの。どうしてわたくしに聞くの？」

「それがしはいつだって君の言いなりじゃないか……」崔淼は面白くなさそうな様子だが、本気かどうかは分からない。

「長安よ」

「なんだって？」

裴玄静は言った。「わたくしは長安に戻るべきだと思う」

「本気なのか？」

崔郎、もう一度賈昌老人の屋敷に行きたいと思わない？」裴玄静は崔淼の目を直視して言った。「すべてはあそこから始まったのよ」

崔淼も目をそらさずに見返して言った。「静娘と一緒なら、それがしはどこにだって行くよ」

裴玄静は李弥に尋ねた。「自虚は？　嫂さんと一緒に長安に行かない？」

「長安？　兄さんがいた長安のこと？」

「そうよ。長吉兄さんはそこで何年も奉礼郎のお仕事をしていたのよ」

「いいよ、僕も行く！」

崔淼は小声で尋ねた。「本当に自虚を連れて行くのかい」

「だったらどうだというの？　これからはどこへ行こうと、必ず自虚を連れて行くわ」

崔淼はそれ以上は何も言わなかった。

裴玄静は車夫に永欣寺に向かうよう指示した。

「もう一度あの弁才塔を見たいの」崔淼にそう説明した。

「今度はそれがしを連れて行ってくれるのか」

「いいえ、あなたは自虚と一緒にいて」

崔淼は深くため息をついた。「君がそう言うならそうするさ。しかし君に身の危険はないと確信できているのか？」

「昨晩だって大丈夫だったんだもの、こんな昼日中《ひるひなか》には何も起こらないわ」

馬車は永欣寺の門前に停まった。崔淼は李弥を伴って寺の廟宇に入り、裴玄静だけが裏庭に向かった。硯洗いの池は昨日より水かさが増していたが、不思議なことにあふれ出してはいなかった。池の端に禅師が一人たたずんでいたが、無嗔ではなかった。

裴玄静はその前に進み出て、無嗔方丈のことを尋ねた。

「無嗔？」見知らぬ禅師は合掌して言った。「この寺には無嗔という法号の方丈がいたことはありません」

もちろん多少の心の準備はあったが、裴玄静の胸はぎゅっと締め付けられた。すこし考え、また尋ねた。「弁才塔の故事を聞いたことがあるのですが、塔に入ってみることはできるでしょうか？」

禅師は何度も首を横に振った。「弁才塔はもう何年も閉ざされています。入ることもできませんしお入れすることもできません」

裴玄静がさらに追及しようかと思った矢先、頭上からカラスの大きな鳴き声が聞こえた。空いっぱいの雨と霧の中、黒い大きな鳥が弁才塔の上でぐるぐると旋回している。「南無阿弥陀仏」禅師が言った。「施主様、お帰りください。あなたのためでもあります。ここには見るべきものは本当に何もありません」

裴玄静は禅師の言葉に含まれる哀訴を聞き取った。また禅師の目に宿る恐れもはっきりと見た。裴玄静は理解した。自分はきっと頭上のあのカラスのような役割を担っているのだ。自分の不断の努力によって、危機は次第に形を表し、本当に人を殺す武器となるのだ。かつてかすかに見え隠れしていた血なまぐさい匂いが、ますます濃密になってきていた。

裴玄静は礼を言って立ち去った。

再び馬車に戻ると、崔淼は固く決意でもしたのか、裴玄静が口を開くのを待っていた。裴玄静は言った。「崔郎、會稽にも鏡を磨く店はあるかしら」

「それはあるだろう。なぜだい」

裴玄静は聶隠娘から贈られた小さな銅鏡を取り出すと、思わず微笑んだ。「また世話になるわね。でも……今度は地面の下に閉じ込められたりすることにならないって信じているわよ」

崔淼は銅鏡を受け取った。「聶隠娘を探したいのか？」

「わたくしたちは危険に晒されていると思うの」裴玄静は厳粛な面持ちで言った。「ここから長安まで、隠娘夫妻に一緒に行ってもらうのが一番だと思うの。隠娘は約束してくれたわ。知らせをくれたら必ず助けに来てくれると」

「分かった。探してみよう」

「急いだほうがいいわ。崔郎は今から行ってちょうだい」裴玄静は言った。「わたくしは自虚と一緒に宿屋で待っているわ」

崔淼は答えた。「ちょうどいい、韓湘子がなにか知らせを寄こしていないかどうかということも、聞いてみるよ」

馬車は十字路で停まり、崔淼は車から飛び降りた。裴玄静は素早く傘を手渡して言った。「濡れないようにね」

崔淼は笑顔を見せた。「では待っていてくれ。すぐ戻るよ」と言って傘を広げ雨の中を歩いて行った。

裴玄静はその背が雨に濡れる天地の間に溶け込むまで見送った。これまでは知りもしなかった。この優しい江南の雨が、本当に人に断腸の思いをさせることを。

宿屋に戻ると、裴玄静はまず李弥を部屋に送り、そしてすぐに帳場に行って空室の状況を尋ねた。

番頭は答えた。「うちで一番良い部屋はぜんぶ借りられています」

「どういうお客様が借りていらっしゃるのか分かりますの？」

「それは……お教えするわけにはいきません」

裴玄静はあっさりと言った。「いいわ、自分で見に行くから」

番頭が止めようとした時、役所の下人めいた人物がやって来て言った。「主人がお呼びです。どうぞこちらへ」

裴玄静が部屋に入ると、吐突承璀は茶を飲んでいるところで、裴玄静を見ると言った。

「娘子、いいところに来た。江南の新茶を味わうかね」

裴玄静は腰を下ろした。吐突承璀は裴玄静が茶杯に触れもしないのを見ると嘆息した。

「會稽では忙しいようだな」

「中貴人はもっとお忙しかったご様子」

「なんの！」吐突承璀は表情を曇らせて言った。「私に何の用だ。はっきり言いたまえ。お互い忙しいからな。のんびりしている場合ではない」

「長安に戻ります。それで中貴人に同行してほしいのです」

「おや？　たしか連れがいるのではなかったか？」

「あれは回し者です」裴玄静は落ち着いて答えた。「つい先ほど策を弄して追い出しました」

吐突承璀は動じずに尋ねた。「回し者？　というと誰の？」

「崔淼は権留守の手の者です」

「権徳輿の？」

「はじめは藩鎮勢力の手でした。刺殺事件にも関わっています。でも刺殺がかなわないとなると権留守に寝返り、密告と引き換えに自分の身を守ったのです。今は、権留守の命によって、わたくしの身辺で秘密を探っているのです」

「それはどのような秘密かね、娘子」吐突承璀の口調はとても穏やかで、宦官のようではまったくなかった。

「お話しできません」

「そうか。それならどうやって助けろというのかね。どうやって信じろと？」

裴玄静はほんの少し沈黙し、吐突承璀をまっすぐに見て言った。「『李公子』はお元気？」

「……お元気だ」吐突承璀は裴玄静がここまで単刀直入だとはさすがに思っていなかった。そして少し躊躇してから答えた。「だが心配事が多くていらっしゃる」

「中貴人がおそばにいるなら安心ね」

「いやいや、ほかにそなたの叔父御もいる」

「ええ。長安を離れてあっという間に二カ月。叔父様にお会いしたいわ」

「よかろう」舌戦はここまでだ。吐突承璀はとうとう承知した。「それでは私がそなたを送ってゆこう」

「どうか今すぐに出発してくださいますよう。あの回し者の顔をもう見たくないのです」

　吐突承璀は大いに笑った。「そなたの迫力にはかなわないな。いいだろう。奴には権徳輿のところに戻って泣きついてもらおう。出発だ！」

8

　ふたたび春明門外に来た。

　二カ月すこしを経て、長安の空は全体的に高くなったようであった。碧玉のような紺碧の空にはかすかな秋の気配が感じられ、いく筋かのおぼろげな雲がはるか遠くをおっとりと流れている。この城市とそれを包む天地は、まるで意思を持って、その最も美しく、秩序ある、鷹揚な風格をこの季節に合わせて見せつけようとでもしているかのようであった。

鎮国寺を通り過ぎる時、裴玄静は思わず寺の裏方に目をやった。

吐突承璀は見計らったように言った。「見ても無駄だ。賈昌の屋敷は取り壊された」

「取り壊し？」

「そなたがあそこで『李公子』に出会った後だ」吐突承璀は言った。「何もなくなった。ああ、あの塔はまだある。見に行きたいか？」

「行かせてくださるの？」

吐突承璀は大笑した。「かまわないとも。だがやはり行かないほうがいいと思うがね。見るべきものは何もないのだ。中は老和尚と賈昌の亡骸があるだけだ。気味が悪いぞ。弁才塔のほうがましだ」

「無噴禅師はどうなったの？」

「死んだよ」吐突承璀は嘆息交じりに言った。「弁才塔の上から飛び降りて、墜落死した」

「あなた方は！」

「私たち？　私たちがどうしたというのだ」

裴玄静は歯噛みした。「あなた方が死に追いやったのよ」

「おや、そなたがそれを言うか。もしもそなたが遠路はるばる永欣寺に行ったりしなければ、無嗔法師は今頃いつも通りに読経をしているはずだ」吐突承璀の目が毒蛇のように裴玄静の顔にまとわりついた。「私に言わせれば、老和尚を死に追いやったのはそなたに他ならない」

裴玄静は思わず拳《こぶし》を握りしめた。

吐突承璀は気に留める様子もなく外に目をやった。城門から騎馬隊が迎えに出てきた。装備の意匠は吐突承璀が管轄している神策軍のようだ。

思った通り、その一隊は彼らの目の前にやって来てするりと馬から降り、頭の者が吐突承璀に礼をして言った。「陛下の仰せです――吐突中尉には直ちに裴大娘子を裴府にお送りするようにと」そして、吐突承璀の耳元で小声で何かを伝えた。

「分かった」吐突承璀は大仰な笑顔を作って裴玄静に言った。「裴大娘子、参りましょう」

まもなく興化坊に着くという時、吐突承璀は声を低くして裴玄静に言った。「『李公子』からの伝言だ。そなたがお会いしたければ、私に知らせを寄こすがよい。あの方は……いつでもお待ちになっているそうだ」

裴玄静を裴府の門まで送ると、吐突承璀はあっという間に去っていった。

裴玄静はついに帰ってきた。會稽を発つとき、叔父の裴度には簡単に手紙を出し、李賀がなくなったこと、自分は長安の叔父の家に帰ると決めたことだけ知らせておいた。會稽については、一言も触れなかった。

手紙は吐突承璀が出した早馬で長安に届けられたので、裴度は幾日か前にその知らせを受け取っていた。

裴府の門前で別れる時、吐突承璀は釘を刺すことも忘れなかった。「分かっているだろうな、裴相公に会ったらどういう話をするのか」

「面倒なことに叔父を巻き込むつもりはないわ」

「それならよい」

裴度を巻き込むわけにはいかない。いらぬ災いを呼ぶばかりだ。長安への道中、裴玄静はずっと自分にそう言い聞かせてきた。しかし叔父のいる裴府に戻る以外、今の自分に他の選択肢はなかった。裴玄静は知っていた。すべては自分が謎を解けるかどうか、それがいつなのかにかかっていると——。大明宮の壮麗な宮殿に住まう「李公子」は、今でも裴玄静の答えを待っているのだ
彼女はただ祈ることしかできない。その答えがとんでもないことを引き起こさなければよいが、と。

裴度は慈しみの表情で穏やかに裴玄静を迎え入れた。なぜ吐突承璀が恨みを水に流したのか問い詰めることもなかった。裴玄静はあらためて叔父の賢明さに感服した。再三にわたり吐突承璀が関係してくるということは、背後の人物が誰なのかは当然察せられているはずだ。だがしかるべき時が来るまでは、あれこれ問いただしても益のないことなのだ。自分と李弥と、そして叔父と裴一族の安全を考え、裴玄静は裴府に戻ってからは外出を控えて屋敷に引きこもり、文字通り深窓の令嬢、箱入り娘となった。李弥は皆に好かれた。ただ、我が家を離れたのも初めて、大好きだった兄さんを失ったばかりとあって、何かと気詰まりなようすだった。李弥の気持ちを落ち着かせてやれるのは裴玄静だけとあって、李弥には裴玄静の隣の部屋があてがわれ、世話を焼くのに都合がよかった。

李賀の詩を毎日一首ずつ書くことのほかにも、李弥には何かやることを与えようと裴玄静は考えた。いちばんよいのはもちろん――書の練習だ。

李弥は知っている字こそ少ないものの、模倣する能力は非常にすぐれていた。何の字であっても、ある書体を見たら、すぐに覚えてしまう。字の意味は全く分からなかったとしても、いくつもの書体を覚えているということがよくあった。李賀の詩を記憶しているのと同様で、内容の如何にかかわらず全てをただ丸ごと覚えてしまうのだ。その澄み切った性質、まるで白紙のような心根には、少しの雑念に邪魔されることもなく全ての内容を刻み付けることができた。

裴玄静は裴度に頼んで『蘭亭序』の幾種類かの模本と懐仁和尚の『集王聖教序』の木版本を集めてもらった。李弥に『蘭亭序』の内容を話して聞かせると、まったく理解できないようだと分かり、これ以上無理させないことにした。李弥はいつものように自分のやり方で、絵を描くかのように王羲之を臨模し始めた。

裴玄静はその傍らにいて、窓の外の竹が秋風に吹かれる葉擦れの音に耳を傾ける。いつの間にか午後じゅうずっとそうしていることさえあった。裴玄静は知っていた。このような静けさは得難いもので、長く続くわけではないということを。


この時、権徳輿の長安の屋敷も同じような静けさの中にあった。

河陰倉の事件と洛陽の暴動で手柄を立てると、皇帝は詔を下して権徳輿を京城に呼び戻し、大いに褒章を与え、あらためて太常卿兼刑部尚書に任じた。権徳輿は再び朝廷の中枢に戻り、毎日朝に上って公務を行っているが、続々と挨拶に訪れる大小の官吏には一律に門を閉ざし面会しなかった。

ところがこの夜に限っては、権徳輿は書斎に一人の来客を迎えていた。

今も変わらず簡素な身なりであったが、今夜の崔淼はかなり憔悴している様子だ。表情にも焦慮が見え、瀟洒でありながら豪放さを感じさせる普段の様子は失われていた。

崔淼はここしばらくの調査の成果を権尚書に報告しに来ているのだ。

裴玄静とともに會稽で発見した手がかりをもとに、長安に到着して以来、崔淼は前朝の書法家王伾について調査していた。先皇は囲碁と書法を愛し、東宮で過ごした二十余年の間、囲碁の国手と謳われた王叔文と書法家王伾をずっとそばに置いて重用した。先皇が登極し、重い病により政務に携わることができなくなると、その全権は東宮時代から最も信頼していた幾人かにゆだねられた。中でも、王叔文は自他ともに認める統領として、翰林院で各種の詔書を起草する役目を担った。王伾の役目は詔書を内廷に運び、順宗皇帝の身辺に仕える宦官李忠言に手渡すことだった。順宗皇帝の意見は李忠言から王伾に伝えられ、さらに外朝の王叔文らに伝えられた。複雑かつ脆弱なこの上意下達の仕組みこそが、のちに群臣の激烈な反発を買うことになった。衆人は指弾した。「二王」と李忠言は順宗皇帝を虜にしているのと変わらない。皇帝の諭旨はすべてが彼らの口を借りて伝えられ、その他の臣は皇帝にまみえることもできない。皇帝のお言葉というが真にそれが皇帝の本意であるのかどうやって知れるというのか、と。

永貞に大荒れの擾乱を引き起こした革新派は李純の登極によって一掃された。程度で言えば、王伾は王叔文ほど直接的には政治に介入しておらず、せいぜい特別に信任の厚い伝令官というほどに過ぎなかった。そのため王叔文のように死を賜ることはなく、左遷先で病死するに至った。

とはいえ王伾が永貞革新派のなかで最初に死んだ者となったのは、奇妙なめぐりあわせであった。

崔淼は言った。「王伾の家史を調べますと、その書法の淵源が分かりました。興味深いことに……王伾は則天武后の時代の大書法家王綝《ワン・リン》の末裔だったのです。そして王綝は王羲之の九代目の子孫です」

「王綝とな。『万歳通天帖』を献じたあの王綝か」

「その通りでございます」

武則天の『万歳通天帖』については、興味深い逸史がある。武則天が帝号を名乗って以来、何事も前代に倣い、太宗皇帝と同じように王羲之の真跡を集めるよう命じた。しかし梁元帝の焚書と太宗の蒐集によって、天下には王羲之の真跡として見るべきものはほぼ残っていなかった。最後に王綝が家中で珍蔵され代々受け継がれてきた王羲之の真跡を献上したのは、武則天にとって望外の喜びであった。武則天の命によって作られた集帖が、後世に伝わる『万歳通天帖』である。のちに武則天は真跡を名高い宝櫃に収めて王綝に返還し、王家の後代に代々受け継がせた。

崔淼は言った。「王伾は書法待詔でありましたから、外部に残されている作品は多くありません。一般に先皇は隷書に長じておられたと知られているため、当然のように王伾も隷書をものしたと考えられています。しかしそれがしが見つけた手がかりによれば、王伾の書は王家に伝わる行書でございました」

権徳輿は聞き入っていた。

崔淼はつづけた。「王綝には『万歳通天帖』を献上したほか、もう一つめぼしい逸話がございます。貞観の名臣魏《ウェイ・ジョン》徴に関することです。——王綝は魏徴が勧善坊に持っていた旧宅を買い取ったのです。その昔太宗皇帝が魏徴の邸宅を見るとあまりに簡素であったため、宮殿の建設で残った建材を使って魏徴の正堂を建てさせたのです。そのため魏徴の屋敷はたいへん特殊な意味を持ち、太宗皇帝と魏徴との君臣関係が非常に良好だったことを表しています。ところが、まさしくこの邸宅が、この君臣関係の別な一面も明らかにしています」

魏徴が身罷ると、太宗皇帝は自ら碑文を撰じ、その墓前に立てた。魏徴は臣下として最高の栄誉を与えられたと言ってよい。しかしそのすべてが芝居のような大逆転に見舞われる。

ある者が太宗に密告したのだ。魏徴は皇帝に上奏文を奉る時はつねに副本を控えておき、それを当時の史官であった褚遂良に見せていた。これは魏徴が内心では太宗皇帝を全く信用しておらず、皇帝が歴史を改竄するとみなしていたことを示していると。太宗皇帝はこれを耳にすると憤怒し、自ら筆を執った墓碑を引き倒させたという。

権徳輿は皮肉交じりに言った。「そなたは随分と詳しいのう」

崔淼は構わずに続けた。「数年後に王綝が魏徴の旧宅を買い取ると、その屋敷の隠された部屋で本当にその上奏文の副本を発見し、それを編纂して一書とし後世に伝えたのです。ですから……」

「もうよい」権徳輿は崔淼を遮った。「そんな関係のないことを聞かせてどういうつもりだ」

「関係ないことはございません」崔淼は反駁した。「王綝はたしかに魏徴の上奏文を編纂して公開しましたが、そのうち一部が隠匿されていないとは言い切れません。その中に『蘭亭序』真跡に関する内容がなかったと言い切れるでしょうか。王綝は王羲之の子孫ですから、もし先祖に関する秘密を見つけたら、どうしたでしょうか。それに、王伾は王叔文とは異なり、政治的な才能がなかったにもかかわらず、どうして先皇から特別に重用されたのでしょうか。そしてまた何故、先皇が禅譲なさった後の最初の死者となったのでしょうか。それがしの知る限り、『二王八司馬』の中で、王伾はただ一人、先皇が崩御される前に死んだ者なのです。これらの事実の間に、なんの関係もないはずがありますか」

「お前に言って聞かせてやろう。関係はない！」権徳輿は断固として言った。「いわゆる『真蘭亭現』の謎はもう調べなくてよい。これ以上調べたところで時間の浪費、脇道にそれるばかりだ」

　崔淼は歯噛みした。「脇道だなどと……」しかし強い自制心で怒りを鎮めた。「権尚書、調査はこの方針で間違っていないと考えております。ただ……裴娘子と会う必要がありますが、さすればこの謎の真相は明らかになるでしょう。しかしそれがしは今裴府に入ることができません。そのため権尚書のご助力を賜りたいのです」

「ならぬ。私は手を出さぬ。あきらめることだな」

「権尚書！　吐突承璀が再三にわたり邪魔だてをしてくるということは、この謎の重大さが分かるというものです。まさか手をこまねいて譲っておしまいになるおつもりで……」

「黙れ！」権徳輿は目に凶悪な光を宿らせ、普段の学者然とした穏やかな様子は影もなく、激昂して言った。「愚か者め！　朝廷の重臣の関係に横槍を入れるばかりか、先皇やあろうことか太宗皇帝の徳行にまであらぬ妄想を働かせるとは、死ぬつもりなのか！あの時河陰倉で、裴娘子が先に手を打っていたのでなければ、お前はとっくに死んでいたはずだ！　今日のところは裴娘子の顔に免じて、お前の命だけは助けてやるから、とっととこの屋敷から出ていけ。そして二度とその顔を見せるな。失せろ！」

　崔淼は顔を蒼白にした。「裴玄静が河陰倉でどういう手を打ったと？」

　権徳輿は繰り返した。「失せろ！」

　崔淼の目は怒りに燃え上がった。「小物の、臆病者めが！」そう言い捨てると、身を翻して大股に出て行った。

権徳輿がその背中を睨みつけていると、屏風の陰から香気が立ち上り、一人の人影が現れた。

権徳輿はすぐさま怒気を収め、客人に拱手した。「貴妃、ご覧になったのですね」

郭念雲は宮廷女官の装束を身に付け、紗をたらした笠も頭に載せたままだった。その紗の一片が開かれているだけなのを見ると、権徳輿の他には誰にも自分の姿形を曝すつもりがないようだ。

郭念雲にしてみれば、私的に宮殿を出て重臣に会うほどの度量があったとしても、それを人に知られないための手筈は十分に整えておかねばならなかった。なにしろ、立ち向かう相手は恐ろしいほど聡明で、しかも至高無上の権力を握っている。郭念雲は我が身を則天武后になぞらえたことなどなかったが、その夫はなおさら唐の高宗とはわけが違うのだ。

そういうことだから心に企てを持てば焦慮と不安にさいなまれた。

「権尚書、どうしてあの男を追い返したのだ?」郭念雲は焦れて問いただした。「あの男の話す秘密はまさしく価値あるものではないか。なるほど最近、吐突承璀が東奔西走していたのはこういうわけだったか」

「それは分かっております。しかし……」

「しかし何だ？」

権徳輿は躊躇しながら言った。「できるだけ避けたほうが良いとは思われませぬか。なにしろ、吐突承璀の背後にいるのは……」

「ならばどうだというの」郭念雲は不満を露わにした。「さっきの魏徴の話を聞いたであろう？　世の人はみな、魏徴の死後に上奏文の副本のことで太宗の恩寵が失われたと思っているようだ。だが李家の人間なら、みな知っている。太宗と魏徴は李承乾《リー・チョンチエン》太子廃立の件で、とっくに真っ向から反目していたことを。ただしその当時は魏徴の病が重かったために、太宗皇帝は大変な苦労をして作りあげた君臣の典範を維持しようとして、その死後までひた隠しにしていた。そして、上奏文の一件に託して動き出したのだ。そなたは知らないはずがない。魏徴は初めは隠太子李建成《リー・ジエンチョン》の門客だったのが、玄武門の変の後に仕方なく太宗皇帝に従うことになったのだよ。のちに太宗皇帝が太子李承乾の補佐を命じたとき、魏徴は言っている。自分が補佐する太子二人とも悪運に見舞われてしまうことを望まないと。結果は予言通りだ。だから、魏徴が手元に残した上奏文にはおそらく太子の廃立について言及されている。そしてそれが江山の社稷に与える影響についても。そうした内容が本当に王綝によって隠匿されたのではないのか？　先ほどあの崔淼が言ったことには道理がある。吐突承璀がなぜあれほどしつこく見張っているのか、ややもすれば本当に皇太子の決定にかかわりがあるのかもしれぬ！」

権徳輿は首を横に振った。「貴妃のおっしゃることは朝廷の機密でございます。一介の平民に過ぎないあの崔淼が知り得るはずもございません！　どれも当て推量のでたらめに過ぎません。信じるに足るものでは……」

「いいや。でたらめであろうとも、はっきりさせなければならぬ。太子の件はこれ以上引き延ばすわけにはゆかぬのだ。今度また宥児（李宥のこと）が選ばれなければ、我ら母子の前途は暗いのだ」郭念雲は権徳輿を見据えた。「権尚書は災いの火の粉が降りかかるのが恐ろしければ、遠巻きに見ていればよろしかろう。しかし我ら母子に退路はないのだ！」

「それは……」権徳輿はやるせなく大きなため息をついた。

郭念雲は立ち去った。権徳輿は書斎でそわそわと落ち着かなかった。考えれば考えるほど恐ろしいのだ。彼は今でも、皇帝は最後には李宥を太子に立てるだろうと考えている。だから郭一族の恨みを買うわけにはいかない。しかし目下の情勢は確かに不安定であり、一目の差で勝負に負ける可能性もあった。

最も手薄な部分から手を打つしかない。権徳輿は腹心の手下を呼びだし、即刻ある人物を殺すようにと命じた。――崔淼を。

身の程知らずにも核心的機密を知ろうとする、機あらば騒動を引き起こそうとする崔淼のような小物には、死こそが唯一の終着点なのだ。

9

その日、裴玄静が李弥と手習いをしていると、阿霊が手紙を一通もってきた。韓愈の屋敷から届いたばかりだと言う。

手紙を開くと思わず笑みがこぼれた。あの韓湘子も自分の役割を忘れていなかった。南詔国で見た『蘭亭序』を手紙に書いている。はっきりと記憶しているわけではないが、大きな違いはないはずだと韓湘子は言う。

その内容は次のようだった。

「永和九年、歳は癸丑《きちゅう》に在り、暮春の初、會稽《かいけい》山陰の蘭亭に会す。禊事《けいじ》を修むるなり。群賢畢《ことごと》く至り、少長咸《みな》集まる。此の地に嵩山峻領《しゅんりょう》、茂林修竹有り。又、清流の激湍《げきたん》有りて、左右に映帯《えいたい》す。引きて以て流觴《りゅうしょう》の曲水と為《な》し、其の次《じ》に列坐す。是の日、天朗《ほが》らかに気清く、恵風和暢《わちょう》せり。以て視聴の娯しみを極むるに足れり。信《まこと》に楽しむ可《べ》きなり」

「糸竹管弦の盛なしと雖《いえど》も、一觴《しょう》一詠、亦以て幽情を暢叙《ちょうじょ》するに足る。故に時人を列叙し、其の述ぶる所を録せん。右将軍司馬太原孫丞公等、二十六人、賦する詩は左の如し。前の余姚令、會稽謝勝等、十五人、詩を賦すこと能わず、罰酒は各《おのおの》の三斗」

たしかに、韓湘の言うように「信に楽しむ可きなり」から後はよく知られている『蘭亭序』と異なる。書かれているのは蘭亭に集まった人々のことで、流布している『蘭亭序』にある人生の感慨ではない。

内容だけではどちらが本物なのか判断できない。

「嫂さん」李弥が呼んだ。「この字がありません」

裴玄静はその意味が分からず、李弥が臨書した『蘭亭序』を見ると、まるで李賀が黙って詩を書いている時のように、いくつか字が抜けていた。

「どうして、空いているのですか？」

「見つからないのです。だって……」李弥が口をとがらせて言う。

裴玄静はますます困惑した。

「『蘭亭序』を手習いしているのでしょう？　御手本のように書けばいいのです。どうして字が見つからないのです？」

李弥は『蘭亭序』を裴玄静の眼の前に差し出し、『集王聖教序』を指さして言った。

「この中の字とあの中の字はだいたい同じだから、同じ字を写しているのです」

裴玄静は笑った。

「困ったひとですね。そもそも『集王聖教序』は王羲之様の字を集めて作ったもの、だから『蘭亭序』から字を取っているものも少なくないのです。当然、同じはずです」

「でも、ないのです」李弥は言った。「たとえば、この致、覽、亦、殊事、それに視聴之娯……あれ？　嫂さん、聞いてますか？」

　裴玄静は我に返ると、あわてて尋ねた。

「自虚、他にもあるのですか？」

「それに、どうして字が一つ多いのです？」

「どこです？」裴玄静は李弥の指が示す先を見た……本当だ。李弥の書いている『蘭亭序』の模本、「當其欣於所遇」という句の「欣」の傍らに小さな「僧」の字がある。この「僧」の字は明らかに本文に属する字ではなく、まるで注解のようで、見落としやすい。

　裴玄静はふいに気がついた。李弥が臨書しているのは欧陽詢の模本、武元衡が暗殺される前に写されたものにちがいない！

　急いで別の模本を取りにいき、一つずつ比べてみる。褚遂良、馮承素、虞世南の模本にはこの「僧」の字がない！

　まるで頭に棒をもらったように、裴玄静は経験したことのない悟りの刹那をへて、その激しい目眩《めまい》も去らぬうちに痛みがのこった。

ついに真相が分かった。

今日は裴度がいつもより早く帰って来たので、裴玄静はすぐに御機嫌をうかがいに行く。

顔色が思わしくない。「叔父様、何かおありですか？」

常になく早めに朝廷から下がったところを見ると、きっと朝堂と関わりがあるにちがいない。この場合、裴玄静は問うべきではなく、裴度も答えるべきではなかった。しかし、今日の二人は示し合わせたように慣例《ならい》を破った。

「本日、言葉を誤った」

「聖上に対してですか？」

裴玄静があまりに直接に問うので、裴度の顔がほころんだ。

「そうだ」

まるで「あなたのことを衝動に駆られやすいといつも言っているが、叔父の私も似たり寄ったりだよ」と言わんばかりだった。

すべては劉禹錫と柳宗元が再度降格されたことに始まる。

本来、二人が召し戻された時、皇帝は確かに二人を用いようと考えていた。だが、意外にも劉禹錫は大らかで生まれつき立場をわきまえる人ではなかった。長安を十年の長きにわたって離れていたのに、帰ってくるとすぐに玄都観で桃の花を愛《め》で、一首の詩を書いた。

【元和十年、郎州より京に至り、戯れに花を看る諸君子に贈る】
紫《みやこ》の陌《みち》に紅塵、面《おもて》を払い来て
看花《はなみ》より回《かえ》ると道《い》わざる人なし。
玄都観の裏《うち》、桃は千もて樹《う》うも
尽是《すべて》、劉郎去りて後《のち》に栽《う》えしを。[1]

愚か者でもこの詩の辛辣な風刺を読みとれるだろうし、嘲笑される対象は言うまでもない。劉禹錫は柳宗元と同じく、官途に挫折したとはいえ、文名は盛んだった。彼らが筆にした詩はどれも自然に広まっていく。

政敵たちは深い憤りを感じて、詩を陛下に献呈し、「詩語に譏《そし》りと怒りが見えます」と言い添え、玄都観に桃の花を植えた人はまさに李姓だったと皇帝を暗示にかけた。皇帝はただちに詔を下し、劉禹錫を再び播州に降格し、柳宗元を柳州に降格した。

1　原文：《元和十年自朗州至京戯贈看花諸君子》
紫陌紅塵拂面来，無人不道看花回。玄都観里桃千樹，尽是劉郎去後栽。

播州は大唐西南の僻地、山は深く、水は悪く、人煙も稀なところだ。劉禹錫には八十を過ぎた母がいて、随行するなら、その地で死ぬことになるのは疑いない。危急の時、劉禹錫の親友柳宗元が身を投げだし、連夜上書して劉禹錫と任地を取り替えていただきたいと求めた。自分が死地播州に行くかわりに劉禹錫を相対的に条件がよい柳州に行かせて欲しいと願ったのだった。

今日、延英殿において裴度は皇帝にこのことを申し上げた。陛下が二人をひどく嫌っていることを知ってはいたが、孝道から皇帝に御勧めしようと思った。

しかし、皇帝は反駁した。

「卿は朕に劉禹錫の八十になる母を顧慮せよと言うが、彼自身が詩を書いた時、なぜに老母や柳宗元のような友を想わなんだか？　朕はそのような者を助けて孝道を尽くさせることなどせぬ！」

皇帝の心はすでに決まっていた。裴度はあわてて口を滑らせた。

「この度、陛下が劉禹錫を御許しになるなら、母と子を永別させるに忍びないとの御考えであろうと、天下の人は知ることになりましょう。陛下の行いは劉禹錫に孝道を全うさせるだけではなく、陛下御自身の孝道を成すものでございます！」

この言葉が出ると、皇帝はもう裴度と口を利こうとはしなかった。

裴度は裴玄静に向かって嘆いた。「夢得と子厚を助けたい一心で、かえって御心を傷つけてしまった。わしの過ちであった」

「どうして聖上の御心を傷つけたことになるのですか？」

「玄静よ、『春秋』の〝鄭伯、段《だん》に鄢《えん》に克つ〟は読んだか？」

「はい」裴玄静の心が胸の中でとび跳ねた。「鄭伯、段に鄢に克つ」は「真蘭亭現」の第一の典故ではないか？

「鄭の荘公は母が弟の段《ドワン》を偏愛したことを恨み、かつて〝黄泉に及ばざれば、相い見《まみ》ゆることなし〟との誓いを立てた。知る人も少ないが、聖上もすでに十年、御母上の王皇太后に御会いになっていない」

「どうしてなのです？」裴玄静は驚いて聞いた。王皇太后は長く興慶宮に住んでいると聞いている。大明宮からわずかに二里坊の距離、毎日会いに行くこともできる。

裴度の口調が異常に重くなった。「十年前、王皇太后は先帝の柩《ひつぎ》の前で聖上に誓われた。〝黄泉に及ばざれば、相い見ゆることなし〟と。だから、聖上と御母上は間近に暮らしていながら生涯会うことはかなわぬ」

「王皇太后はどうしてそのような誓いをなされたのでしょうか？」

母親が終生自分の息子に会わないと誓うなど、そこにどれほど強い愛憎がこめられているのか、裴玄静には想像もできなかった。

裴度は首をふった。「つまり、今上に対して孝の一字を口にするのは、よくよく慎まねばならぬことなのだ。夢得と子厚を助けようとして、かえって窮地に追いやったかもしれぬことが気になる」そう言うと、ふと思い出したように言った。「玄静、何か用か？」

「いえ、何もございません。叔父上」

「本当か」裴度は裴玄静を推し量るようにうち眺めた。

「ほんとうです」たしかに叔父に言うべき話はなかった。

裴玄静はこの話を聞かせるのは一人しかいないと決めていた。

10

同じ香といっても、何とたがいに異なるのだろう。

二つの香を嗅げばどちらも忘れがたく、はっきりと異なる印象が残る。幻覚を起こす毒香は匂いが濃厚で沈鬱、一度吸いこめば目眩と吐き気をさそい、雲に昇って霧に乗るような陶酔をあたえるが、その中に溺れると抜けだすことはできない。しかし、龍涎香は軽やかで優雅、捉えがたいかのようでいて、それと知らずに肺腑にはいりこみ、凡俗の身が浄められ、ただ一つの誠の心をもって広々とした天宇の純潔と悲哀に呼応しているような心地がする。

龍涎は天子の香とはよく言ったものだと、裴玄静は思った。たしかに天子にしてこの香を用いることができる。

天子は西王母瑶池《ようち》の盛宴を描いた屏風の陰から歩みでた。

「大明宮すべての中で朕が最も愛するのは二つの宮殿である。一つは延英殿、すなわち朕がそなたの叔父と会うところである。もう一つはここ清思殿である」そう言ってまっすぐに裴玄静のところに歩いてきて、眼の前で問うた。「なぜ朕がこの清思殿を好むか分かるか？」

「存じません」

「当ててみよ」皇帝はくつろいだ口調で言った。「好きに申せばよい。間違いとて許す」

「すべて判断は了解した事実にもとづくものと思われます。わたくしめは大明宮、清思殿のことも了解いたしておりません。その上、陛下についても了解しておりませんのに、どうして判断ができましょうか？　むやみに推測をするのは……正誤の問題とは申せません」

皇帝は軽く笑った。「そのように難しく考えることがあるか？　しかも、朕はそなたが知っていることはもう十分多いと思っておる」

きっとそう言うのだろうと思い、答えを準備していた。

「わたくしめは陛下の御許しになることを知るのみでございます」

「ならば、言うてみよ」

「はい」

武元衡の贈った半部の『蘭亭序』からはじめ、金縷瓶、離合詩、永欣寺と弁才塔と、話をすすめていった。皇帝はじっと耳を傾けて遮らなかった。裴玄静が話を終えると言った。

「そなたの話の前段はすでに裴愛卿が朕に上書して来ておる。それによれば、そなたは長安を離れていた時、武愛卿が残した謎を放棄すると決めたそうである。その後……どうして謎解きを再開したのか、朕は知りたく思う」

裴玄静は恭しく答えた。

「左様でございます。わたくしめが長安を発つ前、すべてを叔父に告げました。ですが、叔父はただちにわたくしが大雁塔で手に入れた金縷瓶を偽物だと見抜いたのです」

そう言いながら腰帯につけた包みを解いて、金縷瓶を取りだすと両手で捧げ持つ。

皇帝は一瞥をくわえ、まったく興味がないとでも言うように首をふった。

裴玄静は金縷瓶をもとの包みに戻すしかなかった。

「叔父とわたくしでは判断できないのです。つまり、藩鎮が偽の金縷瓶を贈って武相公を騙そうとしたのでしょうか、あるいは武相公が御自身で金縷瓶をすり替えたのでしょうか。ですが、本物ではないのですから叔父はわたくしにこれを持たせて送り出しました。叔父は申したのです。わたくしには武相公の残した謎を解くことはもうできなくなったが、贈られた物はやはり大切にしなければならないと。ですが、思わぬことが起きました。長安を出ると跡をつけられていることに気づいたのです。しかも、わたくしが身につけた何かを探しているのは明らかでした。すぐに金縷瓶だと思いいたったのです」

皇帝は頷いた。「そなたの跡をつけたのは成徳の武卒、尹少卿であろう」

「その通りです。金縷瓶を探す者がいることに気づいた時、わたくしは身につけたこの偽物を餌として、蛇を穴からおびき出そうと決めたのです。金縷瓶を探す者こそ武相公を暗殺した者かもしれないのです！」

ややあって、皇帝は淡々と言った。「そなたは勇敢であるな」

裴玄静は頭を下げたまま黙っていた。

しばらくして、皇帝は言った。「武愛卿を暗殺した元凶どもは一人一人、みな首をはねた。網から漏れることはなかった。そなたも武愛卿の信任に応えられたであろう。金縷瓶のことはそれでよかったはずだ。しかし、どうして會稽に行ったのだ？」

裴玄静は面《おもて》を上げた。「陛下、それは尹少卿が梁の元帝の子孫にして、貞観の時、太宗皇帝のために『蘭亭序』真跡を騙し取った蕭翼の子孫だと気づいたからなのです。そして、突然すべてが『蘭亭序』に戻っていくことを意識したのです。わたくしめは武相公が残した謎が暗殺事件の真相に関わるものと信じていたのですが、この謎が『蘭亭序』自体と関わっていることには思い至りませんでした。その時、長吉はすでに亡く、わたくしめはもう憂いもない身ですので、この謎を解こうと心に決めたのです」

「して、謎は解けたか？」

裴玄静は言った。「陛下、武相公がわたくしに残した謎のなかで、もっとも重要なものは『真蘭亭現』の意味でございます。『蘭亭序』の真跡は太宗皇帝によって昭陵に副葬品として入れられていると世の人々はみな知っております。ですから、二つの角度から推測できるだけです。じつは真跡が副葬されなかったのか、誰かに盗みだされたかのいずれかです。数日前、韓湘がわたくしに教えてくれました。南詔国に所蔵されている別の『蘭亭序』のことを。そして、もう一つの可能性が存在することに思い至ったのです」

「何だ？」

「『真蘭亭現』は真跡が再び現れたことを言うのではなく、むしろその逆、わたくしどもが知っている『蘭亭序』、各種の模本で流伝している『蘭亭序』は本物ではないと言うことです」

皇帝は裴玄静をじっと見つめた。「では南詔国の『蘭亭序』こそ、本物だと申すのか？」

「許玄は王羲之の友でしたから、『蘭亭序』の真跡を南詔国に直接持って行ったかもしれませんが、これも推測にすぎません。真偽を判断する証拠はわたくしにはありません。ですが、韓湘が写していた南詔国の『蘭亭序』を見ると、少なくとも前半部分、つまり〝信に楽しむ可きなり〟までの部分は本物だと推定することはできます」

すこし間を置いて、裴玄静はつけ加えた。

「武相公の半部『蘭亭序』も同じことを示しているのです。その家人が言うには武相公がわたくしに贈った半部は欧陽詢の模本を写したものでした。そして、高祖皇帝の時に欧陽詢が編纂した『芸文類聚』を調べると、巻四に『蘭亭詩序』の文章があり、ちょうど〝信に楽しむ可きなり〟で終わっているのです」

「そうか？　だが、世に現存する『蘭亭序』の欧陽詢模本は完全なものではないか？」

裴玄静は頷いた。

「その通りなのです。あるいは、このような説明もできるのではないでしょうか。欧陽詢が『芸文類聚』を編纂した時、太宗皇帝はまだ『蘭亭序』真跡をもっていなかったのです。人々が知る『蘭亭序』の内容も前半部分に限られていました。貞観十七年に太宗皇帝が永欣寺の弁才和尚から『蘭亭序』真跡を得て、人に命じて臨模させた時に後半部分がつけ加えられたのです」

「それも理に合うであろう」

「……理に合わないのです」

皇帝の眼光が鋭く裴玄静を射た。「どういう意味だ？」

裴玄静は続けた。「欧陽詢が貞観十七年に『蘭亭序』の真跡を見つけて臨模していたら、なぜ『芸文類聚』の明らかな欠落を修訂しなかったのでしょう？　わたくしの知るところでは、欧陽詢は世を去る前までこの書物を修訂されており、後半『蘭亭序』を増補する機会もあれば時間もあったはずなのです」

皇帝は眉をしかめ、やや間を置いて言った。「すると、そなたはどう思うのだ？」

「陛下、太宗皇帝は弁才和尚から『蘭亭序』真跡を得たのです。では、弁才和尚はどこから『蘭亭序』を得たのでしょうか？　弁才和尚が智永和尚の弟子であることは知られています。そして、智永和尚はまさに王羲之の子孫ですので、弁才の『蘭亭序』は智永和尚から受け継いだもののはずだと、わたくしは考えているのです。くわえて、智永和尚は書法に造詣が深く、その先祖である王羲之の書法を一途に極め、智永の筆を王羲之のものと誤認するものが多くいたそうです。懐仁和尚の『集王聖教序』に含まれる多くの字がじつは智永の書いたものだという人までいるのです。その形と心まで兼ね備え、偽物が本物を乱すほどなので、懐仁和尚でさえ見わけられなかったのです。太宗皇帝が弁才から真跡を得る前に世間に知られていた『蘭亭序』は前半部分だけです。つまり、後半の『蘭亭序』は弁才から来ているのです。そうなると、一つの可能性が考えられるのではないでしょうか？　王羲之の書いた『蘭亭序』はたしかに〝信に楽しむ可きなり〟で終わっていたと。そして、後半部の内容はもともと王羲之の作ではなく……智永の手から出ているのではないでしょうか」

　皇帝は思わず目を大きく見開き、裴玄静を長い間見つめていた。清思殿は一片の静寂《しじま》となり、ただ二人の呼吸だけが聞こえた。裴玄静は頭をさげたまま、皇帝の問いただすような眼光を受けていたが、心は平静だった。

　とうとう皇帝が口を開いた。「智永の書いた文字と王羲之の作である前半部『蘭亭序』を一つに合わせた者がいるということだな？」

　裴玄静は頷いた。「陛下、その通りです。わたくしは欧陽詢の『蘭亭序』模本の後半〝當其欣於所遇〟の『欣』の傍らに小さな『僧』の字を見つけました。これは欧陽詢が残した印であり、後半部『蘭亭序』が僧であった智永の手から出ていることを示すものと思います」

　皇帝はつぶやいた。「王羲之と智永、二人は数百年を隔てておる。なぜ智永はそんなことをしたのであろうか？　あるいは弁才のしたことなのか？　偽造した『蘭亭序』で太宗皇帝の賞賜を騙し取るために？」

「そうでしたら、なぜ太宗皇帝は弁才相手に何度も謀をかける必要があり、ついに蕭翼を遣ってその智慧を頼まなければ『蘭亭序』を得られなかったのでしょうか？　弁才の行為は理が通りません」

皇帝は裴玄静を疑いの目で見た。「そなたはつまり何が言いたい？」

ついに、最も肝心な部分を言わなければならなくなった。

裴玄静は手のひらに汗をかいていた。じつは今日、彼女が大明宮まで来たのは明確な結論を得たからだった。その結論はすでに話したすべての推理にもとづくだけでなく、賈昌の壁に書かれた二百五十九の行書大字にも基づいている。しかし、問題ははじめて皇帝に会った時に嘘を言い、賈昌の部屋に入ったことはないと言ったことだった。それは壁に書かれた二百五十九字を見ていないと証言したことになる。この秘密は彼女自身、そして禾娘と崔淼のほかに誰も知らない。今にして思えば、まさにあの時のほとんど本能的なまでの反応が彼女に動き回る余地をあたえ、さらに三人に一縷の助かる望みを与えた。

裴玄静は心を整理して叙述を再開した。

「陛下、わたくしは『蘭亭序』の真相を確かめるために永欣寺に参りました。永欣寺の方丈無嗔《しん》と弁才塔の中で一度会いました。当時、無嗔は塔の中に巨大な尺牘《せきとく》をかけていて、無理だとは思いましたが、その字の内容を覚えました」

皇帝は剣眉をつりあげた。「裴大娘子も目にしたものを忘れぬと言うか？　よかろう。その文字はどんな内容であったか？」

裴玄静は答えた。「『蘭亭序』に似た文章でした」

「『蘭亭序』に似た文章とな?」皇帝は御案を指さした。「書いてみよ」

すぐにこの金粉を混ぜた麻紙だとわかった。思い起こせば、皇帝自身が王羲之を臨模した書も良いものだった。

裴玄静は集中して一筆一画と書き始めた。

　夫人之相與，俯仰一世，或取諸懷抱，悟言一室之內；或因寄所托，放浪形骸之外。雖趣舍萬殊，靜躁不同。秦望山上，洗硯一池水墨；會稽湖中，乗興幾度往来。仰觀宇宙之大，俯察品類之盛。居足以品参悟之楽，遊足以極視聽之娯。

　當其時也，余与欣安於所遇，暫得於己，快然自足，不知老之將至。及其所之既倦，情隨事遷，感慨係之矣。

　及弟欣先去，向之居遊動靜，於今水枯煙飛。俛仰之間，已爲陳跡，猶不能不以之興懷。況修短隨化，終期於盡。古人云：〝死生亦大矣。〟豈不痛哉！每覽昔人興感之由，若合一契，未嘗不臨文嗟悼，不能喩之於懷。固知一死生爲虛誕，齊彭殤爲妄作。後之視今，亦猶今之視昔。良可悲也！

　雖世殊事異，所以興懷，其致一也。後之覽者，亦將有感於斯文。[1]

1　和訳は上巻五二～五三ページを参照。

書き終わると、皇帝が御読みになっている間に、傍らからこっそりと数えた。まちがいない。ちょうど二百五十九字。

皇帝は読み終わった。「これは何だ？」その平淡な口調には褒貶もなければ喜怒もない。

「わたくしはそれを『俯仰帖』と呼んでいるのです」

「『俯仰帖』？」

「あの日、弁才塔でこれが大きな絹の上に書いてあり、その中に二つ光を放つ字がありました。その二字が『俯』と『仰』です」

皇帝はまた御案の上の字を一瞥した。「この文には少なからず『蘭亭序』の句が混ざっておるが、似て非なるものである」

「そうです。『俯仰帖』の大部分は『蘭亭序』の後半部と重なっていると言うこともできます」

「そなたは『蘭亭序』の後半部は智永和尚の筆から出たのかもしれぬと言った。では、この『俯仰帖』も智永が書いたものであろう？」

裴玄静は深く息を吸って言った。

「陛下、太宗皇帝が蕭翼をつかわして弁才から獲得したものこそ、この『俯仰帖』であり、王羲之『蘭亭序』ではまったくないと思うのです！」

11

もう一度、清思殿に長い静寂が訪れた。たがいの呼吸が聞こえるほどの静けさ、龍涎香が悠々と漂い、その空気のかすかな波が捉えがたく肺腑に沁み入ることすら感じられるほどに。

再び口を開いた時、皇帝の声には相変わらず揺らぎも驚きもなかった。「ならば、朕に解いてみよ。なぜ『俯仰帖』が『蘭亭序』に変わったのだ？」

裴玄静は面をあげた。顔色は蒼白だがはっきりした口調で答えた。「陛下には恐れ多い考えをお許し頂ければと存じます。わたくしめは……まさに太宗皇帝こそ智永和尚の『俯仰帖』を王羲之の『蘭亭序』に変えたと思うのです！」

「なんと？　なぜ、太宗皇帝が左様なことをした」

「何故かは分からないのです」

「分からぬだと？」皇帝の声色が突然厳しくなった。「ほしいままに太宗皇帝を中傷するか?!」

「お許しください！」裴玄静は跪いて叩頭した。

しばらくして、皇帝は怒気を平らげてやや穏やかな口調で言った。

「よかろう。世に『俯仰帖』なるものがあるのは確かであろう。『俯仰帖』の少なからぬ文字が『蘭亭序』の後半部と重なることもよい。だが、そなたの先ほどの推理は信服することができぬ。朕も反対に言うことができる。『俯仰帖』の方こそ、まぎれもなく智永が『蘭亭序』によって書いたもの。これに反論する理由があるか？」

「あります」

「言うてみよ」

「まず、貞観十七年より前、残された文献に載っております『蘭亭序』は南詔国に伝わった『蘭亭序』のようにみな前半部分だけです。ですが、貞観十七年に蕭翼が蘭亭を購《あがな》う事件が起こると、『蘭亭序』はわたくしどもの今日見る形になったのです」やや戸惑って裴玄静はしっかりと言った。「次に太宗皇帝御自身の行為がわたくしめの推測を裏付けているのです」

皇帝は冷笑して問うた。「太宗皇帝のどのような行為だ？」

「陛下、太宗皇帝は千古の一帝、大唐開国の明君であらせられます。かような明君は必ず御自身の名誉を惜しむもの。ですが、『蘭亭序』のことにかぎっては常に反し、御自身が蕭翼をつかわして弁才の家宝を巧みに奪うありさまを、閻立本に命じて絵を描かせ、広く流伝させたのです。じつは、太宗皇帝にはまったくその様になさる必要はありません。そうではありませんか？　閻立本の絵がなければ世の人々は永欣寺で起こった一切をどうして知り得ましょう？　だから、わたくしめは太宗皇帝の為され様はじつに不可思議だと思うのです」

　やや間があって、皇帝は問うた。「それだけか？」

「まだございます。太宗皇帝は『蘭亭序』を手に入れてから真跡を誰にも見せず、わずかに人に臨模させ、その模本を朝臣と皇族に鑑賞させたのみでした。これも疑問の一つです。太宗皇帝がいたく『蘭亭序』を愛されたという話を信じるとしても、真跡を人に示さないことに非常に疑問を感じます。そこに置いて皆にひと目見せるのに、何の問題がありましょう？　最後に太宗皇帝の遺命です。『蘭亭序』真跡は昭陵に入れられ、これよりその姿を見るものもありません。ですから、徹頭徹尾、太宗皇帝が手に入れられた『蘭亭序』真跡は御自身のほかに蕭翼と数名の臨模者が見ただけなのです」

　すこし間をおいて、裴玄静は皇帝をまっすぐに見た。

「あなた様は本当に疑わしいと思わないのですか？」

　皇帝は今度は激怒しなかったが、その問いに直接答えようとせず、かえって問い返した。

「仮にそなたの言う通りだとすれば、蕭翼と褚遂良等はいわゆる『蘭亭序』の真相を知っていたことになる。どうして沈黙を守ったのだ？」

「蕭翼はこれにより多くの賞賜をもらい、官位も上がりました。どうして天下の大悪を冒すことがありましょう？　まして、かつて王羲之の墨宝を毀損した梁の元帝はまさに彼の祖先なのです。蕭翼が『蘭亭序』の真偽についてしゃべることは絶対にありません。数名の臨模者に至っては、すべて太宗皇帝の側近や朝臣で瓶のように口をつぐむことは当然心得ています。ですが、欧陽詢は例外でした。『芸文類聚』のなかに『蘭亭序』の本来の姿をのこし、さらに模本に小さな僧の字をわざと付け加えたのです。わたくしめはこれこそ彼の良知の在処だと思うのです」

「もうよい！」皇帝は怒鳴りつけた。「先帝を妄議することを許すべきではなかった。好き放題に言いおる」そう言うと、不思議な口調に変わって続けた。「この話、そなたは裴愛卿に言ったか？」

「いいえ」裴玄静は即答した。「長安を離れてからすべて一存で行い、叔父は何も知りません。帰ってからも何も申しておりません」

「しかし、そなたは朕にすべてを話した。なぜだ？」

裴玄静は表情のない皇帝の顔を見た。「最も重要な問題に答えられないからです」

「どのような問題だ？」

「動機でございます。陛下、どうしても解らないのは、なぜ太宗皇帝が『蘭亭序』を偽造しなければならないかです。動機を探し出せなければ、わたくしめの推断はすべて源なき水も同じなのです」

皇帝は冷ややかに言った。「そこで、そなたは勢いづいて朕の先祖、大唐開国の明君を誹謗しに来たのか？　フン、今すぐ凌遅刑に処することもできるのだぞ」

極度の恐怖が裴玄静の頭を空白にしたが、すぐに意識をまとめあげ、気丈に答えた。

「いいえ、わたくしめは如何なる人も誹謗しておりません。ただ真相を求めるのみ。しかも、今まで言ったことはみな手がかりから導いた推論なのです。それが必ず事実であるとは言っておりません」

皇帝は一字一句区切って言った。「死ぬのが恐ろしくないか？」その時、皇帝の美貌と残忍は人を驚かすほどの調和に達し、裴玄静は思わず目を伏して、もう一度見たいとは思わなかった。

彼女は認めた。「恐ろしいです。やめてしまおうかとも思いました。謎の答えに近づくほど恐怖も鮮明になってきました。ほとんど耐えられないほどに」

「だが、やはりここに来た。なぜだ？」

「謎の答えを知りたいのです。そして、陛下の助けがなくては、この謎を解くことは永遠にできないと解っているのです」

皇帝は嘲笑した。「そなたはやはり……執拗であるな」

「はい」裴玄静は目線をあげた。「ですから陛下、わたくしの推測は正しいのではないでしょうか？　現存する『蘭亭序』は確かに太宗皇帝が捏造したものです。王羲之の原文は宮中に模本か拓本があるはず。そして、真跡はもしかしたら韓湘が南詔国で見たあの一幅なのかも知れません。太宗皇帝は王羲之『蘭亭序』の原文を前半部分にし、これに弁才の手から得た智永の『俯仰帖』の内容をあわせ、虞世南等に模本を作らせて世に広めたのです。陛下、太宗皇帝はなぜこのようになさったのですか？　その原因こそが本当の謎なのです。この謎を解けるのは陛下だけでございます」

皇帝は長い間沈黙していた。午後の陽が大殿に射しこみ、温かな絢《あや》の中、舞い踊る塵が見えたような気がした。何故かふいに裴玄静は劉禹錫の句を思い出した。

旧時の王謝、堂前の燕
飛んで尋常百姓の家に入る[1]

なんと清《す》みわたり、なんと美しい……塵世。

平等はどこにでもある。大明宮の塵と昌谷の茅屋の塵にちがいはない。たとえ、眼の前にいる人が天子という貴い身分であり、いつでも自分の生命を奪うことができても自分がその人より卑しいことを意味しない。実際、その人と話すことができた。

1　原文：旧時王謝堂前燕，飛入尋常百姓家。（劉禹錫「烏衣巷」）

弁才和尚から始まった冤罪を白日のもとに引き出す力は自分になくても、あの至高無上の眼を直視して言うことはできたのだ。言ったところで、真相がこの清思殿の外に出ないことは解っている。しかし、真相にはそれが存在する理由があるということに彼女は固執していた。たとえ、二人の間だけであっても。

皇帝はついに口を開いた。「いや、朕は謎の答えを言いはせぬ。いま、そなたに死を給いたくはないからだ」

「陛下！」

「そこまでだと言ったのだ」皇帝は首を振って彼女を制した。「本日より、娘子は大明宮に入り、朕に目通りした者となった。今はそなたの身の振り方を話そう」

生命はとらないが、条件がつくということが分かった。

裴玄静は身を投げ、叩頭して言った。「わたくしめはすでに発願し、道観にて修行しております。この上は陛下にその許しを願いたく思います」

「道観に入ると？」

「はい、陛下。父亡き後、玄静はすぐに道観に入りましたが、李長吉とすでに婚約がありましたゆえ、道観を出て嫁ぐ準備をしておりました。いま、すでに長吉も逝き、紅塵に未練はなく、これより道を修めて俗世との関わりを断ちたいと存じます」

皇帝は彼女をじっと見つめ、間をおいて言った。

「それは、よく考えたことであろうな」

「そうでなければ、どうして陛下に会いに参りましょう」

皇帝はうなずいた。「修道か、それもよかろう。朕に異存はない。ただ、そなたの叔父が何と申すか……」

「玄静はもとより道観から出て参りました。自分の意志はすでに決まっております。叔父も決して阻まないと思います」

「それでよいのだな？」皇帝の口調にはかすかな躊躇があった。「だが、朕はそなたのような女名探偵を必要としておる。もし求道に専心し、俗務を問わないとなれば、それも甚だ惜しい……」

「陛下は玄静に何をせよと？」

「金縷瓶の行方を追わねばならん。このほかに『真蘭亭現』の離合詩が武元衡の手から出たのでなく、誰にも知られず朕の机上から出たのであれば理由を調べねばならぬ」

裴玄静は驚いた。「離合詩……」

「そうだ。朕は武愛卿に調べさせていた。しかし、突然、暗殺事件が起こり、武愛卿はその手配を朕に伝えることができなかった。だが、朕のためにそなたを選んだ。いま見るに娘子のみがこの任を担えるであろう」

裴玄静はやや考え、鄭重に答えた。「わたくしめがその任を担いたく思います」

皇帝はふたたび、あいまいな表情を浮かべた。「本当か？　朕を恐れているからでは……」

「陛下！」裴玄静は言った。「陛下は天子であらせられ、大唐の皇帝であらせられます。そのようなことを問う必要はございません」

皇帝は彼女を顧みた。軽蔑の中に捉えがたい一抹の優しさが垣間見え、氷が少しずつ融けていくようだった。

ついに皇帝は言った。「日暮れも近い。もう退《さが》るがよい」

「はい」

「……待て。先ほど、なぜ朕がこの清思殿を好むか当てられるかと問うた。それを教えておこう」皇帝は興を覚えたように裴玄静に手招きをして屏風の裏につれていく。

「見えるか？」

驚くほど大きな玉石の机の上に精巧な楼閣の模型が置いてある。

「そなたも凌煙閣について聞いたことがあるであろう？」

「もちろん聞き及んでおります。凌煙閣は太極宮の中にあるのではありませんか？」

「そうだ。だから、朕はこの模型を作らせて清思殿に置いた。そうすれば毎日見ることができよう」皇帝は深い感情をこめて言った。「朕は藩鎮を平定し大唐の中興をなすという誓いを立てた。勝利の日には、すべての功臣を凌煙閣に招いて宴を張るつもりだ。

かつて、武愛卿にもこの話をしたが、惜しいことにもうその日を見られぬ……裴愛卿にも同じ話をしてある。いつかその日が来るものと朕は信じている」

裴玄静は黙って精美この上ない楼閣を見つめていた。たとえ、それが小さく縮めた模型でも、沸きたつ心を抑えられない。

「長吉の詩に真意がある」と言った武元衡の話を思い出した。

なるほどその詩とは「君に請う暫《しば》し上れ、凌煙閣。若個《いずれ》の書生、万戸の侯となる」[1]なのだ。

12

裴玄静が清思殿を退出したあとも、皇帝は考えに沈んでいた。

半年前のあの日、皇帝は突然、御案の上に一編の詩が置いてあったことに気づいた。山と積まれた奏表の中に差し入れてあったのだ。詩の内容は晦渋で、皇帝は気にとめていなかったが、自分の机に来歴不明のものが現れたことにやはり不安を感じた。当時、吐突承璀はまだ都に戻っておらず、内侍省に命じて数ヶ月ひそかに調査させたが、成果

1　原文：請君暫上凌煙閣，若個書生万戸侯。（李賀「南園十三首・其五」の一節）

はなかった。やむをえず、武元衡に詩を与えて、何か手がかりをつかむものと期待していた。

武元衡はこの任務を受けるにあたり、皇帝に法三章を約束させた。解決にかかる間は皇帝も催促してはならぬこと。皇帝はそれを許した。一日一日と過ぎてゆき、淮西の戦さも切迫し、皇帝もほとんどそのことを忘れた頃、武元衡が賄賂を受けたとの上奏が届けられた。そこに書かれた金縷瓶は皇帝の注意を引いた。その中に何か関連するものがあると感じたのだ。皇帝は武元衡を問いただしはしなかった。一つには干渉をしないことを承諾したからであり、もう一つは武元衡に対する疑いが露わになることを望まないからだった。皇帝は最大の信任を武元衡にあたえ、謎の答えを持ってくる日を待っていた。

しかし、彼を待っていたのは武元衡の死の報だった。

今思えば、武元衡は皇帝に謎を解くのにうってつけの人物を見つけてくれたのだった。皇帝は裴玄静との会話をくりかえし咀嚼し、後味の悪さを感じていた。頭のなかで裴玄静の言葉が渦を巻いている。「陛下、太宗皇帝はなぜこのようになさったのですか？その原因こそが本当の謎なのです。この謎を解けるのは陛下だけでございます……」

この謎に答える前に、まず別の一件を明確にしなければならない……賈昌の壁になぜあの二百五十九字の行書大字があったのか。

裴玄静はあの文章に『俯仰帖』というおかしな名をつけたが、皇帝は笑えなかった。先帝がそれを賈昌の部屋の壁に書いたことを知っていたからだ。

先帝はなぜあのようなことをしたのか？

きっと王伾、そして王叔文であろう！

この二人のことを思い出すたびに、皇帝は歯がみをする思いに苛まれる。王伾は書法の大家で、王叔文は會稽の出身である。この二人が一つになると『蘭亭序』の背後にある秘密を洞察できよう。まして、智永が当時作った『俯仰帖』が外に流伝していないと誰が保証できようか。智永の民間における声望は王羲之に劣らない。いや、書法の幅を広げたと言う点で庶民の間における智永の名声は王羲之を越える。

だから、太宗皇帝は捏造した『蘭亭序』を『俯仰帖』に取りかえる必要があったのだ。『俯仰帖』は確かに民間に流れていて、もはや滅ぼすことなどできない。しかし、『俯仰帖』を『蘭亭序』に混ぜたものが世に出れば、皇家の力で『蘭亭序』を千古の一帖とし、ゆるがぬ至高の地位をもたせることができる。そうなれば誰かが『俯仰帖』を取りだしてきても『蘭亭序』から剥離した偽作とされる。

こうして偽物が本物になり、本物は永遠に偽物となる。

この目的を達するためならば、太宗皇帝は自らの名声を傷つけることも厭わなかった。なぜ、それほど『俯仰帖』の存在を容認できなかったのかは別の物語なのだ。

皇帝の口が冷笑で歪んだ。もし裴玄静がこの時の彼を見たら想像をこえる凶相に身を震わせたにちがいない。

皇帝は十年前を回顧した。

その年の正月に祖父が崩御し、二月に父が位を継いだ。波瀾万丈の八ヶ月の後、李純が皇位につき、さらに四ヶ月後、父は太上皇の地位のまま逝去した。

この都合前後十二ヶ月はまさに、李純がもう思い出したくもないのに逃れられない貞元年間なのだ。

貞元年間といえば、祖父徳宗皇帝が父に不満をいだき、その太子を廃して、眼をかけていた叔父——舒王にその嗣位を渡したいと思っていることが朝野に知れわたっていた。当初は李純も不安を覚え、父が皇帝に即位できなくなること、そして自分というその未来の継承者も機会を逸することを深く恐れた。そのため、父を激しく恨んだほどだ。李純はこう思った。父は軟弱で病気がちの人だったせいで、自分から先手を打って渦中に飛び込まざるを得なくなり、本来自分に属する皇位を奪いとるために命をかけて闘わなければならなかったのだと。

父の長すぎる二十五年にわたる太子の生涯のなかで、李純が見た父の最大の特徴は……疲労と倦怠だ。それも李純が最も認められないところだ。だから、わずか二百日で父が自分に位を譲った当初、すこしも内心の疚《やま》しさを感じなかった。父は重病で政治などできないのだから皇位を譲るべきなのだ。列祖列宗と天下臣民は為すところない皇帝など受け入れないと堅く信じていたからだ。

「二十五年」と「二百日」、この時間の対比には残酷な意味があり、彼はそれをずっと避け続け、良心の苦しみから逃れようとしてきた。しかし、最近、この苦しみがまさに身体の奥深くで目覚めていた。

十年前、病で動けず言葉も発せられなくなった父は祖父の手から皇位を渡され、その後、皇位は自分に渡された。父に対して自分はある種の理解と同情、感激、そして敬意すら確かにいだいていた。

蒼天も鑑《かんがみ》るべし。皇帝は内心で死去して十年になる父と和解しようとしていた。だが、今日、『蘭亭序』の謎が徹底的に彼の考えを変えてしまった。

皇家の中に和解などない。高祖皇帝と太宗皇帝、則天武后と中宗皇帝、睿《えい》宗皇帝、そして玄宗皇帝と粛宗皇帝のように！　彼ら李家の父と子、母と子の間にすら、永遠に和解など存在しない。まして寛恕などないのだ。

13

吐突承璀は少し酔っていた。

酒気の漂った身は陵園に入ることを決して許されず、李忠言は陵園の外にある更衣殿で彼と会った。吐突承璀も自分の行為が適切ではないと分かっていたから、じっくりと何杯か熱い茶を飲んで頭をはっきりさせたが、心は依然として平静にならない。

胸に鬱結したものを吐きだす必要がないなら、彼とてこのように狼狽して李忠言と会わなくてもよいのだ。

皇家の機密を知りすぎると、吐突承璀が気を許して話せる生者はもはや見いだせなかった。だが、李忠言だけは生きていながら死者と同じなため、意外にも豊陵が安らぎの場所となり、黙って話を聞いてくれる李忠言がこの世において欠くことのできない「友」となっていた。

今日、彼には吐きだしてしまいたい話があった。

「聖上がなんと郭貴妃に頭をさげたのです!」吐突承璀は悔しそうに言った。

「第三皇子を太子に立てただけではないですか」李忠言は同調しない。「三皇子は嫡子ですから太子に立てられても不思議はありますまい」

「しかし、それで郭家の願いをかなえてやったのです!　郭貴妃も御満足でしょう」

「それはよかったではないですか」

「フン!」吐突承璀は言った。「体面を繕うために、澧《れい》王みずから太子の地位を三弟に譲る旨の上奏を書くようにとの仰せでした。私にそれを補佐せよと。まるで……」

李忠言は淡々と言った。「それは玄宗皇帝の長兄であられた寧王が太子を辞退させられたことにならうものでしょう。そうしてこそ、澧王も今後の日々が過ごしやすくなると聖上が御考えをめぐらせてのことではありませんか」

「いずれにしろ、承服しかねます！」

「承服しなくても、別にあなたの出番はありますまい」李忠言は軽蔑の笑いを浮かべた。

「それはそうとして、聖上はなぜ突然そんなことを思いついたのでしょう？」

吐突承璀の眼が光を帯び、李忠言の耳もとで言った。「これは天下の大秘密！　前回私が先帝の筆墨を持ってきたのを覚えているでしょう？」

「もちろんです。先帝がどうされたのです？」

吐突承璀は溜め息をついた。話すと長くなるのだ。

つまるところ、太宗皇帝の貞観十六年に遡らねばならない。太宗皇帝が重ねて命じたので、魏徴は太子李承乾を輔佐することに同意した。魏徴にしてみれば感傷的にならざるをえない任だった。数年前、力を尽くして補佐した太子李建成がまさに太宗皇帝李世民の手で死んだのだ。李世民は兄の手から後継の地位を簒奪したが、明君の典範を樹立するために、かつて李建成の輔臣だった魏徴を麾下に入れた。

魏徴を李承乾太子の太師に任ずる時、まさに千古に範を垂れることになる貞観の治も十六年目に入っていた。大唐の国力は日々盛んになり、海は澄んで河は清らか、君は明君、臣は良臣、血なまぐさい往事も煙のように消え、魏徴の心にふいに浮かぶのは、一抹の恐れと望外の喜びがないまぜになった感情だった。

しかし、宿命の循環は避けられない。太子李承乾が何度も徳を失い、魏王李泰《リー・タイ》の声望が高まっていた時、魏徴は自分の補佐する第二太子が李建成の轍を踏んでいるのをまざまざと見るように思った。もし今回、太宗皇帝が後継者の問題をうまく処理できなければ、皇権の争奪は李唐王朝が永遠に避けられない落とし穴になり、代がわりの度に宮廷で政変が起こり、血なまぐさい惨殺によって、問題を解決するようになるだろうと予感した。それは恐ろしいことだ。

公私両面で魏徴は李承乾太子の地位を守ろうとしなければならなかったが、すでに重病にかかっており、時は少なく、方法はさらに少なかった。

ちょうどその時、魏徴は智永和尚がその弟智欣を追悼した『俯仰帖』を手に入れた。篇中では物に感じて人を悼《いた》み、昔をもって今を懐《おも》い、祖先の王徽之と王献之の兄弟の情に照らして、弟の智欣を回顧していた。

太宗皇帝はたいそう書法を愛した。戦乱後の民力を養う国策では民に書法を学ぶことも勧めた。とくに崇拝した王羲之には「書聖」の地位を独自に捧げた。魏徴は『俯仰帖』を手に入れてから、ハッと閃くところがあり、『俯仰帖』を刻印して広めることを名目に「手足の親情、天地これを鍾《あつ》む」の理念を天下に宣べ伝え、「立嫡《りっちゃく》は長を以てし賢を以てせず」という皇位継承の規則を一歩進んで確立して、あの玄武門の変が二度と起こらないようにしたいと願った。かつて智永が全国の寺院を周遊して『真草千字文』を広めたという壮挙にならい、自分も全国各地を周遊して『俯仰帖』を広める活動をして気勢を盛んにしようとさえ思った。

しかし、魏徴はこの計画を実施できずに突然長逝した。

太宗皇帝はやはり彼の計画に気づき、しかも、李承乾の廃嫡を決心した。太宗皇帝は心を痛めた。それは魏徴のために手ずから書いた墓碑銘を、口実をつけて覆すほどであった。二人で手を携えて君臣関係の模範を作り上げてきたにもかかわらず、魏徴は最後まで心の内で、かつての自分の行動を認めていなかったことに気づいてしまったからだ。これほど多くの風雨を共にしても魏徴は「手足の情は深し」に固執していた。つまり、魏徴は死ぬまで自分のことを実の兄弟を謀殺した殺人者と見なしていた。もし『俯仰帖』が世に流伝すれば、それは太宗皇帝が兄弟を殺した罪状の絶妙な風刺となる。

太宗皇帝が最も受け入れられなかったことは、魏徴も彼を生涯恨んでいたことだった。

結局、その計略を誰が太宗皇帝に提案したのかは、もはや証明することはできない。太宗皇帝は『俯仰帖』と『蘭亭序』をつなぎ合わせて新たな『蘭亭序』を作り出した。しかも、虞世南等に模本を作らせると皇子たちにも分け与えた。

真相を隠滅させる最善の方法は、何もそれを滅ぼそうとするだけではなく、さらに美しい仮の姿に取りかえるという方法もある。

まったく新たな『蘭亭序』が世に現れると、ただちにその凡俗を超脱した美しさは天下の人々を征服した。さらに太宗皇帝自身がその波を大きくし、みずから編纂した『晋書』の王羲之に関する部分にその書法を賛美して「煙は霏《たなび》き露は結び、状《すがた》は断つが若《ごと》くして還《な》お連《つら》なる。鳳《おおとり》は翥《と》び龍は蟠《わだかま》り、勢は斜《ななめ》の如くして反《かえ》って正《まっすぐ》なり」と書き、つまり善美をつくして褒め称えた。

『俯仰帖』原文にあった肉親を深く思う部分は「今の人の為す所、後人も同じく感ず」にねじ曲げられた。太宗皇帝が王羲之の賛辞に書いた「勢は斜の如くして反って正なり」は彼が表そうとした真の考えであった。

粛翼が『蘭亭序』の真跡を騙し取る様子さえも、閻立本に命じて絵巻物に描かせ、醜聞を美談に変えたのだ。結局人々は『蘭亭序』の美と太宗皇帝の智しか覚えておらず、弁才和尚の悲劇の退場がそれを引き立てる。いかなる勝利も犠牲を必要とし、大事なことは我々が正しい側に味方することだ……。

吐突承瓘の長い物語に耐えられなくなって、李忠言は口をはさんだ。

「その話は先帝とどんな関係があるんですか？」

「あなたも分かるでしょう。はじめ、先帝が聖上を太子にした時はつまり〝立嫡は長を以てす〟という言葉によるものです。先帝ご自身が太子となられたのも〝立嫡は長を以てす〃によるもの。だから、永貞元年の時、王叔文と王伾は先帝が太子を立てるのを妨害し、大権が他人に渡るのを憂えて『蘭亭序』の真相を利用して何かの企みをしようとしたのです！」

「彼らは『蘭亭序』の真相を知っていたのですか？」

「王伾は知っていたようです。先帝もおそらくご存じでした」

李忠言は頷いた。「分かりました。だから今上が即位されると、すぐに王伾を除いたのです」

「そう。しかし、先帝は全ての実情を聖上に伝えるのを拒んだので、聖上の御心にはずっとわだかまりが……」

「あの時、先帝の病があれほど重篤だったことを知らぬわけではありますまい。それをどうやって話せと！」李忠言はやや激昂したようだ。

吐突承璀は口ごもった。「話そうと思えば、やはり話せたでしょう」彼はずっと李忠言をすこし恐れていた。とくに話が先帝のことに及ぶと、李忠言の表した忠誠はいつも彼をひるませ、なおさら共鳴してしまう。

李忠言の先帝に対する思いは、吐突承璀の聖上に対する思いと同じなのだろう。

李忠言はさらに尋ねた。「まさか『蘭亭序』の真相が最近暴露されたわけではないでしょう？」

「危ういところでした。だから、聖上は後継者の問題を徹底的に解決しようと決心したのです。夜長ければ夢多しというように、事が長引けば何が起こるか分からず、意味のない流血も起こるやも知れず、これを避けようとなさったのです」

「そうでなくてはなりません」

吐突承璀はまだ眉をしかめたままで不満そうに言った。

「私にはやはり分からぬところがあります。『蘭亭序』の真相が漏れたとしても、それでどうなるでしょうか？　太宗皇帝の威名がある以上、一体どれだけの人が『蘭亭序』を偽造したということを信じるでしょうか？　それに太宗皇帝が『蘭亭序』を偽造したところで、われらが大唐はすべて太宗皇帝が創りあげたもの、一幅の字帖が何でしょう！」

李忠言は彼をしばらく見つめ、突然笑った。

「その二つの問いには、私が答えてみましょう」

「うん、どうぞ」

「まず、あなたの言ったことは間違っていません。いくら『蘭亭序』を天にまで祭りあげたところで、一幅の字帖にすぎない。街を攻めることもできなければ、土地を奪うこともできず、家に置いて眺めるだけです。だから、それが本物であろうが偽物であろうが、そのこと自体は大きな問題ではない。民も気にしません。しかし、問題はまさにあなたが言った言葉の中にある」

「どの言葉です？」

「われらが大唐はすべて太宗皇帝が創りあげたもの、一幅の字帖くらい創作できないわけはないでしょう？　というところです」

「ええ、その言葉に間違いがありますか？」

李忠言は一瞬笑った。

「われらが大唐はすべて太宗皇帝が創りあげたもの、だから、一幅の字帖も創作できるのです。魏徴との君臣関係も創作できる。貞観の治でさえ、もちろん創作できるのです」

「黙りなさい！」吐突承璀は顔を蒼白にして思わず周囲を見回した。更衣殿はがらんとして、彼と李忠言の二人のほかには、遠くで小太監が一人、茶炉のまえに跪いて火の番をしているだけだった。吐突承璀は口調をゆるめると低い声で言った。

「生きているのが厭になったのですか？　そんな大逆不道の話をするなど……」

「吐突中尉の疑問を解いて差し上げようとしたまでです」

「もうやめましょう」そう言って吐突承璀は拒むように手を振ったが、しばらくして、やはり我慢できなくなり、李忠言に近づいた。

「まだありますか？」

「もちろん」

「続けてください」

李忠言は悠々とした口調で言った。「民が『蘭亭序』の真贋を気にしないといっても、朝廷にいるあの進士出身や、詩書を読み飽いている重臣はちがいます。あの人たちは字帖に興味をもつだけでなく、魏徴がしたように、その字帖を利用して大騒ぎを起こそうという馬鹿げた考えを抱きます。自分たちこそ聖賢の道理を理解していると思いこんでいますから、聖上に彼らの思うような政治をさせたがるのです。彼らの意に背いた日には暗君の帽子を無理矢理かぶせられてしまう。聖上は明らかに二殿下を好きなのに、三殿下を太子にせざるを得なかったのです。それは『蘭亭序』の真贋のためではなく、これらの人々の態度のせいなのです！　昔の魏徴、今の武元衡、権徳輿、裴度……あ、それにあの韓愈など……『蘭亭序』の真贋における鍵となる病巣は、実はこういった士人や重臣なのです！」

吐突承璀は口をぽかんと開け、しばらく茫然としていた。

李忠言はただそこに座っていた。目的を達成して心は落ち着いていた。吐突承璀が自分の話におひれを付け、うまく作りかえて皇帝の耳にいれるだろうと疑わなかった。朝廷の重臣を中傷する機会があれば、吐突承璀はぜったいに余力を残さない。武元衡は死んだが、ほかの者はまだ生きている。今回の『蘭亭序』が起こした波風によって、皇帝の朝臣に対する信任はきっと大いに目減りするだろう。凌煙閣に上っていた魏徴でさえ、最後はあんな退場となった。他の者はどうなることやら。

吐突承璀は我に返って言った。「もう行かなくては」

李忠言は言った。「立太子の心労を下ろされ、御心はさぞかし好転なさったのではないかな？」

「いや、さほどとも思われません」

李忠言は微笑んだ。「この者を聖上のもとに連れて行かれるとよい。龍顔も大いにほころぶと存じます」

「誰です？」

李忠言は傍らに跪いている陳弘志を指さした。「この者です」

「彼ですか？」

「本日の茶は楽しまれたかな？」

「もちろん。あなたの御手前でしょう」

「私ではありません。彼がしたのです」

吐突承璀は眼をみはった。「あなたが教えたのですか？」

李忠言は含み笑いを漏らした。

「ハッハハ、それは好い！」吐突承璀は愉快に膝を叩いた。

「結構！　聖上もさぞかしいたく喜ばれることでしょう！」

14

中秋にあたるその日、西市と東市では雑劇が出る。昼食をすませると、裴玄静は道観にいた煉師に李弥を連れて遊びに行かせ、自分は道観にのこった。聞こえよく言えば、留守番だった。

金仙観は長安ひろしといえども、最も安全な道観だろう。いつも金吾衛が門番をしているので、裴玄静のような一介の女子に留守番をさせる必要はあるまい。ただ外出できないだけだった。

この皇家の道観で裴玄静が修道することは、皇帝が直々に指定して、彼女も命にしたがった。初めて皇帝に会った時から自分は彼の囚人なのだから、これからもそれはずっと続いていくのだろう。これも『蘭亭序』がもたらした結果だったが、裴玄静は当然と思った。もう変えられないなら受けいれるまで。

金仙観に入ってすぐにいろいろな噂を伝え聞いた。皇三子李宥は正式に皇太子に立てられた。裴度は削藩の重責を全面的に負うことになり、淮西と成徳に対して同時に作戦を立て挙兵する責任を負った。皇帝は劉禹錫を播州に左遷する命令を取り消し、播州を連州に改めた。柳宗元が柳州に赴任する命はそのままだった。ほとんどの人から見て、これらの事件はそれぞれに独立していて、互いに関係はない。その複雑に絡まりあった関係を察することができるのはごく少数だった。

「玄静よ、ほんとうによく考えたのか？」

叔父は彼女が道観に入る前に、このように尋ねた。裴玄静は答えた。

叔父の眼に痛惜の念がはっきりと見て取れた。

「父が幼き頃より玄静に教えました。女子も男子に負けはしないと。女子が真相を探究することも国家のお役に立つこともできるのです。叔父様からも『力をつくして、結果は蒼天に差し出す』と教えていただきました。だから、玄静は自分の考えにしたがって行動したのです。そして結果が訪れたとき、喜んで受け止めたわけです」

叔父はそれ以上何も言わなかった。彼はまず現実の政治家であり、大唐皇帝の宰相であり、その後で彼女の叔父なのだ。この順序について二人の間で齟齬はない。

李弥は裴玄静について金仙観に来た。嫂さんと離れなくてすむなら何処でもよかったのだ。

金仙観の日々を裴玄静と李弥は心地よく過ごした。毎日安寧を享受している。心は純潔、欲望はなく、そうあれば寂しくもないのだった。

この中秋節の午後になって、裴玄静は皇帝から与えられた自分の任務を考えはじめた。

離合詩の来歴と金縷瓶の行方について。太宗皇帝の「真跡陪葬」によって隠された真相は「真蘭亭現」によって巧みに暴《あば》かれた。そのすべての事件を静かに引き起こした不思議な力は一体何か？　その狙いは今上、太宗皇帝なのか、それとも大唐帝国そのものか？

まだ手がかりもないが、一つはっきりしていることがある。謎を追えば、きっと更に深い罪悪の茂みに分け入っていくことになる……。

ふいに、戸口で物音がして振りかえると、鼻に白粉《おしろい》をつけた醜角《どうけ》が眼に入った。

裴玄静は笑った。「自虚、御芝居を見に行って、なぜ御芝居の扮装を習ったのですか？」

「芝居を見るより演ずる方が楽しいのです」

「あなたですか」思わず立ち上がった。

別れて一月余り、崔淼がふたたび玄静の前に現れた。それも李弥の服を着て。

「それがしです」そう言うと早変わりのように鼻をひとなでして白いものを落とす。

「自虚は？」

「宋清薬舗の裏庭に隠れている。安心していい。それがしが帰ったら入れ替わりに帰ってくる手はずになっている」

裴玄静は笑みを浮かべた。「三水兄さんの言うことはよく聴きますね」そして、彼の様子を細かく観察して言った。「崔郎……痩せましたね」

崔淼は確かに日に焼けて痩せていた。「娘子、ご心配なく。その崔某《なにがし》は今や落魄の身です」そう言って彼は笑った。笑顔を浮かべたその風采はすこしも変わっていない。そして、裴玄静に対して拱手した。「この姿は娘子を笑わせました」

「崔郎のそんな姿も落魄者になるなら、天下の落魄者は河を渡るフナのように多いでしょう」

「ここまで追い打ちをかけられた人はめったにいないでしょう」

「追い打ち？」裴玄静はしげしげと崔淼を眺めている。「崔郎、大丈夫なのですか？」

「娘子の周到な考えのおかげで銅鏡で知らせを送れました。幸いにも隠娘の手助けもあり、それがしは死地から逃れることができたのです」

「長安に来てもよいのですか？」

「お忘れですか？　一緒に『真蘭亭現』の謎を解くと約束しました。長安に来なければ、娘子ともお会いできない。どうやって謎を解くのです？」

裴玄静はうつむいた。「謎はもう解けました。崔郎はもう気になさらなくてよいのです」

「え？　それはよかった。謎の答えは？　少し教えてもらえませんか？」

「ダメです」彼女はきっぱりと答えた。崔淼の眼がじっと自分を見つめているのが感じられた。「崔郎……」

崔淼は裴玄静の言葉をさえぎった。「娘子が言わなくてもかまわない。それがしにもちょっとした推論があります。娘子に聞いてもらえば、正しくても誤っていても、この事件の区切りになります」

それで裴玄静は聞かざるをえなくなった。

崔淼はゆっくりとした話ぶりで、話しながら考えを整理しているように見えた。しかし、裴玄静にはすぐに内心で無数に繰り返されて醸成された内容だと気がついた。

「それがしは現在流布している『蘭亭序』は偽物だと思います」と彼は言った。

「崔郎、本物は見つけたのですか？」

「いいえ。しかも、見つけることは不可能だと信じています」崔淼は淡々と笑った。

「娘子、以前『蘭亭序』について、たくさんの調査と分析をしましたが、會稽での一別以来、それがしは『蘭亭序』の真跡を調べることをやめました。誰かがそれがしを殺そうとしたからですが、それで考えを変えました……この謎が引き起こす結果を推測してみたのです。そして、気づきました。この謎に触れた人はみな死ぬと。かつて、先帝の書法の師であった王伾さえも、その死因は王羲之の書法の深淵に関わっているようです。だから、あれこれ考えて一つの結論を得たのです。つまり、『蘭亭序』は偽造されたものです。なぜならこの答えだけが、多くの人にとって、それに気付いた者を突き止め、口を封じるに値するものなのだ。真跡が世に現れると、貴重な宝をめぐって争奪が起こるだけです。そして、偽造が露呈したら何か至高の権威がゆらぎ、後患は計り知れない。だから、必ずこれを除かねばならないというわけです！」

裴玄静はつとめて平静なふりをしていたが、それも徒労だった。崔淼はじつに聡明で、あれほど手がかりを欠いた情況のなか、直感で問題の核心に切りこんでいた。まさか自分の下手な演技を見破れなかったわけではあるまい？

「崔郎……考えすぎです」としぶしぶ答える。

「そうですか？」崔淼は気にもとめずに笑った。「娘子がそう言うならそうでしょう。娘子の話はすべて認めます。しかし、それがしはもう少し考えました。今ここで言わないわけにはいかない。かりに『蘭亭序』が偽作だとすると、その首謀者は太宗皇帝に他ならない」

今度は裴玄静が自分を見失って問い返した。「なぜ分かるのですか？」

崔淼はゆっくりと答えた。「『蘭亭序』は完璧な書法で、太宗皇帝も完璧な明君、貞観の治はさらに古来稀な清廉政治です。これらには同じ特徴がある……完璧という同じ幻覚を共有している」

「いいえ、それは違います」裴玄静は反論しなければならなくなり、決然と言った。

「その三つはみな真実ですが、それぞれ瑕疵《きず》もありました。世の人々が『完璧』という言葉を強いて加えたに過ぎないのです。もし本当に幻覚であったと言うなら、別に意図がある人が幻覚を作ったのです」すこし間があった。「崔郎の幻覚を見る薬草のように。それこそが真の元凶なのです」

　崔淼の顔に苦悩の色が現れ、彼女がついに彼の思い上がりを打ちすえた。それは二人の間にあった最後のぼんやりした薄絹を引き裂かずにはいなかった。人間どうしが剝きだしで向かいあうことは、こんなにも否応なく傷つけあうものなのだ。

　長い沈黙の後、崔淼は言った。「娘子はいつからそれがしを疑っていたのですか？」

「叔父の屋敷で初めて崔郎中に会った時、あなたは幻覚という言葉でごまかそうとしたので、わたくしは疑いをもちました。でも、あなたと東市の磨鏡舗で経験したこと、そしてあなたの王義の死についての解釈は、しばらくわたくしの疑いを打ち消したのです。ですが、郎閃児が男装をしているということにあなたが気づかなかったのを、ずっと信じられなかったのです」

　崔淼は笑った。「そうです。崔郎中は二つの宝で江湖を渡っている。第一は致幻香、人がこれを嗅げば我を忘れる。第二は迷魂薬、女子にだけ効果がある。だが、惜しいことに……この二つの宝は娘子には効かなかった」

「その後、あの顔に傷がある尹少卿と会い、またあなたに疑いをいだきました。ちょうどその時、宋清薬舗の裏庭で、あなたは河東先生に対する敬愛で、再びわたくしの信頼を得て、わたくしは『真蘭亭現』と書かれた黒布を見せました。ですが、あなたの信用はすでに危うかった。わたくしが昌谷に行く道で、再び頬髭を伸ばした傷だらけの尹少卿に会った時、あなたが賈昌の屋敷でした説明はすべて嘘だったと、わたくしはほぼ断定できたのです。考えました。あなたが再三言い逃れできたのには主に二つの原因がある。第一は王義がすでに亡く、自己弁護ができないこと。第二に禾娘が一途にあなたを慕い、全面的に信頼しているため、あなたの正体を暴くわけがなかったこと」裴玄静は崔淼を見つめて言った。「崔郎、娘をつかって王義を脅した人はまさにあなたです。そうでしょう？」

崔淼は落ち着き払って裴玄静を見つめ返し、沈黙で答えた。

裴玄静は心の痛みを抑えつけながら続けた。「王義は娘をつれて遠くに逃げたかったのです。けれど、頑固な禾娘が言うことを聞かなかった。王義は絶望のなかで聶隠娘に助けを求めたのです。あなたは賈昌の急死と禾娘の失踪に気づいた後、賈昌の屋敷を隠れ家にする計画を放棄して、単独で裴府に入りこみ、情況を探るしかなくなった。その後、銅鏡を手がかりに聶隠娘を探しだし……なんとかして彼女の支持を取りつけた」

崔淼は言った。「静娘はそれがしを高く買っているようですね。聶隠娘は藩鎮の出身、もともと朝廷にはすこしも好感をもっていない。彼女の立場はずっとそうで、それがしが影響を及ぼしたものではありません」

裴玄静は訊いた。「一つだけ分からないことがあります。あの夜、尹少卿は何のために疫病にかかって死んだように偽装しなければならなかったのか？　誰も前もってわたくしが来るのを予測できなかったはず。しかもわたくしに見せる必要もなかったはずなのです」

「そもそもあなたに見せるものではなかった。あの家に住んでいる貧苦の民に見せるつもりだった」と崔淼は平静に答えた。「それがしがまず身を寄せたのは淮西節度使で、その麾下で働こうと思っていた。フン、だが、それがしのような江湖の医者など誰も気に入らなかった。そこで自分から朝廷の重臣を暗殺するために働くと願い出て、偵察のために長安に派遣されたのです。賈昌の屋敷を探し当てたのがそれがしで、それに禾娘を惑わすことにも成功した。本来の計画では暗殺決行の後、刺客は鎮国寺に戻らず、賈昌の屋敷にしばらく隠れるはずだった。なぜなら禾娘が教えてくれたからだ、賈昌の屋敷は皇家の特別な保護を受けていて誰も勝手に入れないと。しかし、それがしどもは一つの問題に直面していた。どうやって屋敷に住んでいる貧苦の民を追い出すかという問題です」

そう言うと、崔淼の口調は自嘲気味になった。

「これを言えば娘子に笑われるかもしれないが、それがしの行いにも原則があり、それは絶対に無辜の民を巻き込まないことです。だから、それがしは疫病で民を追い払おうという策を定め、そのために尹少卿を説得して死人を装ってもらった。あの雨の夜、娘子が雨を避けてあの家に入って来なくても、それがしどもは計画どおり事を行うつもりだった。さらに賈昌殿のところで毒香を焼くようにと禾娘にも言ってあった。騒ぎに気づかれないようにするためです。あの娘が分量を間違えて香を焼きすぎてしまうとは思わなかった。その結果、賈昌老人は老いて体が衰えていたので、とうとう幻覚の中で狂喜して亡くなった。賈昌老人の死が徹底的にそれがしどもの計画を破壊した……しかし、何はともあれ、屋敷の民は傷一つなく、大人しく去っていった。とにかく、賈昌の死は意外な出来事だったし、尹少卿はあの部屋に入ることさえしなかった」

裴玄静は頷いた。「あの雨の夜、もう一つの意外な出来事はわたくしだったのでしょう。今なら分かります。なぜ、わたくしを屋敷に入れることについて禾娘があんなにも反対し、わたくしがすべてを壊してしまうとずっと言い張っていたかも。彼女の立場ならそう言うのも道理があります」

「道理がある？　そうかもしれない……」崔淼は嘆きを隠さなかった。「それがしがあなたの身分に気づいた時、最初に思ったのは利用するのにちょうど良いということですよ。尹少卿があなたの眼の前で死ねば、あなたの口を通じて裴度の姪の身分から証言をしてもらえる。これは説得力があるでしょう？」彼は恥ずかしそうに笑った。「今では認めざるを得ません。その理由はすべて自分を説得するために探したものだと。実際、あなたに出会った時から、それがしは負けていたのです。静娘」

裴玄静は黙っていた。

どれだけ経ったか分からないが、彼は言った。「だから、長安から昌谷、さらに會稽に向かう道中、静娘はずっとそれがしを利用しながら、それがしを笑っていたのでしょう」

「ちがいます、崔郎。わたくしだけではあれほど遠くまで行けませんでした」

「會稽に着くと、静娘は利用する価値がなくなったと思い、それがしを捨てておいた。生きるも死ぬもそれがし次第というわけです。じつによい計略でした」

話ぶりには悔しさが滲んでいたが、彼の表情や口調には半分の恨みもなく、ただ果てしない感傷だけがあった。

「逃げなさい、崔郎。はやく長安を離れてください。ここは安全ではないのです」

崔淼は彼女を見つめて問うた。「静娘、その言葉をどう理解すればよいのですか？　憐れみですか、関心ですか？　それとも別の何か？　いや、御答えは要りません。それがしに幻想を残しておいてください」

「はやく逃げてください」彼女はもう一度言った。

崔淼は首を振った。「静娘、あなたなら世の中に二種類の人がいるのを知っているはず。権威に向かいあった時、永遠に是《ハイ》と言う人がいて、この人々の数は多い。しかし、不《イヤ》と言うのを好きな人もいる。この人数は少ない。それがしから見れば、前者は懦夫《だ》で後者は叛《はん》夫です。懦夫はよく生きられるとは限らないが、長く生きることはできます。叛夫のほうは千人から後ろ指を指されるが、愉快な人生がある……あいにくそれがしはこちらの例に入る者なのです」

「でも、叛《そむ》くために叛くべきではありません」裴玄静はそっと言った。

「叛くために叛く？　それはいい！」崔淼は炯々《けいけい》と眼を輝かせた。「それは、あんな不公正と嘘を目にしたあとでも、静娘は皇帝に忠を尽くしたいと言うわけですか？　ハッ、分かります。静娘は宰相の姪御様だ。結局、正統を守らなければなりますまい」

裴玄静は真剣な顔になって言った。「崔郎、大唐の子民として、わたくしは大唐の栄光が幻覚ではないと知っています。わたくしはそれを信じ、生命をかけてそれを守っていきたいと願っています」

「生命をかけて嘘を守る？　女名探偵の言葉とは思えません」

「天下の民の福祉はひとり名探偵の原則よりずっと重いのです」

崔淼はかすれた声で言った。「ならば、他人の嘘を許すべきなのに、それがしをお許しになれない」

「崔郎」裴玄静は言った。「あなたが騙した人は……わたくしです」

崔淼の顔から血の色が失せた。彼は姿勢を正して、わずかの間、黙って立っていたが、身を翻して去った。

崔淼が去ってしばらくすると、李弥が白い鼻をして帰ってきた。

「嫂さん、この顔、面白いでしょう？」彼はまだ崔淼を手伝えたことに興奮していた。

裴玄静は愛おしそうに言った。「面白いし、きれいでもありますね」

さきほど崔淼がしたように、李弥が鼻をひと撫ですると白い色がとれた。そして手のひらを開いて、裴玄静に薄い玉片を見せた。思わず声が出た。

「なぜこういうものが？」

それは賈昌の死体の傍らで拾った玉片だった。壊れて欠けた部分もそのままだった。あの時は何に使うかは全く分からなかったが、鼻に挟んで醜角に扮するものとは全く意外だった。

「三水兄さんが何か皇帝のものだと言っていました」

「皇帝？」

「そうです。むかし皇帝様が梨園で劇に御出になっていた時、醜角《どうけ》になるのがお好きでしたが、一国の君を辱めるのを恐れて、鼻を玉片で覆い、他の方々が見わけられないようにしたのです。それが後に民間に伝わり、醜角はみな鼻に白を描くようになったと聞きました」

「わかりました。それは玄宗皇帝のことですね」

裴玄静は玉片を拾いあげた。それは当時、玄宗皇帝が手ずから賈昌老人に賜わったものかもしれない。そして、あの雨の夜、毒香の燃える幻覚のなか、賈昌老人は梨園にもどり、皇帝貴妃と逢って劇を演じ、ついにその昔日の夢が蘇った狂喜の中で死んだ。

「嫂さん、今日、薬舗で禾娘姐様にも会いました」李弥はうれしそうに言った。「姐様は波斯《ペルシャ》人の装いをしていました。僕には分からないと思っておられたようですが。すぐに分かりました。でも、言いませんでした」

「なぜ、言わなかったのですか?」

「僕に初めてあったようなふりをしていたので、なんと言えばよいか分からなかったのです。あ、そうだ。刀子をもっていないかって聞かれました」

「刀子ですか?」

「そうです。図を見せてくれました。兄さんのあれだとすぐに分かりましたから、持っていると言いました」

裴玄静は戸惑った。「彼女はどんな風に言ったのですか?」

「波斯人があの刀子を探していると言いました。売らないかと聞くので、僕は嫂さんに聞いてみますと答えました。嫂さん、売れますか?」

裴玄静はその問いに答えず、茫然と我を忘れた。そして、手の中の玉片が落ちても気づかなかった。

「あ！」李弥が地面から玉片を拾いあげた。「嫂さん、玉が砕けました！」

彼女は呆然としたまま割れた白玉を見つめていた。それは彼が自分に「瓦となりて全うせずとも、むしろ玉と砕けん」と言っているのだろうか？

いつか崔淼は裴玄静の謎になりたいと言った。だから、今日わざわざこの玉片をつけて来た。どうして玄宗皇帝の宮中楽を彼は熟知しているのだろう。彼は彼女に、崔淼という人物に対するやみがたい好奇心を抱かせようとしているのだ。

裴玄静が今まで会ったなかで、崔淼は最も矛盾した人だ。きわめて聡明なのに、きわめて愚かでもある。彼は本当に彼女の苦心を読み取れなかったのか？

試みに問うてみる。「謎」の安全など誰が気にかけるだろう？　彼の平安のために自分を投げ出したまでに。

いや。彼はすべて分かっているけれど認めたくないのだ。

「それに三水兄さんから伝言があります。簡単でした」李弥はまじめに読み上げた。「兄さんは言いました。『芝居は嘘だが情は真』」

そうだ。崔淼は逃げはしないし、あきらめるなどなおさらだ。裴玄静は崔淼とこれからも関わるように定められている。

（未完、続編を待て）

〔番外編〕 人跡板橋霜

一

その雪は咸通《かんつう》四年（八六三）十一月十三日の黄昏《たそがれ》から降りはじめ、深夜になってもやむ気配がなかった。狂風が巻きあげた巨大な雪の幕に、連綿と続く終南山の峰々が、山水画のように淡い墨色で縁取られている。ほかに何も見えない。

小さな居宅は降りしきる雪と山陰にひっそりと隠れ、知る人もすくない。

大唐、当代随一の詩人、温庭筠《ウェン・ティンジュン》がここに隠居していた。

詩人は窓に寄《よ》りかかって雪の原野を眺めている。齢《よわい》五十を過ぎ、ともに詩名を馳せた李商隠《リー・シャンイン》らも次々とこの世を離れた。あの盛世はもはや戻らぬであろう。錦《にしき》のように咲き誇った唐詩の花も一つまた一つと散っていき、温庭筠自身も詞を書くことが多くなった。

例えば、

千万の恨み、恨み極まり、天涯《てんがい》に在り。
山月、知らず心裏《むねのうち》の事
水風、空《むな》しく落つ眼前の花[1]

1　原文：千万恨，恨極在天涯，山月不知心裏事，水風空落眼前花。（温庭筠「夢江南」其の一）

また、

過ぎ尽くす千帆に是《あのひと》もなく、
斜暉《ゆうばえ》脈々、水悠々
腸断つ白き蘋《うきくさ》の洲《しま》[1]

この長短ふぞろいの句も彼の詩のように広く伝わり、むしろこちらのほうが喜んで誦《しょう》されている。技工を凝《こ》らした詩にかわって詞が次の時代の寵児になると、温庭筠はひそかに感じていた。だから、詞を書く孤独は生まれいずる孤独であり、詩を書く孤独は滅びゆく孤独なのだ。この静かな雪夜のように……。

ふいに、その静けさが破られた。

急《せ》かすように門を叩く音が聞こえる。

こんな時分に来訪者があろうか。温庭筠は眉をひそめた。門を叩く音はやまない。家僕もとうに寝ており、起き上がって応接にでるのも億劫《おっくう》のようだ。周囲に静けさがもどると、家僕が身支度も整えずにやってきた。手には竹筒を捧げもっている。筒にはまだ点々と白い雪が残っていた。

「門の外から渡されました」家僕がぼんやりと言った。「段《ドワン》少常（少常は唐の太常寺少卿の別称）様から御

1　原文：過尽千帆皆不是，斜暉脈脈水悠悠。腸断白蘋洲。（温庭筠「夢江南」其の二）

手紙とのことです」

「段少常となど、どの段少常と申した？」

家僕は眠そうな眼をハッと見開いた。「あの段少常様しか……」そこまで言うと突然黙りこんで温庭筠を見つめる。

竹筒からは分厚い巻紙がでてきた。広げてみると、手紙に挟まっていたのは絹に描かれた一幅の画《え》だった。

美人画か？　温庭筠は怪しむように題跋《だいばつ》を見た……荊州　段成式《ドワン・チョンシー》。

確かに「あのひと」の筆だ。

寝台から滑りおりて靴を引っかけ、外に駆けだす。庭に積もった雪には深く浅く足跡が続いていた。力をこめて門を引くと、真っ暗な原野には雪が渦巻き、あたりはシンとして人影もない。

ややあって、家僕が傍らで申し訳なさそうに言った。

「旦那様、外には何もありません……」

＊＊＊

温庭筠は画《え》と手紙を灯下に置いた。だが、すぐには読まず、まず香を焚《た》きなおして、手を清め、中空を拝した。

段成式は温庭筠の生涯最良の友である。歴とした名家に生まれ、父の段文昌《ドワン・ウェンチャン》は尚書左僕射《さぼくや》に昇り、母方の祖父武元衡《ウー・ユエンホン》は憲宗元和年間の名宰相である。二人の父親も気心が知れた仲で、温庭筠の父が早くに逝《い》くと、段文昌はあれこれと温家の面倒をみてくれた。しかも、温庭筠は段成式の勉学の伴読《とも》だった。段成式は温庭筠より十歳ばかり年上だが、あの時から二人は気の置けぬ間柄だ。後には娘も段家に嫁《とつ》がせている。二人の友情は互いの人生を貫いてきたが、半年前の炎暑、齢六十を迎えた段成式は長安で病床に伏し、そのまま少常少卿の任に没した。

名門の出とはいえ、段成式は変わった人だった。会ったばかりの頃から、おっとりした風流青年で目立つ人だったが、政治にまるで関心はなく怪談に熱をあげていた。後に官となっても、仕官を探して旅をした若い頃のように、機会をとらえて各地の民俗や逸話を採録しに出かけていた。とくに執心したのが、ぞっとするような幽霊の物語で、それを集めて『酉陽雑俎《ゆうようざっそ》』という書物まで著している。詩文にも秀《ひい》でていたが、生涯でももっとも重きを置いたのは、世の人々に読まれたこの不思議な書物であった。たがいに離れた土地に暮らして、もう随分になるが、二人の間で手紙のやりとりが絶えたことはない。半年前の痛手によって、もはやそれも叶わなくなり、いまなお傷心は癒えない。よもや、こんな吹雪の夜更けに故人からの手紙をうけとるとは。

一体どうしたことだ?

生前に用意しておいたのではあるまいか? いや。むしろ冥界から来た手紙だと信じたいと温庭筠は願った。昔の友が何より楽しんだのは怪談や伝説なのだから、あの世に行っても平凡な幽霊になるはずがない。

温庭筠は画を見た。

冥界からきた手紙よりもこちらの方が驚きだ。段成式は画を描かない人だったからだ。この絵に描かれた女は頭に道巾をつけ、身に白い長衣を着ており、ここから察するに、女道士にちがいない。だが、普通の道士とちがって右手に払子《ほっす》を持ち、小さな水瓶《すいへい》を捧げ持っている。

温庭筠は眉をしかめたままだった。画中の女子は麗《うるわ》しい容貌で、衣の袖も軽やかだが、筆の運びがどうも不器用で下手と言ってもいい。画をよくする人の作とは思えない。さらに、題跋《だいばつ》を信じるならば段成式の作品に疑いはない。なぜ、こんな女道士の絵を描かねばならなかったのか? 女道士の手に仏家の水瓶を持たせるなど似ても似つかぬ。仏教に精通し、また道教にも精通していた段成式がこんな間違いを犯すはずがない。

それなのに、どことなく懐かしい友の手になると匂わせる作風なのだ。怪しくほの暗く、古風で解きがたい……。

温庭筠は自分に苦笑した。まずは手紙を読もうではないか。あるいは友の意図が隠れているかもしれぬ。

二

飛卿《フェイチン》（温庭筠の字）よ、手紙は受けとった。江陵鎮守使王潜《ワン・チェン》の話はもう世を去って久しい我が外祖父に関わるのは確かであろう。貴君の話はこうだった。

王潜の配下に許琛《シュー・チェン》なる書吏《り》がいて、ある日宿直《とのい》にあたっていたが、二更（午後九時から十一時）に突然倒れて、五更（午前三時から五時）に息を吹き返した。許琛は〝鴉鳴《あめい》国〟に行っていたと述べた。その国は一面に槐《えんじゅ》が生えていて、梢《こずえ》で鴉どもが絶え間なく鳴いている。あたりはほの暗く、こちらの黄昏のようにぼんやりとしていた。許琛は二人の鬼卒に官府のようなところに連れていかれたのだが、聴取を受けると誤認だと分かり、送り返されてきた。この時、頭を綿布で包み、紫の衣を着た立派な体格の御方が許琛を呼びとめ、「帰ったら王潜に会い、わしのために紙銭五万を焼くようにと言ってくれ。急な入り用なのじゃ」とおっしゃった。これを聞くと、王潜はさめざめと涙を流し、紫衣の御方は元和十年に殺された武相公であろうと言った。

かつて元和十年のことについて、貴君は幾度となく問うたが、わしは言を左右にして拒んできた。当時は十歳になったばかりで、父について西川（成都）に居たので、外祖父が長安で暗殺された経緯《いきさつ》についてはわずかに知るのみであった。今日、わしは貴君に許してもらわねばならぬ。本当の話を打ち明けていないからだ。

貴君の手紙を受けとると、家中で紙銭十万を焼き、冥土《あちら》ですこしでも良い暮らしをしていただけるようにと祈った。灰の燃え飛ぶさまを見ていると、元和のことが思い出され、あたかも流れる水のごとく眼の前を通り過ぎていく。外祖父が暗殺された一年後、父に連れられて長安にもどってから憲宗《けんそう》皇帝の崩御（八二〇）まで、幾多の不条理や情況の変化の中で、人々の運命が転変する様をこの目で見てきた。わしの世事に対する見方はあの頃に定まり、もはや終生変わらぬ。いま思えば、すべての原因は元和十年六月三日、長安の街で起こった驚くべき暗殺事件にはじまる。数十年の間、あの事件についての沈黙を守ってきたゆえ、何から書きはじめたらいいか自分でも判らぬが、今日《こんにち》、図らずも外祖父の死を語ることになったも天意であろう。ともあれ、書いてみなければなるまい。この心中に秘めた数十年前の往事すべてを。この手紙を読めば、何をもって今日のわしができあがったかを貴君も知ることになるであろう。

＊＊＊

温庭筠はびくりと震えて、手紙を下に置いた。

いわゆる元和暗殺事件、それは一代の名宰相にして段成式の外祖父、武元衡が殺害された驚天動地の大事件である。

憲宗皇帝の削藩《さくはん》を全力で補佐したことで、元和十年の六月三日早朝、門下侍郎平章事武元衡は朝見にいく途上、藩鎮《はんちん》派の放った刺客に刺されて長安の街路を血に染め、国家のために身を捨てた。宰相が街で殺されることなど古来少なく、しかも、事件の取り調べが紆余《うよ》曲折し、虚実が見わけ難く、多方面の勢力がそれぞれに暗い思惑《おもわく》を胸に秘めて蠢《うごめ》いており、様相は複雑をきわめる。

事件は元和十年、温庭筠が三歳の時に起こった。長じて後、好奇の念から段成式に事件の顚末を話してくれるようにと頼んだが、段成式は多くを語ろうとしなかった。数ヶ月前、温庭筠が江陵《こうりょう》にいた時、鎮守使王潜が話した許琛の奇怪な体験を聞き、自分が段成式と親しいこともあり、また彼の好みそうな話であるから手紙にしたためておいた。だが、ほどなく段成式は病没してしまい、返書は得ていない。

ならば、この手紙がその返書であろうか？

しかし、これは生前に書かれた手紙であろうか、それとも死後に？

温庭筠は胸の高鳴りを抑え、再び元和事件に思いをいたした。

元和十年六月三日の夜明け前、宰相武元衡は靖《せい》安坊の邸宅を発《た》ち、護衛の一隊に守られて大明宮に向かった。東坊門の手前で突然、「灯りを消せ！」という声がして、衛兵の持つ灯籠《とうろう》が消えると、馬と護衛が次々と矢にあたって倒れた。すると、街路両側の木蔭から黒い影が飛びだしてきて、その中の一人が武元衡に向かってきた。棒の一撃を太股に受け、痛みで全身が痺れて馬上の人は動けない。襲撃者が乗馬をひいて東坊門につれていき、灯火の下で本人と確かめると刃《やいば》を抜いた。まもなく、刺客は武元衡の首を手にさげ、合図をして仲間を集めると「つぎは興化坊の裴度《ペイ・ドゥー》だ！」と言った。

　しかし、この一団が興化坊に着く頃には、もう一つの殺戮も終わっていた。御史中丞《ちゅうじょう》裴度と宰相武元衡はその日の未明、時を同じくして襲撃されたのだ。武元衡はその場で首を取られたが、裴度は都合三度刺客に斬りつけられた。最初の剣は靴紐を断ち、第二の剣は背を刺し、第三の剣が頭を刺した。侍従には斃《たお》れた者、傷を負った者、逃げた者もあったが、ただ一人、王義《ワン・イー》という家僕が懸命に刺客を羽交い締めにすると、その隙に主人は街路の用水に転がりこんだ。裴度が死んだと見た刺客は王義の両腕を切り落とし、すばやく現場から逃げていった。裴度は揚州で作った分厚い毛氈《もうせん》の帽子をつけていたため、これが剣勢をそいで、からくも死地を脱したのであった。

　六月三日の日が昇ると、烈日のもとで朝露が蒸発するように、二手の刺客は痕跡もなく消えていた。首のない死体を乗せた駿馬が大明宮建福門に駆けてくると、二名の重臣が襲撃をうけて長安街頭を血で染めたという知らせはすばやく広がって、炎暑の夏にも関わらず長安人士の心胆を寒からしめた。

＊＊＊

飛卿よ、外祖父は自分の最期について事前に知っておったように思う。襲撃の前夜、つまり、六月二日に五言詩を書いているのだ。

夜久しく　喧《かまびす》しき　暫《しばら》く息《や》み
池臺　惟《た》だ　月明し
因《よ》る無し　清景を駐《とど》むるに
日出《い》づれば　事　還《ま》た生ぜん[1]

この詩に心中の不安が率直に吐露されている。とくに「日出《いづ》れば事も還《ま》た生ぜん」の句は六月三日朝の予言に思えてならぬ。

外祖父はいかにして迫り来る不幸を予測したのであろう？

実は、あの年六月の前、すでに暗殺事件の予兆があった。おかしいと思うか？　しか

1　原文：夜久喧暫息、池臺惟月明。無因駐清景、日出事還生。（武元衡「夏夜作」）

し、事実はこうだ。元和十年の麦秋、京城長安で新たな童謡が流行した。歌は「麦を打て、麦を打て、それ、三三三」というものだ。これを何度か繰り返して、最後の一句は「舞は了《おわ》りぬ」だ。

この童謡の解読は難しくない。「麦を打つ」は麦秋の初夏を言う。「麦打ち」は突然の襲撃であろう。「三三三」は更に正確な日付けを教えている。これは六月三日を指すのではあるまいか。最後の一句「舞は了《おわ》りぬ」の音は「武は了《おわ》りぬ」に通ずる。つまり、武元衡は死ぬの意であろう。

ああ、牽強付会がすぎるであろうか？ そうかもしれぬ。だが、問題は外祖父の予感が童謡から来たものであるかだ。そうでないなら、ほかに確かな予兆があり、それが前夜の憂慮と諦念にみちた詩を書かせ、死の覚悟を抱いたまま決然と宿命に向かわせたのではないか。

暗殺事件のもう一人の被害者、裴度殿は当時まだ御史中丞であったが、幸いにも生還されてからは宰相となられ、二十余年の間、宰相の任にあるという赫々《かくかく》たる人生を歩まれた。裴度殿が難を免れた原因は二つある。一、忠実な家僕王義が主の命を救い守ったこと。二、揚州で作られた厚手の毛氈帽をつけていたことだ。ここで貴君に注意をうながしたい。事件はまさに六月、長安の最も暑い季節である。試みに問うが、あれほど暑さのなか、誰が好んで分厚い冬の帽子など被《かぶ》るだろう。だが、意外にもこの帽子こそ、裴度殿の命を救った。

こうなるともう次の問いを禁じえぬ。裴度殿も暗殺事件を予知せられ、事前に備えておられたのではあるまいか。

三

たしかに奇妙だ。

温庭筠は考えに沈んだ。暗殺事件における二人の被害者にはどちらも予感があった。結果、一人は亡くなり、もう一人は負傷した……実に信じがたい。

続きを読む。

＊＊＊

飛卿よ、予感に関する疑問はひとまず置き、事件の取り調べについて書く。

暗殺事件は朝野をゆるがし、憲宗皇帝はただちに外祖父を悼《いた》む詔《みことのり》を発して、官爵《かんしゃく》を追封すると、朝見を五日とりやめて弔意を示した。また、裴度殿に御医《ぎょい》をやって傷の治療にあたらせ、大勢の金吾衛（近衛部隊）でその邸宅を護らせた。さらに四品以上の官には金吾衛の護衛をつけ、これに内庫より出した業物《わざもの》を配り、朝見の途《みち》においても保護を加えた。ただ一つ、外祖父を殺害した元凶の逮捕については、憲宗皇帝の態度ははっきりしなかった。

即位より元和十年まで二人の間は君臣関係の手本であった。憲宗皇帝は政治の上で外祖父の手腕に頼っていたのみならず、心からの信頼をよせておられた。憲宗皇帝にとって外祖父の暗殺は朝廷に居並ぶ、ほかの誰がそうなるよりも打撃が大きいはずなのだ。したがって、憲宗皇帝自身が誰よりも強く外祖父の復讐を誓い、あわせて朝廷の権威を示してもよいはずなのに、何を躊躇しておられたのか?

「……藩鎮のためであろう」と温庭筠はつぶやいた。

安史の乱以後、地方を治める節度使の力は大きくなり、政治を私物化して中央の指図を受けつけないばかりか、たがいに結託して朝廷と対立するようになっていた。おおむね藩鎮の禍となったものは、中央に税を納めず、官の任免にも口出しすることで、藩鎮の内部では父が子に地位をゆずり、兄が弟にゆずり、厳然たる独立王国になっている点にある。

朝廷は以前から藩鎮の整理を試みてきたが、何度も挫折した。憲宗皇帝の御代となり、相次いで蜀と夏の二大藩鎮を除き、また武元衡のもと、淮西《わいせい》藩鎮の討伐に着手したが、戦さは延々、元和十年まで続いて戦局は緊張の度を増していた。強硬な主戦派であった武元衡は疑いもなく藩鎮にとって眼中の釘、肉中の刺《とげ》であり、始末しなければ安心できない相手であった。そうであれば、武元衡が横死した事件の最大の容疑者は淮西藩鎮ということになる。

＊＊＊

当時、淮西と密接な関係にあった両藩鎮は成徳と平盧《ろ》である。この二つは淮西と境を接しており、〝唇亡《ほろ》べば歯も寒し〟と言うべき利害の一致があり、公然と朝廷に反抗し、陰では淮西を助けていた。したがって、外祖父を殺害した凶手も三つの藩鎮のいずれか一つが放った者かも知れぬ。問題は淮西との戦さを進めている上に、さらに成徳、平盧とも戦端を開くのかという点であった。

六月三日の暗殺事件の後、朝堂の大半は空《から》となった。重臣の多くが口実を借りて朝見を差し控えたからだが、それは表面上、暗殺に恐れをなしたように見えるが、じつは削藩に対する無言の抗議であった。腹背に敵をうける事態の激化をさけるため、憲宗皇帝は恥を忍んで自重し、宰相暗殺という苦い果実を呑みこんだようであった。

だが、思わぬことが起きた。刺客を捕らえる行動にでる前に、金吾衛と万年県、長安県の役所が刺客の残した手紙を発見して、上申してきた。

「我等を捕らえようとするな。我等が先に汝《なんじ》らを殺す！」

凄まじい気炎に人々は沈黙した。

この脅迫状の出現によって、朝廷における和平派の声はいよいよ高まり、憲宗皇帝に淮西からの撤兵を要求するにとどまらず、裴度殿を罷免して藩鎮を安心させようという者まで現れた。

この時、焦った京兆尹《けいちょういん》（首都長官）がある考えを述べた。暗殺の元凶は成徳藩鎮が放ったのだと。

朝廷が淮西藩鎮を討伐せんと兵を起こしたとき、成徳と平盧の二藩鎮はともに朝廷に上書して淮西の赦免を求めてきた。成徳節度使であった王承宗《ワン・チョンゾン》は配下の牙将尹少卿《イン・シャオチン》を派遣して長安に外祖父を訪ね、山のような礼物を送って撤兵を説こうとした。外祖父は相手の面子をすこしも顧慮せず、尹少卿を面罵して追い出した。王承宗は烈火のごとく怒り、三つの上奏文を続けざまに奉《たてまつ》り、口を極めて外祖父を陥れようとした。憲宗皇帝は王承宗の言い分を一顧だにしなかったが、この時の京兆尹の言葉はその事件を思い起こされた。

王承宗が弾劾文のなかで繰り返し述べていたことがある。外祖父はほかの賄賂を送り返したのに、ある至宝だけは手許に留めたと言うのだ。それは太宗《たいそう》皇帝御製《ぎょせい》の金縷瓶《きんるへい》である。王承宗はこれに執着して、外祖父が偽君子であると決めつけ、再三再四、皇帝が公道を守らぬのであれば、自分で金縷瓶を取り戻すと書いてきた。

太宗皇帝御製の金縷瓶？　温庭筠の心がざわめき、眼が思わず絹画を見た……女道士が手に持っているのはよくある水瓶《すいへい》ではない。形も大きさも何か特別なものだ。手紙にある金縷瓶ではあるまいか？

温庭筠は首を振った。いや。連想が奔放にすぎる。何も根拠はない。しかし、女道士の絵がこの手紙に挟まっていたのは何か理由があるにちがいない。

急いで続きを読んでいく。

＊＊＊

まさにこの金縷瓶の争いが憲宗皇帝による断定をうながした。刺客は成徳藩鎮が放ったのだと。

ただちに朝廷は凶手を捕らえよとの詔《みことのり》を発した。懸賞は一万緡《びん》、ほかに五品の官爵を加える。不届きにも今なお隠れている刺客どもは九族を滅殺する。この布告が京城各所に貼り出された。京兆府はまだ長安の東市と西市の中心にあったが、それぞれ門外に三万貫の銭を積みあげ、褒美を取らせる旨を実物で示した。同時に捜索の手は長安と洛陽に広がっていった。公卿貴戚《きせき》から平民まで、みな立入りの捜査を受けねばならなかった。

刺客は成徳藩鎮が放ったのだ！　この知らせはあっという間に広まった。街で河北訛りの人に遇うだけで、庶民は怒りの眼を向け、金吾衛も行く手を遮って取り調べた。六月十日、観察御史陳《チェン・》中《ジョン》師《シー》は成徳進奏院で牙将張《ジャン・》晏《イエン》ら八人を捕らえた。この者どもは成徳藩鎮から来たもので奸細《かんさく》（間者）とみなされ、牢に入れられた。

取り調べで、張晏らは成徳節度使王承宗が自分たちを外祖父と裴度殿の暗殺に差し向けたのは間違いないが、自分たちが手を下したのではないと陳述した。六月二日の夜、彼らは靖安坊に潜んで、三日の未明、外祖父の一行が邸宅を発《た》つところを見届けたが、実行にかかろうとした途端、現場は大混乱になった。どうやら先を越されたらしい。彼らは急ぎ撤退し、外祖父が殺されて裴度殿が傷を負ったことも後になって知った。その後、捕まることを恐れて長安城中に身を隠していたが、ただならぬ様子を察すると、機を見て長安を脱出したのだった。

この供述は陳中師に否定された。張晏らは死罪を免れようとして、直接手を下したわけではない等と言い訳を並べているにすぎないと見たのである。陳御史は厳刑によって、この者どもの幻想を打ち砕いてやろうとした。だが、意外にも張晏らは処刑も定まらぬうちから、自分たちこそ六月三日未明に外祖父を殺し、裴度殿を刺したと供述を翻した。

六月二十四日、傷の癒《い》えた裴度殿がふたたび延英殿に立った。憲宗皇帝は王承宗による外祖父を誹謗する三通の上書を見せ、この案件を処理することを裴度殿に命じた。四日後の六月二十八日、張晏ら十九人は長安西市の一本柳の下で刑に処される。

七月五日、暗殺からひと月にあたり、憲宗皇帝は成徳王承宗を糾弾する詔を発し、これより王承宗の朝貢を拒否し、その属地である博野と楽寿両県を范陽節度使に与えるとした。さらに、王承宗に向けて投降するべし、さもなくば大軍によって討伐すると警告した。

こうして元和宰相暗殺事件は結末をむかえた。

ここまで読んで、飛卿もすでに気づいたであろう。この処置には微妙な点がある。朝貢を拒否するのは中央の損失であって、両県の割譲も実質的な意味はない。人の土地など何処であれ、簡単に渡せるものであり、実力による討伐を除けば、言葉だけにすぎぬ。

しかも、成徳藩鎮を首謀と決めつけた点にも強引なところがある。そもそも嫌疑の最大は淮西藩鎮であって、まさに朝廷と戦さをしており、外祖父を最も深く恨んでいた。そして、残る二藩鎮、成徳と平盧も嫌疑の上ではどちらがより濃厚とも言えぬ。だが、突然、すべての矛先が成徳に向いた。張晏なる者どもは取り調べに屈して自白したのであるから、論ずるに足らぬ。憲宗皇帝が審理に自ら波を立てたのが、決定的な作用を及ぼしたのであろう。ちょうど、鍵となる重大な時期に成徳節度使王承宗の上奏文三通が出て、この案件が実現したのだ。しかし、皇帝の手にすでに王承宗の上奏文があれば、なぜそもそもの始めから出てこなかったのか？

　飛卿よ、わしは子孫として、外祖父を殺害した元凶に法の裁きを与えることが最大の願いだ。成徳藩鎮に罪がないとは思わぬが、もし他の勢力がいたとしたら？　その勢力が外祖父の死に直接の、より大きな責任があるとしたら？　憲宗皇帝のなされ様は武断に過ぎたのではあるまいか？

　わしは疑っておる。成徳藩鎮は強いて押し出された身代わりであり、真の元凶が網を逃れた魚となりおおせておるのではあるまいか。そして、わしがこの疑いを抱いた最初の者ではないのだ。事実、事件当時、憲宗皇帝の英断に挑戦した人がいた。貴君もあるいは察してしておるかも知れぬが、その人は一貫して成徳藩鎮に同情を寄せていた。いや。この挑戦者は藩鎮とはいかなる関係もない。それどころか、彼女は暗殺事件の一方の被害者、裴度殿の姪《めい》である。彼女は女道士、その名を裴玄静《ペイ・シュエンジン》という。

四

　灯燭の光がまさに絹画の中心を照らし、女道士の顔が明るく清《す》んで見える。その柔らかな光のなかで温庭筠は気づいた。段成式の画技はたしかに拙朴ではあるが、その筆使いに深い情感がこめてあり、画面から人を感動させる力が輝きだしている。

これで判った。彼女が手に持っているのは武元衡事件の鍵となる証拠、金縷瓶である。裴玄静、なんと若く、か弱く見えることか。この女道士が本当に天下の大反対を押し切り、皇帝の権威に対抗したのであろうか？　裴度の姪であるとしても温庭筠にはやはり不思議に思えてならない。さらに好奇心をそそられるのは、彼女がいかにして藩鎮と朝廷の争いに巻き込まれ、どんな理由で成徳藩鎮が元凶にあらずと断言したのかだ。おそらく、彼女こそ真相を知る人ではあるまいか？

＊＊＊

飛卿よ、すでにその画を何度も鑑賞してくれたことと思う。そうだ。彼女こそ裴玄静である。わしの画技が劣っており、また、思い出にたよって筆をとるしかないため、できあがった画と我が心にある形象には大いに差がある。これは惜しむべき点だが、致し方ないことだ。ただ信じてほしい。実際の彼女は絵に描いた姿よりもずっとずっと美しい。これは本当のことだ。

裴煉《れん》師《し》はわが一生のうちに見た女性のなかで、最も美しく聡明な女子である。正真正銘、この上ない仙女だ。

今日、筆にしていることのすべてはみな彼女に関わりがある。

元和十年五月の末、裴玄静は長安の親戚に身を寄せ、叔父である裴度殿の屋敷に住むようになった。すでに書いたように、六月三日の暗殺事件について、外祖父と裴度殿は予感を抱いていた。このために外祖父は悲哀にみちた詩を書いたが、防備をせずに毅然と人生の終りに歩んでいった。だが、裴度殿は？　あの御方は炎暑の夏に冬の帽子をつけて門を出たために襲撃から逃げおおせた。あの毛氈《もうせん》の帽子は、裴度殿が数日前に住まわせたばかりの姪が被《かぶ》らせたものだと言ったら、貴君は驚くであろうか？

ああ、卜算や易学などの占いとは関係がないぞ。裴煉師も神機妙算に通じていたわけではないが、揚州の毛氈《もうせん》の帽子ひとつで、叔父の生命を救ったのだ。わしの知るところでは、この考えは王義からでている。その忠勇によって生命をかけて主を守ったのが王義であることは間違いない。もともと、この人は藩鎮派が長安に放った奸作《かんじゃ》と揉め事があり、刺客どもの計画を知った。だが、王義の娘が賊の手中に落ちて脅迫をうけていたために、計画の詳細を主人に知らせることができなかった。折よく、裴玄静が屋敷に来て、王義の様子が変だと鋭く察知したのである。そこで、王義は彼女に助けを求め、毛氈でできた帽子を彼女の叔父に渡してくれと頼んだ。王義は前もって帽子に剣撃を食い止めるにたる細工をしてあった。王義の細かな意図を裴煉師が見抜いたわけではないが、このことが生命に関わると察して、巧みな計略により、裴度殿が六月三日未明にこの帽子をかぶって出かけるように仕向けたのだ。その結果、裴晋公は死を免れ、王義は主を救うために生命を差し出した。

王義と話したことで、裴煉師には刺客の残した手がかりに触れる機会があり、ここより推理し、成徳進奏院に捕らえられた張晏らが外祖父を殺害した元凶ではないという結論に至った。真相を探って正義を明らかにするため、勇敢にも裴煉師は憲宗皇帝に弁明をのべた。

朝堂をみたす人々のなかにあって敢えて弁明に立ったのは、この女子一人である。しかし、彼女の身分は低く、言葉も軽い。憲宗皇帝はまったく取り合わなかった。張晏らを誅殺して成徳を糾弾する詔を発すると、この事件は終結とされたのである。裴度殿をもって外祖父に交替させ、淮西との戦さを続けたことを除き、すべてはもとに戻ったかのようだった。

これで一件落着と皆が安堵した時、事件が急転した。東都留守の職にあった権徳輿《チュエン・ドーユー》が密書で、平盧節度使李師道《リー・シーダオ》が洛陽で暴動を企てていると知らせてきたのだ。

平盧の李師道？　温庭筠はこの名前に眼をとめた。平盧は嫌疑をうけた三藩鎮の一つだが、朝廷の事件終結を知らせる詔書には平盧の名は出ていない。

段成式は続けて書いている。

＊＊＊

密偵の知らせによると、李師道は洛陽一帯に少なからぬ荘園、田地、寺院などを保有しており、暴動を起こそうとする連中はその荘園の一つに隠れていたのだ。首領は円浄《ユエンジン》という名の和尚である。

洛陽西南には高い山と深い森があって、山の民は狩猟を生業としている。李師道は猟師どもを買収すると、円浄のもとで訓練をほどこして刺客や決死隊にしたてあげた。李師道の手下には他に二人の猛者がおり、それぞれ門察《メン・チャー》と訾嘉珍《ズー・ジアジェン》という。彼らの偵察では、淮西の呉元済《ウー・ユエンジー》から街を守るため、ほとんどの防備は洛陽南の要塞である伊闕《いけつ》に向けられており、城中は空も同然、まさに襲撃に最良の機会であった。訾嘉珍が手勢を率いて城内に潜伏し、円浄と門察が数千の猟師どもを集めて城外に待機する。さらに、ひそかに洛陽に駐留している官兵の一部にも離反策が施してあった。機を見て、まず城内に火を放ち、城外から人馬で攻めたて、さらに官兵と内外呼応すれば、洛陽の手薄な防備から言って東都を奪うのは嚢《ふくろ》を探って物を取るようにたやすいことである。

権徳輿はそれを聞くと大いに驚き、防備と偵察を急ぎ増強した。すぐに山の民の報告から賊の行動が知れた。権徳輿は兵を二手にわけ、前後から円浄一党が隠れる谷を塞《ふさ》ぎとめた。事前の準備が十分だったので数百の賊兵を一網打尽にしただけでなく、円浄、門察、訾嘉珍も擒《とりこ》とした。

厳しい取り調べにより、門察らは李師道の命を受けて洛陽暴動を画策したことを自供した。そして、驚天動地の秘密が判明したのである。六月三日、長安で武元衡と裴度を襲撃したのは彼らであり、李師道の命を受けて行ったのだ！

彼らによると、暗殺実行の後、長安城中に潜伏して、二日待っても何ら動きがないことに気づくと、万年、長安の役所と金吾衛に脅迫状を残した。成徳の張晏らが身代わりに処刑されると、何ら身に危険を感じることなく、ゆうゆうと京城を離れたのである。

奴等はまだこの時、外祖父の首を持っていた。

訾嘉珍の供述によると、まず外祖父の首を持って李師道のもとに行き、褒美をもらうつもりだった。だが、長安を離れるとすぐ、李師道の側近王士元《ワン・シーユエン》に会った。王士元は彼らを出迎えると、李師道の命を伝えた。そのまま洛陽に向かって次の暴動の準備をせよと言うのだ。訾嘉珍と門察は不本意ながらも外祖父の首を王士元に渡した。此奴は李師道の腹心なのだからどうしようもない。あえて逆らう意志もなく、首を渡すしかなかった。その後、王士元がどう処理したのか彼らは何も知らなかった。どうせ、約束の金は此奴等が手にしたのであろう。

事は重大であるから権徳輿は自ら罪人を長安に護送し、憲宗皇帝に事の次第を報告した。

間もなく、訾嘉珍と門察は秘密裏に処刑された。この知らせはまったく外に漏れていない。

元和十一年に眼を転じよう。憲宗皇帝は兵十万を起こし、成徳の王承宗を征伐した。列挙した罪状には外祖父の暗殺が数えられている。皇帝の身辺にいたごく少数を除いて、訾嘉珍と門察の供述を知る人もなく、これによって戦火が平盧に及ぶこともなかった。

暗殺事件の真相は再び揉み消された。

一点だけ指摘しておかねばならないのは、権徳輿が重大な秘密を知り得たのも、やはり裴煉師によるところなのだ。彼女は終始、真相究明をあきらめなかった。裴煉師は藩鎮の奸作《かんじゃ》を裏切らせることに成功したのだった。そして、この人こそが権徳輿に一大事を知らせ、円浄、訾嘉珍、門察らを捕らえ、洛陽を救ったのである。真に大功を立てたのは裴玄静に他ならぬ。

五

段成式の非凡な想像力には若い頃から慣れ親しんできたが、ここまで読むと温庭筠は問わずにいられなかった。なぜ史書の記載はまったく異なるのか？　朝廷の頒布する記録には今なお暗殺事件の元凶は成徳の王承宗とされ、平盧と淮西は事件には関わりがないものとされている。段成式が鄭重に述べているところでは、女道士裴玄静が事件の解決に非凡な働きをしたそうだが、温庭筠の印象にその人物はなかった。断言してもよいが、今までいかなる文献でも裴玄静の名を見たことはない。

だが、段成式がでたらめを言う必要もないではないか？

温庭筠はもう一度じっくりと画中の女子を眺めた。いかなる心の働きか、女道士のたおやかな姿の中に聡明で強靱な精神が秘められ、明らかに凡人とは異なるという気がした。むろん、彼女は段成式にとって極めて重要な人物にちがいない。そうでなければ、わざわざ絵に描き、この長い手紙をしたため、かくも玄妙なやり方で古くからの友に届けることもあるまい。

＊＊＊

裴煉師はなぜ真相究明をあきらめなかったのか？

それは外祖父が暗殺前夜に書いた詩が、じつは彼女に贈ったものだからだ。

実際、外祖父は六月二日のあの日、裴家の邸宅を訪れて裴煉師に会っている。これ以前から王承宗は金縷瓶《きんるへい》の返却について、皇帝に上書して外祖父を誹謗するだけでなく、三通の脅迫状を外祖父にも直接送りつけていた。外祖父の死後、家人が私室から残された数枚を発見して、はたと悟った。外祖父が命の危険を感じていたのはこのためである。だが、この脅しに屈して、外祖父が淮西と休戦することはなく、金縷瓶も返すことがなかった。大唐に対する、憲宗皇帝に対する忠誠のみが外祖父の畏《おそ》れ慎《つつし》むところであった。ただ、はじめて裴玄静に出会った時、外祖父は相手に世にも稀な資質があることを見抜き、金縷瓶の秘密を託すことにしたのである。

金縷瓶の形は描いておいた。この皇家の至宝はかつて民間に伝わり、外祖父が意外にも賄賂という形でそれを手にした。どうして賊に返すことができよう。さらに重大なことは、この宝に皇家の秘密が隠されていると外祖父は気づいたのである。この秘密は太宗皇帝より始まり、ひっそりと百年の塵埃《じんあい》に埋もれていた。それが元和十年になって突然、天下の一大事の時期に白日のもとに曝されるかもしれない。外祖父が憂えたのは自分の生命ではなく、この秘密とそれが招く一切のことだ。

当時、外祖父は秘密をすべて解いてはいなかったが、それが世に知られることを恐れ、信頼できる人に託して謎を解く責任を負わせた。

その人こそ裴煉師だ。

結果は、外祖父の烱眼《けいがん》を証明している。裴煉師は重い付託に答え、金縷瓶の秘密を解くのみならず、外祖父を暗殺した元凶を網に落として復讐をとげ、恨みを晴らしてくれた。

三藩鎮のその後については、飛卿もすでに聞くところであろう。

元和十二年、憲宗皇帝は成徳から撤兵し、全力を淮西討伐にあてた。裴度殿が命を受け、「淮西を平定するまでは朝廷に戻りませぬ」と誓い、自ら軍を率いて前線に立った。その年、冬十月、淮西は大雪だった。裴度殿の指揮下、大将軍李愬《リー・シュオ》が雪夜を冒して蔡《さい》州を突き、呉元済を擒《とりこ》とした。ここに艱難辛苦をきわめた淮西の役も最後の勝利を得た。ほどなく、成徳の王承宗も朝廷の威を畏れて謝罪の上書を献じ、長安に息子を人質として差し出した。憲宗皇帝も王承宗の投降を許し、この影響のもと、成徳、淄《し》青、幽州などの節度使が続々と朝廷に帰順の意を示した。

元和十三年秋、憲宗皇帝は宣武、魏博、義成、武寧、横海の五大藩鎮の節度使を糾合して平盧を包囲すると、李師道の根拠地である鄆《うん》城を急襲した。李師道の居処を捜索した際、意外にも文書一巻が見つかった。果たしてそれは元和十年の論功行賞を記した公文であった。名簿にあったのは十六人、秘密審査をへて、王士元の供述と違《たが》わず、訾《し》嘉珍と門察の供述とも完全に一致していた。

憲宗皇帝は天下にむけて内情を公示することはなく、王士元らを迅速に殺して事を終わらせた。この時、すでに元和十四年の春であった。

以上が元和宰相暗殺事件に関する全ての真相である。

段成式の最も親しい友として、温庭筠は行間に隠された意図まで理解した。たとえ私信の中でも胸中に秘めた思いや不満をありていに述べるのは憚《はばか》られるものだが、じつに率直に書いてある。武元衡暗殺事件において三藩鎮にはそれぞれ役割があった。成徳と平盧はどちらも具体的な計画を実行したが、まさに手を下したのは平盧の刺客にほかならぬ。憲宗皇帝が事件発生後に態度を決めかね、曖昧な行動をとって過ちを押し通したのは、当時の政治状況に迫られてのことだった。

最初から皇帝は成徳の王承宗が首魁ではないと知っていた。しかし、削藩の大局のために、三藩鎮の中で実力が劣っている成徳から手をつけたのだ。王承宗の優柔不断な性格から言って、濡れ衣を着せられても朝廷に本気で反抗する気概はあるまいと皇帝は看破していた。賄賂を贈りつけ、小さなことで騒ぎ立てるのが王承宗という男である。武元衡の死の責任を王承宗に問えば、平盧を混乱させ、また、朝廷の面子も立つ。最も重大なことは淮西と平盧の両面作戦という苦境を回避することで、この冤罪によって朝廷は貴重な二年の時間を得た。

温庭筠はひそかに思った。最初に張晏らを生け贄《にえ》にしたのは、憲宗皇帝にとってもやむを得ぬ選択であった。そして、秘密裏に門察、王士元ら平盧の刺客を処刑したのは、皇家の権威の失墜を防ぐためによい選択であった。武元衡殺害の元凶が誅に伏し、復讐を遂げたのであるから、必ずしも事件を蒸しかえす必要もあるまい。つまり、皇帝が誤って人を殺したことを認めれば、これによって多くのやむを得ない想像を誘い、面子《めんつ》を失う事態になるやも知れなかった。

温庭筠の感慨は千々に乱れた。段成式のこの手紙がなければ、自分はおそらく元和宰相暗殺事件の真相を知ることはなかった。元和十年六月から元和十四年の春まで四年の間に、事件の様相は二転三転し、張晏から訾嘉珍、さらに王士元まで前後して百人近くの人々が殺されたが、真相を天下に明らかにすることは、ついにできなかった。

唯一の慰めは武元衡の血が空しく流れたわけではないことだ。あの御仁が害されてから四年後、安史の乱によって回復不能に思われた大唐が再び高くそびえ立ち、その高き峰の名は「元和の中興」と呼ばれた。憲宗皇帝が武元衡を犠牲に供したことは計り知れない意味があったが、支払った代価は永遠に真相が明かされぬことであった。

あれから数十年が過ぎ、大唐の御代も〝夕陽も無限に好し、只是《ただこれ》黄昏に近し[1]〟と言うべき時を迎えた。今日より往事を振りかえれば、あの時代を生きた君臣たちが大唐中興のために払った辛苦と努力、運命と矜持、躊躇と奮闘、辛酸と信念をありありと目にして、心を揺さぶられる。

1　原文：夕陽無限好，只是近黄昏。（李商隠「楽遊原」の一節）

段成式の手紙は最後の一枚を残すのみ。

六

温庭筠の手はかすかに震えていた。手紙の最後が裴玄静に関わるのは疑いない。今に至るまで人の耳目を集める暗殺事件が手紙の紙幅を占めているとはいえ、段成式が最も書きたかったことは、みずから描《えが》いた清く美しい女道士、この捉えどころのない悲しみを秘めた、夢幻のごとき女子であろう。

まさに彼女こそ暗殺の元凶を網に落とした。段成式の恩人と言うべきである。だが、段成式の手紙に流れる情感は、恩を感じるというような簡単なものでは決してない。

さらに温庭筠の好奇心を刺激したのは、金縷瓶のもたらす皇家の秘密である。この氷雪のように聡明な女道士がその謎を解いている。段成式は謎の答えを手紙に書いているのであろうか？

＊＊＊

飛卿よ、あの事件のなかで裴煉師こそ、ただ一人、一貫して真相に執着したのだ。したがって、その真相が皇帝の御心に背く時、彼女の立場は微妙なものになった。外祖父が彼女に託した金縷瓶がさらに皇帝の特別な関心を招いた。彼女の運命はこれによって皇家と密接に絡《から》まることになる。

元和十一年、父にしたがい長安に帰ってきて、初めて裴煉師に会った。当時、彼女は皇帝の意を受けて、金縷瓶の行方を探っていた。その時から裴煉師の周りで幾多の奇怪な事件が起こり、その中には、わしも関わった事件もあれば、わずかに一部を聞いただけのものもある。ただ貴君に言えるのは、裴煉師は非凡な智慧と勇気によって一つまた一つと謎を解き、ついに大唐皇家の核心に到達した。彼女は長安城の最も暗い一隅を見て、また、大唐中興の最も輝かしい瞬間も眼にした。

外祖父の事件から始まり、裴煉師の足跡をたどり、ようやく理解したことがある。世間には幾多の残忍があるが、同じだけの慈悲もある。ただ一つ真相だけが裏切らない。

元和十五年、憲宗皇帝が崩御なされた後、わしはこの眼で見た。裴煉師が飛昇して去り、九天の上で永遠の神と化するところを。

まさに裴煉師との出会いで、わしは悟った。如何に多くの真相が筆端に記しがたく、如何に多くの冤罪が正義に訴えがたく、ただ人心の執着するところのみが、天地自然の規律のように、おのずからその意味と力を持つのだと。あの時から、わしはよりいっそう官途から離れ、奇妙にして真実をふくむ万事万物の中に全身全霊を投げ入れた。

飛卿よ、ああ、飛卿よ。貴君とわしの付き合いは数十年にわたり、じつに平生最も深く交わった知己《ちき》である。今日、手紙を寄せるのも知り合う前の往事を補い、胸中の不本意を円《まろ》やかしたいからだ。こうしてこそ、貴君も真にわしを知ることができるだろう。

平生は已《おわ》りぬ、後世何をか云《い》わん。[1]

飛卿がこの手紙を読んでいる時、わしは裴煉師にしたがって世を去り、白雲の深処で生命の数々の奇跡を書き続けている。わしが最も愛したのが、飛卿のどの詩であるか覚えておるか？　貴君とわしがその詩のなかで再び逢う日もあろう。その日が来たらきっと、裴煉師が説いた謎を一つ一つ飛卿と分けあおう。金縷瓶から話すのが好かろう。

不具《そなわらず》、荊州段成式　頓首《とんしゅ》

長い長い間があって、温庭筠はやっと顔をあげた。机に立てた蠟燭はすでに燃え尽きていた。一片の暗がりの中、雪が窓紙に打ちかかり、微かな光が瞬いて、まさにこの光

1　原文：平生已矣，后世何云。（『太平広記』巻三百五十一・段成式）

が絹に描かれた女子の面差しに映え、あたかも生きているかのようだ。

夜明けだ。

温庭筠はつぶやいた。

鶏声、茅店《ぼうてん》の月
人跡、板橋の霜[1]

自分の書いたすべての詩の中で、段成式が最も好んだのがこの二句であった。しかし、温庭筠が書いたのは旅先で故郷を想う情緒であったが、段成式が口ずさむとうら寂しい土地で人と幽霊が出会うところに変わった。

あるいは段成式からすると、死とは光と影が交わる変化、奇妙な境遇の変化にすぎないのかもしれない。いまこの時、我が友が死の帷《とばり》の陰から、この世に残された自分に意地悪な微笑を浮かべていると、温庭筠は強烈に感じた。

鶏の声が一つ響いて、静寂はやぶれた。


〈完〉

1　原文：鶏声茅店月，人迹板橋霜。（温庭筠「商山早行」の一節）

著者　唐隠（とう・いん）

一九七〇年代に中国上海で生まれる。二〇一〇年にデビュー。一五年に「当当年度影響力作家賞」、一六年にアマゾン中国が選ぶ「新鋭作家賞」を受賞。台湾・誠品書店が頒布した「二〇一七年度閲読報告」にて、「二〇一七年十大ベストセラー作家」と「最も受けのよい作家」に選ばれた。

代表作・四部構成の「大唐懸疑録」シリーズは、台湾（繁体字版）、日本、タイ、ベトナム、韓国への版権輸出を果たし、うち『蘭亭序之謎』が「海外館蔵影響最広的中文図書（海外の図書館が所蔵した、最も影響の大きい中国語書籍）」ランキングに入選。同シリーズの有料オーディオブックは再生回数が三千万回を超え、ドラマ版の制作も鋭意準備中である。

監訳　**立原透耶**（たちはら・とうや）

大阪府生まれ、奈良県育ち。北海道在住。日本ＳＦ作家クラブ会員。一九九一年、『夢売りのたまご』でコバルト読者大賞を受賞し翌九二年デビュー。二〇〇〇年までは「立原とうや」名義で活動。小説家としての作風はファンタジー、ＳＦ、ホラーなど多岐にわたる。華文ＳＦの翻訳も手掛け、『三体』シリーズでは日本語版監修を担当する。大学教員の顔も持つ。

訳者　**根岸美聡**（ねぎし・みさと）

北海道生まれ。京都府在住。中学生の頃に中国へ派遣されたことから中国語との縁が始まる。最も興味のある領域は現代中国語方言。現在は近畿圏の大学で教壇に立ちつつ、中国語小説の翻訳を行う。

訳者 **井田綾** (いだ・あや)

翻訳者、中国語発音講師。短編翻訳に王晋康「転生の巨人」、蒋一談「説得」「座禅入門」、顔歌「マンゴー星の海海」。訳書『街なかの中国語』（東方書店）ほか。著書『りんず式中国語発音矯正』（一芦舎）。而立会（日中翻訳活動推進協会）、中国同時代小説翻訳会所属。

訳者 **齊藤正高** (さいとう・まさたか)

愛知大学・岐阜大学非常勤講師。愛知大学中日大辞典編纂所研究員。翻訳家。訳書：劉慈欣『円 劉慈欣短篇集』（早川書房・二〇二一年 大森望氏・泊功氏との共訳）

訳者 **柿本寺和智** (かきもとじ・かずとも)

浅学非才の漢学徒。

蘭《らん》亭《てい》序《じょ》之謎《コード》 ㊦

2023年8月2日初版第一刷発行

著者 唐隠
監訳 立原透耶
訳者 根岸美聡 井田綾
齊藤正高 柿本寺和智（漢詩部分）
編集 張舟 秋好亮平

発行所 （株）行舟文化
発行者 シュウ ヨウ
福岡県福岡市東区土井2-7-5
HP http://www.gyoshu.co.jp
E-mail info@gyoshu.co.jp
TEL 092-982-8463
FAX 092-982-3372

印刷・製本 シナノ書籍印刷株式会社

落丁乱丁のある場合は送料小社負担で
お取替え致します。

ISBN 978-4-909735-18-8 C0197
Printed and bound in Japan
大唐悬疑录
兰亭序密码 by 唐隐

Copyright © 2020 by 唐隐
Japanese translation rights reserved by
GYOSHU CULTURE Co., Ltd.

行舟文庫　目録

＊二〇二三年八月現在

変格ミステリ傑作選【戦前篇】　竹本健治選
変格ミステリ傑作選【戦後篇Ⅰ】　竹本健治選
蘭亭序之謎㊤　唐隠著／立原透耶など訳
蘭亭序之謎㊦（本書）　唐隠著／立原透耶など訳